SEINE VERGELTUNG

MILLIARDÄR LIEBESROMANE (UNWIDERSTEHLICHE BRÜDER 2)

JESSICA F.

INHALT

Veröffentlicht in Deutschland:

Von: Jessica F.

© Copyright 2021

ISBN: 978-1-64808-918-3

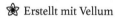 Erstellt mit Vellum

KLAPPENTEXTE

Eines Tages begegnet der zweitälteste Sohn Jasper seiner Highschool-Liebe in der Stadt. Er kann nicht glauben, dass sie in die Stadt gezogen ist, in deren Nähe seine Farm liegt.

Sie hatte mit ihm Schluss gemacht und nach dem Abschluss die Stadt verlassen; sie hatte ihm das Herz gebrochen. Und obwohl er sich noch immer zu ihr hingezogen fühlt, kann er das Gefühl nicht abschütteln, dass sie ihn erneut verletzen wird. Aus diesem Grund hält er Abstand zu ihr.

Bis er ihrer Tochter begegnet: zehn Jahre alt und ihm wie aus dem Gesicht geschnitten ...

Er will sich an ihr rächen, für sein gebrochenes Herz und dafür, dass sie ihm seine Tochter verheimlicht hatte. Er plant sie dazu zu bringen, sich in ihn zu verlieben, sie dann zu verlassen und ihre gemeinsame Tochter mitzunehmen. Oder wird ihm die Liebe einen Strich durch die Rechnung machen?

Beim Anblick ihres Gesichts dachte ich, ich sei gestorben und im Himmel ...

Sie und ich hatten damals eine wilde Zeit. Alles, was ich wollte, war
mehr davon.

Wir haben den Sex gemeinsam entdeckt und nun, dachte ich,
könnten wir ihn als Erwachsene erneut und intensiver erforschen.

Aber sie hat mir etwas so Wichtiges verheimlicht, das es mir
unmöglich macht, die alten Zeiten einfach wieder aufleben zu lassen.

Die Frau muss bestraft werden für das, was sie als junges Mädchen
getan hat ...

~

**Ich konnte nicht glauben, wen ich beim Betreten der Bar erblickte
...**

Er war noch ein Junge, als ich ihn verließ – und nun war er ein ganzer
Mann.

Die Art von Mann, der ich mich hingeben wollte.

Ich hatte ihm damals alles gegeben – und ich wollte es wieder tun.

Aber ich hatte ihm etwas verheimlicht, das niemals herauskommen
durfte, sonst würde er mich mit Sicherheit hassen.

Alles, was ich bekommen würde, wären noch mehr einsame Nächte –
aber wie sehr sehnte ich mich nach diesen heißen Nächten mit
diesem Cowboy voll ungezügelter Leidenschaft ...

KAPITEL EINS

Jasper

Carthage, Texas—Panola County
1. Januar
Innerhalb einer Woche hatte sich unser Leben drastisch verändert. Mein älterer Bruder Tyrell saß zwischen mir und meinem jüngeren Bruder Cash. Eine Limousine hatte uns von dem kleinen Flughafen von Carthage, Texas, abgeholt. Wir waren mit einem Privatjet gekommen – ich hatte mich noch nie so cool gefühlt.

Wir waren unserem Großvater, der kurz vor Weihnachten verstorben war, nie begegnet. Tatsächlich hatten wir nie jemanden aus unserem erweiterten Familienkreis getroffen. Daher fanden wir es auch nicht merkwürdig.

Wir sind in einem Vorort von Dallas, Texas, namens Seagoville aufgewachsen. Die Stadt, die wir gerade durchfuhren, hatte nichts mit unserer Heimatstadt gemeinsam. Das Schild auf dem Ortseingang nannte als Einwohnerzahl etwas mehr als sechstausend Menschen. Es war zwar nicht die kleinste Stadt der Welt, aber sie schien dem recht nahe zu kommen.

Allen Samuels, der Anwalt unseres Großvaters, saß uns gegenüber. Er holte ein Stück Papier aus seiner Aktentasche und erzählte uns endlich, warum wir überhaupt nach Carthage gekommen waren.

„Das gesamte Grundstück umfasst Whisper Ranch, eine dreißigtausend Quadratmeter große Villa und alle Fahrzeuge, inklusive der Cessna Citation II, die Sie hergebracht hat, und gehört nun Ihnen, meine Herren." Der Anwalt blickte über seine Schulter und klopfte dann gegen die dunkle Scheibe, die uns von dem Fahrer trennte. Die Scheibe fuhr mit einem sanften Geräusch herunter. „Davenport, wir müssen bitte bei Mr. Gentrys Bank anhalten."

„Sicher", antwortete er und fuhr die Trennscheibe wieder hoch.

Der Anwalt richtete seine Aufmerksamkeit auf meinen älteren Bruder. „Tyrell, was wissen Sie über Ihre Großeltern väterlicherseits?"

„Nicht viel", antwortete Tyrell. „Meine Mutter meinte immer: wenn man über jemanden nichts Nettes sagen kann, sagt man besser gar nichts. Wir waren der Auffassung, dass unsere Großeltern keine besonders netten Menschen waren."

Ich gab noch meinen Senf dazu: „Ja, wir haben schon früh aufgehört, Fragen zu stellen. Allein die Frage, wer unsere Großeltern waren, sorgte bei Mom und Dad für schlechte Laune."

„Verstehe." Seine braunen Augen wirkten irgendwie traurig. „Wir sind da." Als ich aus dem Fenster schaute, sah ich, dass wir uns auf dem Parkplatz einer Bank befanden. „Ich werde sie alle für das Konto der Farm eintragen lassen. Dann werden wir den Restbetrag vom Konto Ihres Großvaters auf ihre persönlichen Konten überweisen, die Sie hier eröffnen, wenn das für Sie in Ordnung ist. Natürlich können Sie auch woanders Konten eröffnen. Ihre Großeltern haben diese Bank seit Jahren exklusiv genutzt. Ich kann Ihnen versichern, dass der Präsident die Geschäfte der Whisper Ranch schätzt und alles tut, um seine Kunden glücklich zu machen."

Da weder Cash noch ich etwas sagten, schaute Tyrell uns an und zuckte mit den Schultern. „Diese Bank scheint so gut wie jede andere zu sein. Was denkt ihr?"

Cash fuhr sich mit der Hand durch sein dichtes, dunkles,

gewelltes Haar „Klingt gut für mich. Es wird ohnehin mein erstes Bankkonto sein."

Ich zuckte die Schultern. Es war ja nicht so, als hätte ich etwas Besseres vor. „Klingt für mich auch gut. Ich habe auf meinem Bankkonto nicht mehr als zwanzig Mücken, wenn überhaupt. Bevor ich ins Flugzeug gestiegen bin, habe ich mir eine Flasche Jack gegönnt, damit könnte ich mein Konto sogar überzogen haben." Ich war noch nie gut darin gewesen, einen Überblick über meine Finanzen zu haben.

Keiner von uns hatte im Umgang mit Geld Erfahrung, dafür waren wir alle noch etwas zu jung. Tyrell war siebenundzwanzig, ich war gerade fünfundzwanzig geworden und Cash war gerade zweiundzwanzig. Keiner von uns hatte einen tollen Job. Geld und die Gentrys gingen nicht gerade Hand in Hand.

Tyrell teilte dem Mann unsere Entscheidung mit: „Diese Bank geht in Ordnung, Allen." Wir stiegen aus dem Auto aus und ich sah unseren Fahrer. Tyrell ging direkt auf ihn zu und begrüßte ihn: „Danke. Er hat sie Davenport genannt, richtig?"

Der ältere Mann nickte. „Ja. Ich kann außerdem verschiedene Traktoren und Trucks auf der Farm fahren. Wenn Sie irgendwo hinmüssen, rufen Sie mich und ich bringe Sie dorthin."

Tyrell hatte noch nie etwas für Formalitäten übrig. „Wenn ich fragen darf, wie lautet Ihr Vorname?"

„Buddy", antwortete er. „Ihr Großvater gab sich gerne vornehm."

„Wir sind nicht so", sagte Tyrell kopfschüttelnd. „Stört es Sie, wenn ich Sie stattdessen Buddy nenne?"

Er schüttelte den Kopf. „Überhaupt nicht. Ich fände es sogar schön."

Ich fand es richtig, uns dem Mann ebenfalls vorzustellen: „Nett, Sie kennenzulernen, Buddy. Ich bin Jasper, das ist Tyrell und der Kerl hier ist Cash, der kleinste der Gentry-Familie."

Ich ärgerte meinen kleinen Bruder zu gerne; er stieg immer darauf ein.

„Jasper, du Idiot, du bist der Kleinste von uns."

Ich spannte meinen Bizeps an und fuhr mir durch das Haar. „Um ca. 2 Zentimeter, Cash. Du bist kleiner."

„Auch nur um 2 Zentimeter." Cash wartete nicht auf uns und ging voraus. „Diese Bank ist ganz schön nobel."

„Sie ist die beste der Stadt" sagte der Anwalt und eilte an die Spitze, um uns die Tür aufzuhalten. „Hier sind wir. Mr. Johnson ist der Präsident der Bank; er wird sich um alles kümmern."

„Der *Präsident* kümmert sich um alles?", fragte Tyrell ungläubig. „Über wie viel Geld reden wir eigentlich, Allen?"

Der Anwalt schaute meinen Bruder an, als hätte er gerade die dümmste Frage überhaupt gestellt. „Wollen Sie mir sagen, dass selbst mit dem Jet, der Villa und der Farm, Ihnen immer noch nicht klar ist, wie hoch das Vermögen Ihres Großvaters war?"

„Nicht die leiseste Ahnung." Ich betrat die Bank und schaute mich in der Lobby um. Sie war riesengroß und überall standen Ledersessel und auf dem Marmorboden lagen hier und da Teppiche aus Rindsleder. „Wow, schick."

Tyrell blickte nach oben auf den großen Kronleuchter. „Ich habe noch nicht viele Banken gesehen, bei denen so etwas hängt."

„Diese Bank kümmert sich um viele exklusive Geschäftskunden von Carthage."

Der Anwalt führte uns in den hinteren Bereich der Bank, und schon bald richteten sich alle Blicke auf uns.

„Anders als andere Banken, können sie sich hier einen bestimmten Luxus leisten."

Wir betraten einen Raum. Eine Frau saß an ihrem Schreibtisch und sprang sofort auf, als sie uns sah. „Hallo meine Herren. Sie müssen die Gentrys sein."

Tyrell streckte ihr seine Hand entgegen. „Tyrell."

Ich nickte ihr kurz zu. „Jasper."

Ihr Gesicht erhellte sich, als sie Cash sah. „Dann müssen Sie Cash sein."

Er schüttelte ihre Hand. „Jep." Lächelnd fragte er sie: „Und Sie sind?"

„Sandra, die Assistentin der Geschäftsleitung." Sie führte uns durch eine weitere Tür. „Würden die Herren mir bitte folgen? Mr. Johnson wird die Dinge mit Ihnen besprechen." Während sie die Türe öffnete, musterte sie Tyrell. „Nach den Jeans und T-Shirts zu urteilen, werde Sie ziemlich überrascht von Ihrem Erbe sein."

Unser Vater hatte uns ein paar Dinge über die Farm, die wir erben sollten, erzählt. Er hatte uns auch vor zu großen Hoffnungen gewarnt. Es könnte gut sein, dass unser Erbe uns aufgrund der hohen Schulden, die unser Großvater mit hoher Wahrscheinlichkeit angehäuft habe, Kopfzerbrechen bereiten würde.

Mr. Johnson erhob sich von seinem Sessel, als wir sein Büro betraten. Er deutete auf die verschiedenen Sitzgelegenheiten. „Bryce Johnson zu Ihren Diensten, meine Herren. Bitte, setzen Sie sich. Darf ich Ihnen eine Zigarre anbieten? Kubanische. Oder vielleicht einen Drink? Ein dreißig Jahre alter Scotch würde perfekt zu diesem Anlass passen."

Wir drei setzten uns auf die Couch, die uns am nächsten stand und Tyrell kam gleich zur Sache. „In Ordnung, Bryce. Wir sind uns ziemlich sicher, dass diese Farm in Schulden ertrinkt. Und wir sind nicht einmal annähernd so etwas wie Farmer. Unser Vater hat uns dazu geraten, einen Käufer zu finden und damit abzuschließen."

Cash warf Tyrell einen Blick zu, der hätte töten können. „Ich hätte *gerne* einen Scotch, Tyrell. Lass den Mann dieses Treffen leiten, in Ordnung?"

„Scotch für alle, also" sagte Mr. Johnson und seine Assistentin eilte davon. „Allen hat Sie also noch nicht über alles informiert?"

„Das habe ich. Nicht über die genauen Zahlen, aber ich habe ihnen gesagt, was sie jetzt alles besitzen." Er seufzte. „Sie verstehen es anscheinend nicht, Bryce."

In kürzester Zeit kam die Dame mit unseren Getränken zurück. „Hier für Sie, meine Herren. Lassen Sie es sich schmecken." Sie hielt uns das Tablett hin und wir nahmen jeder ein Glas. Allein der Geruch sagte mir, dass ich etwas Teures in der Hand hielt.

„Sie veranstalten ein ganz schönes Tamtam, finden Sie nicht?", fragte ich und führte das Glas an meine Lippen.

„Sie sind es alle wert" antwortete Frau und setzte sich hin.

Mr. Johnson händigte jedem von uns ein paar Dokumente aus und sagte: „Die Zahlen sollten für sich selbst sprechen."

Nachdem er sich das Papier durchgelesen hatte, sagte Tyrell: „Ich bin mir nicht sicher, wie man diese Zahl ausspricht. Und ich bin mir auch nicht sicher, ob ich verstehe, was das überhaupt bedeutet. Unser Vater hat uns gesagt, dass die Farm Schulden angehäuft haben muss."

Auch für mich ergaben diese Zahlen überhaupt keinen Sinn.

Mr. Johnson lachte laut auf. „Whisper Ranch ist eines der profitabelsten Unternehmen, mit denen diese Bank zusammenarbeitet. Bei der Zahl, auf die Sie da blicken, handelt es sich um Ihren jeweiligen Anteil der Summe, die sich auf den Konten von Collin Gentry befindet." Er reichte Tyrell ein weiteres Dokument. „Hierbei handelt es sich um den Kontostand der Farm."

Ich hatte meinen Bruder noch nie so verwirrt gesehen. „Wenn ich das richtig sehe, ist die Farm Millionen wert."

„Sie sehen nicht richtig hin" sagte Mr. Johnson. „Versuchen Sie es noch einmal."

„Oh, Tausende." Tyrell verstand es einfach nicht.

Cash wiederum verstand es nur zu gut. „Tyrell, die Farm ist Milliarden wert, und jeder von uns erhält fünfzehn Milliarden Dollar."

Tyrell konnte es immer noch nicht glauben und sagte: „Dad hat gesagt, es würde uns mehr kosten als einbringen."

Mr. Johnson schüttelte grinsend den Kopf. „Ihr Vater hat sich geirrt. Ihr Großvater hat sich von einem reinen Rinderfarmer zu einem Züchter von Rennpferden entwickelt. Sie haben vielleicht schon von einigen seiner berühmten Pferde gehört: *The General's Son? Old Faithful? Arny's Burden?*"

Ich spürte noch immer eine große Verwirrung. „Wir haben uns nie für Pferderennen interessiert, Sir. Ich schätze diese Pferde befinden sich auf der Farm?"

„Das tun sie. Und es handelt sich um preisgekrönte Hengste", erklärte Mr. Johnson weiter. „Ihr Großvater hat damit begonnen, den Samen zu verkaufen und hat damit eine Menge Geld verdient. Diese Verkäufe, zusammen mit den Rindern und den Rennpferden, haben ihm ein hübsches Sümmchen eingebracht. Ein Sümmchen, das nun Ihnen gehört."

„Unser Vater wird im Testament nicht erwähnt?", fragte Tyrell.

Der Anwalt blickte Tyrell an, und in seinen Augen lag Mitgefühl. „Sehen Sie, es mag schwer zu verstehen sein, aber lassen Sie mich Ihnen ein Schreiben zeigen, in dem es erklärt wird." Er zog ein Blatt zwischen den Akten hervor und reichte es weiter. „Ihr Vater hat eine Stellungnahme unterschrieben, in der er erklärt, dass er fortan nichts von Collin oder Fiona Gentry haben wolle. Er wurde nicht gezwungen, dass zu unterschreiben. Arny hat es getan, um seinen Eltern etwas beweisen zu wollen, als sie seiner Heirat mit Lila Stevens nicht zustimmen wollten."

Tyrell schien nicht zu verstehen. „Moment, was?"

Der Bankpräsident Mr. Johnson versuchte es zu erklären: „Ihre Großeltern wollten den Namen Gentry in dieser Gegend zu etwas Großem machen. Aber Ihr Vater verliebte sich in eine Frau aus den falschen Kreisen. In eine Frau, deren Familie von Sozialhilfe lebte. Eine Frau, die früher einmal als Hausmädchen auf der Ranch gearbeitet hatte."

Tyrell schaute Cash und mich an. Wir beide waren genauso verwirrt wie er. „Warum haben sie uns das nie erzählt?"1

Der Anwalt bot eine Erklärung: „Höchstwahrscheinlich, weil sie nicht wollten, dass Sie wissen, was sie hinter sich gelassen hatten. Sie haben Liebe über Reichtum gestellt *und* über ihre eigenen Familien. Die Familie ihrer Mutter war genauso gegen diese Hochzeit wie die Gentrys."

„Wow", sagte Tyrell. „Scheint so, als hätten unsere Eltern uns eine ganze Menge verschwiegen."

„Da ist noch eine Sache, die Sie über das Testament wissen müssen, meine Herren", sagte der Anwalt. „Es wurde festgehalten, dass weder Ihre Mutter noch Ihr Vater das Grundstück jemals betreten dürfen. Und das Geld Ihres Großvaters darf in keiner Weise Ihren Eltern zugutekommen. Sobald Sie Ihren Eltern auch nur fünf Dollar geben, geht der gesamte Besitz – und das Geld gehört dazu – in den Besitz des Staates Texas über."

„Streng", murmelte Cash.

„Ja", stimmte Mr. Johnson zu. „Ihr Großvater galt als strenger Mann. So streng, dass viele Menschen glauben, Ihre Großmutter starb im Alter von fünfundvierzig Jahren, nur zwei Jahre, nachdem Ihr Vater die Farm verlassen hatte, weil er so streng war."

Aus was für einer Familie stammten wir?

KAPITEL ZWEI

Tiffany

Wir hatten einen anstrengenden Tag im Dairy King, dem kleinen Café, das meine Eltern vor einigen Jahren gekauft hatten. Wir waren aus einem Vorort von Dallas namens Seagoville hergezogen, nachdem sie dieses Geschäft in Carthage gekauft hatten. Zum Café gehörte ein kleines Haus, in dem meine Eltern und meine jüngeren Geschwister lebten. Ich selbst zog mit meiner Tochter in ein kleines Apartment in der Nähe.

Da Jasmine bei meinen Eltern war, entschloss ich mich, die örtliche Bar aufzusuchen, The Watering Hole. Ich wollte mir einen Drink gönnen, bevor ich nach Hause ging. Mein Dad hatte die Idee gehabt, Corndogs für einen Vierteldollar zu verkaufen und es schien, als wollte jeder Stadtbewohner fünf haben. Ich hatte den ganzen Tag an der Fritteuse verbracht. Mir taten die Beine weh, der Rücken und es fühlte sich an, als wäre mein Hirn selbst frittiert.

Ich betrat die schummrig beleuchtete Bar und sah mich nach bekannten Gesichtern um. Ich konnte es kaum glauben, als mein Blick auf einen großen, dunkelhaarigen Typen mit den blauesten Augen, die ich jemals gesehen hatte, landete.

Ein Lächeln legte sich auf mein Gesicht und wie eine Motte vom Licht wurde ich von diesem Mann angezogen – wie schon damals in der Highschool. „Jasper Gentry. Es ist ganz schön lange her, nicht wahr?"

Jasper hatte sich zu einem beachtlichen Mann entwickelt. Er stand auf und schlang seine starken Arme um mich; er roch nach Leder und Sonne und ich hatte das Gefühl, wieder zuhause zu sein. „Das ist es tatsächlich, Tiff." Er entließ mich aus seiner Umarmung legte mir aber weiterhin einen Arm um die Schulter als er mich zu einem anderen Tisch führte. Ich bemerkte, dass er mit seinem älteren Bruder Tyrell zusammengesessen hatte. Ich hätte ihn begrüßen sollen, aber ich konnte meine Aufmerksamkeit nicht von Jasper lösen.

Die breiten Schultern und das wellige Haar, von dem ich wusste, dass es sich weich und dicht anfühlte. Alle Erinnerungen an frühere Zeiten kamen zurück. „Ich kann nicht glauben, dass ich dich hier in Carthage treffe, Jasper."

Wir setzten uns einander gegenüber und er zog meinen Stuhl näher zu sich heran.

„Ich kann es auch nicht fassen, dass ich dir hier begegne, Tiffany McKee. Es ist schon lange her, dass ich dich das letzte Mal gesehen habe. Seit wann bist du hier?"

„Seit dem Highschool-Abschluss." Ich hatte die Stadt verlassen, ohne ihm ein Wort zu sagen. Damals dachte ich, es wäre das Beste. „Meine Eltern haben das kleine Café hier in Carthage gekauft und wir sind alle gemeinsam umgezogen."

„Also sind Bo und Carolina auch hier?", fragte er.

Ich schüttelte den Kopf. „Carolina hat letztes Jahr geheiratet. Sie ist nach Abilene gezogen. Und Bo ist den Marines beigetreten. Er ist gerade bei seinem zweiten Einsatz."

Jasper riss überrascht die Augen auf. „Wow. Schwer vorstellbar, dass dein kleiner Bruder beim Militär ist. Und dann auch noch bei den Marines. Das ist einfach *wow*. Und was machst du, Tiffany?"

„Ich arbeite im Café. Es heißt Dairy King." Ich war mir nicht sicher, ob ich ihm von meiner Tochter erzählen würde oder nicht. Für den Moment sagte ich nichts.

„Du lebst also bei deinen Eltern?", fragte er und spielte mit einer meiner Haarsträhnen. Seine Handlung löste ein sanftes Kribbeln in mir aus.

„Nein, ich habe meine eigene Wohnung." Ich wusste genau, wie seine nächste Frage lauten würde.

„Und, willst du sie mir zeigen?"

Ich lachte. „Nein." Sein bärtiges Gesicht wirkte so vertraut und unterschied sich doch gleichzeitig von früher. „Wie ich sehe, reicht es bei dir mittlerweile für einen richtigen Bart, anstatt des Flaums, den du früher hattest."

Seine Finger fuhren sanft über meine Wange. „Ja, ich bin mittlerweile durch und durch erwachsen, Tiff. Genau wie du. Komm schon, nimm mich mit zu dir."

Ich konnte ihn nicht mit zu mir nehmen. „Pass auf, ich habe eine kleine Tochter, an die ich denken muss. Ich will nicht, dass in ihrer Gegenwart Männer kommen und gehen. Du kannst also nicht mitkommen."

Ich bemerkte, wie er für einen kurzen Moment die Luft anhielt. „Läuft da noch was mit dem Vater?"

„Nein." Seit ich Dallas verlassen hatte, hatte ich nichts mehr mit dem Vater von Jasmine zu tun gehabt. „Er spielt in ihrem Leben keine Rolle – hat er nie."

„Ich könnte sagen, dass mir das leid tut, aber das wäre gelogen." Er beugte sich mit einem sexy und verschlagenen Lächeln zu mir vor – er war so nah, dass ich dachte, er würde mich vielleicht küssen. „Ich bin froh zu hören, dass du ungebunden bist. So kann ich dich wieder dahin bringen, wo du hingehörst."

Ich könnte nie wieder mit Jasper Gentry zusammenkommen. „Nicht, dass du mich falsch verstehst. Aber ich kann mich nicht mit dir treffen. Ich kann mich mit niemandem treffen. Seit ich meine Tochter habe, bin ich allein. So ist es am besten."

„Auch Mamis brauchen Liebe, Tiffany." Seine Lippen huschten

über meine Wange und ich spürte einen Hauch seines warmen Atems auf meiner Haut.

Die Welle des Verlangens, die mich überkam, verschlug mir den Atem. „Oh, Jasper, du hast es noch immer faustdick hinter den Ohren, nicht wahr?"

Er lehnte sich zurück und gab mit etwas mehr Raum. „Das würde ich nicht sagen. Ich habe halt immer noch viel für dich übrig, Tiff. Das ist alles. Als deine ganze Familie plötzlich verschwunden ist, habe ich mir riesige Sorgen um dich gemacht. Und um ehrlich zu sein, ich war verletzt, dass du kein Wort gesagt hast. Ich meine, warum sagst du dem Typen, mit dem du zusammen bist, kein Wort davon, dass du weggehst? Und wohin du gehst?"

Ich hatte meine Gründe – gute Gründe. „Wir waren noch Kinder, Jasper. Ich muss dir leider sagen, dass die meisten jungen Pärchen es nicht schaffen. Es war Zeit, weiterzuziehen. Und wie hättest du überhaupt nach Carthage kommen sollen, um mich zu besuchen? Du hattest kein Geld, kein Auto, keine Chance, zu mir zu kommen. Also, warum hätte ich dir sagen sollen, wo ich hingehen würde? Ich hatte das Gefühl, es war das Beste, alle Kontakte abzubrechen. Ich habe auch mit keinem meiner Freunde aus Seagoville mehr gesprochen. Ich wollte einen kompletten Neuanfang."

Ich wollte an einen Ort, an dem mich niemand mitleidig ansehen und sich fragen würde, was nur aus der kleinen Tiffany McKee geworden war – sie hatte so viel Potenzial, bis sie diesen Jungen getroffen und sich Ärger eingefangen hat.

Zumindest kannte mich in Carthage niemand. Wäre ich zuhause geblieben, wäre ich genau diesen Blicken ausgesetzt gewesen. Aber das konnte ich Jasper nicht erklären.

„Ja, ich weiß, dass du den Kontakt zu denen abgebrochen hast." Seine blauen Augen wanderten langsam über meinen Körper. „Ich habe herumgefragt. Ich habe sie alle nach dir gefragt und keiner wusste etwas. Auch die Freunde deiner Geschwister wussten nichts. Warum haben sie ihre Freunde ebenfalls fallen gelassen, Tiff?"

Sie haben es für mich getan.

„Wir wollten alle einen Neuanfang." Ich wusste, dass das bescheuert klang, aber ich konnte nichts anderes sagen.

Er wandte seinen Blick von mir ab und schien über meine Antwort verärgert zu sein. „Ich hatte keine Ahnung, dass euer Leben damals so beschissen für euch war."

Es war überhaupt nicht beschissen gewesen. Mein Vater arbeitete als Manager eines beliebten Restaurants in Dallas und hat gut verdient. Wir hatten viel Geld, ein schönes Zuhause, schöne Autos – das volle Programm. Mein Bruder und meine Schwester hatten gute Noten und waren beliebt. Unser plötzlicher Aufbruch machte überhaupt keinen Sinn.

„Es war nicht so schlimm." Ohne nachzudenken, fuhr ich mit meiner Hand über seine Schulter. Ich spürte seine starken Muskeln, die er zu unserer Zeit noch nicht hatte. „Es ging mehr darum, dass wir in diese Stadt kamen und unsere ganze Zeit und Aufmerksamkeit dem Geschäft widmen wollten. Ich habe mich in einem Online-College eingeschrieben und meinen Bachelor in Ernährungswissenschaften gemacht, damit ich mehr zum Geschäft beitragen konnte. Wir haben uns kopfüber ins Geschäft gestürzt."

„Aber du hast immer davon gesprochen, auf die Texas Tech zu gehen" erinnerte er sich. „Von Ernährungswissenschaften war nie die Rede. Du wolltest einen Abschluss in Landwirtschaft und irgendwann mit Tieren arbeiten. Und dann kaufen deine Eltern irgendein kleines Café und alle deine Pläne ändern sich plötzlich? Ich hätte mit dir kommen können, Tiff. Ich hatte doch sonst nichts zu tun."

Ich konnte ihm nicht sagen, dass ich Onlinekurse besuchte, weil ich nicht wollte, dass meine Mitschüler meinen dicken Bauch sahen.

„Ich hätte dich nie darum gebeten, mir zu folgen, Jasper." Und ich konnte mich nicht darauf verlassen, dass er das Beste für uns getan hätte. Tatsache war, zur Zeit unseres Abschlusses, war Jasper Gentry noch immer etwas unreif. Sein einziges Ziel nach dem Abschluss war es, Burger zu braten, weil er so Gratisessen bekommen würde. „Was ist überhaupt aus dir geworden?"

„Ich habe bei Piggly Wiggly gearbeitet und nachts die Regale aufgefüllt." Ein breites Grinsen legte sich auf seine Lippen. „Aber im Moment mache ich eigentlich gar nichts."

Ich wusste, dass aus ihm nichts werden würde.

„Also begleitest du deinen älteren Bruder, der hergezogen ist", sagte ich in der Gewissheit, dass es genau so war. Jasper hatte nie große Träume gehabt.

Ich konnte ihm das nicht verübeln. Sein Vater hatte nie viel verdient und schien auch nie darum bemüht zu sein, einen besseren Job zu finden. Er hatte schlechte Vorbilder gehabt. Ich würde Jasper niemals ganz allein die Schuld geben.

„Nein." Jasper blickte mir direkt in die Augen. „Ich schwimme nicht auf den Erfolgswellen anderer mit, Tiff. Meine Brüder und ich haben kürzlich die Farm unseres Großvaters geerbt. Whisper Ranch gehört jetzt uns und somit auch das ganze Geld, das dazugehört."

Ihnen gehört Whisper Ranch?

„Ich wusste, dass die Farm einem Gentry gehörte, aber wie ist es möglich, dass er euer Großvater war und ihr so gelebt habt, wie ihr gelebt habt?" Ich wusste, wie furchtbar sich das anhörte, aber ich war völlig überrascht.

„Meine Eltern hatten ihre Geheimnisse. Mein Großvater war gegen ihre Beziehung gewesen und mein Vater hat sich für die Liebe und gegen das Geld entschieden." Seine Hand fuhr über meine Schulter. „Wir Gentrys sind leidenschaftliche Männer. Ich dachte, daran müsste man dich noch einmal erinnern."

Ich musste an gar nichts erinnert werden – ich würde niemals vergessen, wie leidenschaftlich dieser Typ sein konnte. Und damals war er noch ein Teenager. Wahrscheinlich war mittlerweile eine wahre Wucht im Bett. „Jasper, niemand hat gesagt, dass es dir an Leidenschaft fehlte – nur am Geld."

„Nun, jetzt habe ich mehr als ich jemals ausgeben kann, Süße." Wieder wanderte sein Blick über meinen Körper. „Aber darum geht es dir ja nicht, oder?"

Nein, darum nicht.

KAPITEL DREI

Jasper

Tiffany zog ihr Handy aus der Hosentasche und starrte auf das Display. „Ich muss los. Meine Tochter möchte, dass Mami sie badet und ins Bett bringt." Sie blickte über ihre Schulter und sagte: „Ich wollte wenigstens ein Bier trinken, bevor ich mich wieder meinen Mutterpflichten widme. Na ja." Sie blickte mich mit sanften Augen an. „Es war wirklich schön, dich wiederzusehen, Jasper. Und da du ja jetzt hier lebst, werden wir uns sicher noch häufiger sehen. Vor allem, wenn du ins Dairy King kommen solltest. Ich arbeite eigentlich immer, wenn wir geöffnet haben."

Ich stand auf, zog ihren Stuhl zurück und half ihr beim Aufstehen. „Es war auch schön, dich zu sehen, Tiff. Ich wünschte, ich könnte noch wesentlich mehr von dir sehen, aber ich verstehe schon. Du willst mich nicht in der Nähe deiner Tochter haben. Deswegen kann ich nicht wirklich böse sein. Und da du selbst ihren Vater nicht in der Nähe haben willst; wie könnte ich da verärgert sein?"

Sie sah etwas nervös aus, als sie nickte. „Ja, wie könntest du da verärgert sein?" Sie drehte sich um und wollte gehen, doch ich stoppte sie, indem ich ihre Hand ergriff.

Ich zog sie zu mir und nahm sie noch einmal fest in den Arm. „Ich habe dich vermisst. Und glaube ja nicht, dass das jemals aufgehört hat."

Ich fühlte, wie sie sich an mich schmiegte und für einen kleinen Moment dachte ich, sie würde vielleicht ihre Meinung über uns ändern. „Ich habe dich auch vermisst, Jasper. Es vergeht kein Tag, an dem ich nicht an dich denke."

Ich entließ sie aus meiner Umarmung und plötzlich kam mir die Idee, dass ich – nach einiger Zeit – wieder ein Teil ihres Lebens sein könnte. „Wir sehen uns, du heißer Feger."

Das Lächeln, das sie mir schenkte, weckte mein Verlangen nach ihr.

„Heißer Feger? So hat mich seit einer Ewigkeit keiner mehr genannt."

„Seit mindestens sieben Jahre, wenn ich nicht irre." Ich gab ihr einen Klaps auf den Hintern, als sie ging. Sie warf einen Blick über ihre Schulter und grinste mich breit an. „Bleib sauber, Hübscher."

„Bleib *du* sauber." Sie ging in Richtung Tür und ließ mich wie einen Idioten zurück.

Ich ging wieder zurück zu dem Tisch, an dem ich Tyrell zurückgelassen hatte. Nur war er nicht länger allein: Felicity, diese neugierige Reporterin des Lokalblatts hatte sich zu ihm gesetzt.

Ich nickte ihr kurz zu und blickte meinen Bruder an, als er mich fragte: „Habt ihr zwei euch auf den neuesten Stand gebracht?"

„Ein wenig. Aber nicht genug." Ich schaute ihr hinterher, als Tiffany die Bar verließ. „Ich habe gesehen, dass Felicity mit dir gesprochen hat. Sie bettelt um unsere Geschichte. Cash und ich haben ihr gesagt, dass es nicht ganz die Geschichte ist, die sie sich erhofft. Außerdem wollen wir in unserer neuen Heimatstadt nicht auf den Titelblättern erscheinen."

„Ich auch nicht." Tyrell blickte zur Tür. „Wer ist das?"

Ich drehte mich um und fiel beinahe vom Stuhl. „Nein, das kann nicht sein." Sie sah aus wie das junge Hausmädchen, das Tyrell bereits mehr als einmal in die Arme gefallen war. Aber sie war doch nicht der Typ für eine Bar wie diese. Ella war überhaupt nicht der Typ für irgendeinen Ort abseits der Farm.

„Sie sieht beinahe so aus, wie ...", Tyrell strengte sich an, sie zu erkennen.

„Ella", flüsterte ich. Ich hatte keinen Zweifel. Es war das junge Hausmädchen, das vorher noch nie Make-up oder ihre Haare anders als zu einem Pferdeschwanz gebunden getragen hatte. Doch hier war sie – total aufgebrezelt. Und ich war mir sicher, dass sie das für meinen Bruder getan hatte – um seine Aufmerksamkeit zu erregen. Sie hatte ja keine Ahnung, dass sie das bereits erreicht hatte. „Jep, es ist Ella, Tyrell."

„Auf keinen Fall." Tyrell stand auf, ging ein paar Schritte und kam wieder zurück. „Was zur Hölle? Ich habe keine Ahnung, was sie da tut."

Ich drehte meinen Stuhl um, damit ich sie auch sehen konnte. „Das verspricht interessant zu werden. Die kleine Ella Finley geht in einer Bar etwas trinken."

Bobbi Jo, die Barkeeperin, auf die Cash ein Auge geworfen hatte, stellte ein Schnapsglas vor Ella und füllte es mit Whiskey. Tyrell sagte: „Sie wird das doch nicht trinken. Sie wird es direkt wieder ausspucken."

Cash schaute zu uns herüber, als Ella das Glas nahm und es auf Ex austrank. Er schaute ihr überrascht dabei zu und sie stellte das leere Glas wieder auf die Bar und nickte. Das Glas wurde wieder aufgefüllt und Tyrell schüttelte seinen Kopf in Richtung Cash, der wiederum nur mit den Schultern zuckte.

„Sie ist alt genug, um zu trinken, Tyrell", erinnerte ich meinen Bruder und nahm einen Schluck Bier.

„Aber sie trinkt doch gar nicht, Jasper. Sie macht den klassischen Anfängerfehler." Tyrells Blick wanderte zur Tür, als ein Typ herein-kam, dessen Blick direkt zu Ella wanderte. Er ging zu ihr und setzte sich neben sie.

Ella schien ihn zu kennen und er bestellte noch zwei Drinks. Dann bot er Ella seinen Arm an und die beiden setzten sich mit ihren Getränken an einen Tisch. Ich konnte nicht anders und musste grinsen. Es war so offensichtlich, dass mein großer Bruder an ihr interessiert war. „Sieh dir das an!"

Tyrells nächster Satz klang eher wie ein Knurren. „Was zur Hölle glaubt sie, tut sie da?"

„Es sieht so aus, als wolle sie sich zur Abwechslung mal ganz normal benehmen." Ich nahm einen weiteren Drink und drehte meinen Stuhl wieder herum. Ella bei einem Date zu beobachten fesselte mich weit weniger als meinen Bruder. „Langweilig."

Tyrell konnte es nicht gut sein lassen. „Sie muss doch morgen arbeiten. Vielleicht sollte ich sie mal daran erinnern?" Er nahm sein Bier und stand auf. Ich beobachtete ihn, als er plötzlich stehen blieb. Ich sah auch, dass Ella aufgestanden und wieder an die Bar gegangen war. „Oder ich bleibe einfach hier sitzen und sehe, ob sie von allein das Richtige tut." Aber er setzte sich nicht wieder hin. Er stand da und beobachtete Ella, die sich noch einen Schnaps bestellte. „Das ist doch viel zu viel für sie."

Ich musste über meinen Bruder lachen, der gerade dabei war, seinen Verstand zu verlieren. „Entspann dich, Tyrell. Wir sind doch da. Wir lassen nicht zu, dass sie betrunken nach Hause fährt. Vielleicht ist sie ja mit dem Taxi hergekommen?"

Tyrell schaute aus dem Fenster und setzte sich wieder hin. „Sieht so aus, als sei sie mit der Korvette gekommen."

Nun, das überraschte mich. „Sie ist gefahren?"

„Sieht so aus." Er nahm einen großen Schluck aus seiner Bierflasche und schien vollkommen verwirrt zu sein.

Mich beschäftigten ganz andere Dinge, also entschied ich mich, ihn zu ignorieren. Doch Tyrell machte es mir nicht leicht, denn er sprang plötzlich auf und stürmte in Richtung Bar.

Ich stand auf und beobachtete meinen Bruder dabei, wie er sich den Typen schnappte, er gerade noch am Tisch saß und nun an der Bar stand und seine Arme um Ella gelegt hatte. Mit einer Hand packte Tyrell ihn am Kragen und mit der anderen schlug er zu. Der Typ ging zu Boden. Im nächsten Moment hob er Ella über die Schulter und verließ mit ihr die Bar. Dabei schlug Ella wie wild mit den Fäusten auf Tyrells Rücken ein.

Lachend setzte ich mich wieder hin und trank mein Bier aus. Dann ging ich zur Bar uns setzte mich neben Cash, der etwas irritiert aussah.

„Was treibt ihr so?", fragte ich ihn und hielt einen Finger in Richtung Bobbi Jo: „Uno más, por favor."

Cash lachte laut auf. „Ähm ... Hast du gesehen, was gerade passiert ist, Jasper?"

„Ja. Tyrell hat sich gegenüber diesem armen Kerl, der sich an Ella rangemacht hat, wie ein Höhlenmensch aufgeführt." Ich nahm das Bier, das Bobbi Jo vor mir abgestellt hatte. „Danke, Süße. Und setz die Drinks dieses armen Teufels auf meine Rechnung, ja? Sag ihm, dass Tyrell Gentry alles bezahlt. Ich will nicht, dass er allzu lange wütend auf meinen verwirrten Bruder ist. Kannst du das für mich tun, Kleines?"

Cash zeigte mir den Mittelfinger. „Schön vorsichtig."

Lachend zwinkerte ich Bobbi Jo zu. „Sieht so aus, als steht er auf dich."

Sie errötete. „Glaubst du?"

Cash stieg die Zornesröte ins Gesicht. „Jasper, ich warne dich."

„Nein, tu das nicht." Ich klopfte ihm auf die Schulter und versuchte, ihn zu beruhigen. „Ich will deine Freundin hier nur etwas über Tiffany McKee fragen."

Bobbi Jos Zwillingsschwester Betty Sue wurde hellhörig und gesellte sich zu uns an die Bar. „Ich trinke Scotch mit Soda, Jasper."

„Schön für dich, Betty Sue." Ich deutete auf ihre Schwester hinter der Bar. „Ich unterhalte mich gerade mit deiner Schwester, wenn es dir nichts ausmacht ..."

„Es macht mir etwas aus", sagte Betty Sue. „Wenn du mir noch einen Drink spendierst, werde ich dich von dieser langweiligen Rothaarigen ablenken. Ich kann dir sagen, seit sie vor sieben Jahren hergezogen ist, hatte sie noch nicht einen Mann. Ich würde an deiner Stelle nicht darauf hoffen, dass sie dir das gibt, was sie bisher noch keinem gegeben hat."

Dieses Mädchen hatte keine Ahnung, was sie da sagte. Wir lebten noch keine Woche in dieser Stadt und schon wusste ich, dass ich

Betty Sue nicht ein Wort glauben konnte. Tiffany hatte immerhin ein Kind. Sie musste etwas mit einem Mann gehabt haben, nachdem sie Dallas verlassen hatte.

„Wenn ich dir noch einen Drink spendiere, tust du mir dann einen Gefallen und hörst auf zu reden, Betty Sue?", fragte ich sie.

Sie nickte und ich gab die Bestellung bei ihrer Schwester auf. „Das hier ist dein letzter für heute, Betty Sue", sagte Bobbi Jo. „Das ist dein drittes Glas in einer Stunde. Du übertreibst ganz schön."

„Na ja, ich habe einigen Ärger, den ich wegspülen muss." Betty Sue fuhr mit ihrer Hand über meine Schulter. „Ich hatte gehofft, du hilfst mir beim Vergessen, Jasper."

Normalerweise hatte ich kein Problem mit lockeren Frauen. Aber jetzt, da ich wusste, dass Tiffany hier war, wollte ich mit niemand anderem etwas anfangen. „Tut mir leid, Kleines. Ich bin nicht in Stimmung dafür, deine Sorgen zu vertreiben. Genieß deinen Drink, das war's."

Sie nahm ihr Glas und ging. Dabei murmelte sie vor sich hin: „Verdammt, er ist auch noch heiß. Reich und heiß – eine Killerkombination – und er hat nur Augen für diesen verklemmten Rotschopf. Was für eine Schande."

Cash ignorierte Betty Sue und fragte: „Was macht Tiffany McKee überhaupt hier in Carthage?"

Bobbi Jo antwortete: „Ihrer Familie gehört das Dairy King. Dort gibt es das beste Junk-Food der Stadt. Und sonntags bietet Tiffany ihre eigene Speisekarte an. Das hat nichts mit dem Fast Food zu tun, was unter der Woche verkauft wird: alles gesundes Zeug, nur regionale und frische Zutaten. Man muss vorher reservieren; alles sehr exklusiv."

„Also hier sind sie gelandet, nachdem sie Seagoville verlassen haben", sagte Cash. „Ich habe mich immer gefragt, was aus dieser Familie geworden ist. Du und sie ihr wart schon recht eng, Jasper. Versuchst du sie zurückzubekommen?"

„Das tue ich." Ich trank einen Schluck Bier und dachte darüber nach, wie ich das anstellen sollte. „Erzähl mir, was du über Tiff weißt, Bobbi Jo."

Ihr Stirnrunzeln ließ mich daran zweifeln, dass sie viel über die Frau wusste, die ich als meine erste Liebe und meinen einzigen Herzschmerz bezeichnete.

„Weißt du, Jasper. Sie bleibt meistens für sich. Sie ist freundlich und so weiter, aber außerhalb der Familie hat sie eigentlich keine engen Kontakte."

„Was weißt du über ihr Kind?" Sie musste mir doch etwas sagen können.

„Ich weiß nur, dass sie eine Tochter hat, mehr nicht."

Bobbi Jo war keine Hilfe. Ich schaute mich also nach Felicity um, der Lokalreporterin. Aber sie hatte die Bar schon zusammen mit ihrem Date verlassen.

„Verdammt. Wer könnte denn sonst noch etwas über mein Mädchen wissen?" Ich schüttelte hilflos den Kopf. „Wenn ich sie nicht zurückbekomme, werde ich wahnsinnig. Allein sie gesehen zu haben, hat mein Herz dermaßen erfreut, wie ich es noch nie erlebt habe. Sie muss mich wieder zu einem Teil ihres Lebens werden lassen."

Sie muss es einfach.

KAPITEL VIER

Tiffany

Während ich meiner Tochter die Haare wusch – das Haar, das sie von ihrem Vater hatte – kam es mir plötzlich in den Sinn. Jasmine hatte noch nie gefragt, warum sie die einzige in unserer Familie war, die dunkles Haar und blaue Augen hatte. Ich hatte rote Haare und grüne Augen, genau wie Mom und Bo. Dad und Carolina waren beide blond und hatten braune Augen. Jasmine stach so deutlich heraus. Sollte Jasper sie jemals zu Gesicht bekommen, wüsste er sofort, was ich ihm sieben Jahre lang verheimlicht habe.

„Momma, wo warst du nach der Arbeit?", fragte Jasmine, während ich ihre Haare ausspülte. Sie sah mich mit den blauen Augen ihres Vaters an.

Ich hatte nicht gelogen, als ich Jasper gesagt habe, dass kein Tag verginge, an dem ich nicht an ihn dachte. Unser kleines Mädchen erinnerte mich jeden Tag aufs Neue an ihn. *Sollte ich ihr sagen, dass ich ihren Vater getroffen habe?*

Ich schüttelte diesen dummen Gedanken schnell von mir ab und sagte: „Ich wollte nach der Arbeit noch etwas trinken, Schatz. Ich hatte einen anstrengenden Tag."

„Oh, was hast du denn getrunken?", fragte sie und griff sich ihre kleine Quietscheente.

„Ich habe gar nichts getrunken." Mein Wiedersehen mit Jasper hatte mich daran gehindert. „Ich habe einen alten Freund getroffen und wir haben uns unterhalten. Dann hat deine Omi angerufen und mir gesagt, dass du baden möchtest und nur ich dich waschen darf."

„Ja, nur du darfst mir die Haare waschen. Denn nur du weißt, wie lange die Spülung in meinem Haar bleiben muss, damit es nicht kraus wird. Omi ist einfach nicht so geduldig wie du, Momma." Jasmine zeigte auf den Wasserhahn. „Bitte aufwärmen."

Ich drehte das warme Wasser auf und ließ etwas ins Badewasser laufen. „Was glaubst du, wie lange willst du noch in der Wanne sitzen?"

„Noch ein bisschen", antwortete sie und lehnte sich zurück in den Schaum. „Ich bin heute in der Schule von der Schaukel gefallen. Mir tut der Hintern weh."

„Ach, mein armes Baby." Ich fuhr mit meiner Hand durch ihr Haar und verteilte die Spülung. „Lassen wir ihn auch ein bisschen einweichen."

„Wen hast du denn getroffen, Momma?", fragte sie und verteilte den Schaum mit ihren Füßen.

Ich erstarrte und wusste nicht, was ich sagen sollte. Doch dann reimte ich mir eine Antwort zusammen. „Einen Jungen aus meiner Schulzeit in Dallas."

Sie riss die Augen weit auf. „Einen Jungen? Triffst du dich mit ihm? Ist er süß? Ist er lustig? Ich wette, dass er süß ist. Wirst du dich verabreden?"

„Nein, ich werde mich nicht mit ihm treffen." Ich kaute auf meiner Unterlippe herum und mir drehte sich fast der Magen um vor Aufregung.

Ich wollte Jasper wiedersehen, aber ich musste an Jasmine denken. Ich konnte mich nicht von meiner Lust leiten lassen. Ich musste meinen Verstand benutzen.

„Weil er hässlich ist, Momma?", fragte sie.

„Nein, er ist überhaupt nicht hässlich." Ich drehte das warme Wasser ab. „Jetzt sollte es warm genug sein."

„Ist er denn nicht lustig?", fragte sie.

„Er ist in Ordnung." Jasper war nicht gerade ein Komiker. Jasmine liebte witziges Zeug. Sie liebte es, zu lachen.

„Aber wenn er nicht hässlich und zumindest ein wenig lustig ist, warum willst du dich dann nicht mit ihm treffen, Momma?", fragte sie mit einem unschuldigen Lächeln. „Ich werde nicht böse sein. Ich möchte, dass du einen Freund hast."

Seit sie in die Schule ging, hatte sie gesehen, dass andere Kinder zwei Eltern haben und sie hat Andeutungen gemacht, dass sie das auch gerne hätte. Und nun war ihr Vater in der Stadt. Aber ich wusste noch immer nicht, ob es richtig war, ihm etwas zu sagen oder nicht.

Jetzt hatte er Geld und ich machte mir Sorgen, dass er glauben würde, ich wollte ihm ein Kind unterschieben, um an sein Geld zu kommen. Das könnte in einem furchtbaren Drama enden und er könnte wütend auf mich sein, dass ich ihm die ganze Zeit nichts gesagt habe.

„Und was, wenn ich gar keinen Freund haben will, Jasmine?", fragte ich sie und begann damit, ihr die Spülung aus den Haaren zu spülen.

Ihr Stirnrunzeln sagte mir, dass sie nicht so leicht aufgeben würde. „Warum solltest du keinen haben wollen?"

„Vielleicht eines Tages, wenn du wesentlich älter bist", bot ich an. „Aber im Moment gibt es nur dich und mich."

Sie legte ihren Kopf zurück, damit ich ihr Haar ausspülen konnte. Die Sommersprossen auf ihrer Nase waren das Einzige, das sie von mir hatte. „Momma, du weißt, dass du sehr hübsch bist, oder?"

Ich vermutete, dass sie glaubte, ich hielt mich selbst für unattraktiv, weil ich keinen Freund haben wollte. „Ich weiß, dass ich hübsch bin, Jasmine. Ich weiß, dass ich klug bin und ein wahrer Fang. Aber im Moment bin ich einfach nicht zu haben. Ich will, dass es im Moment nur um uns geht; um dich und mich und um niemanden sonst."

„Mom, das ist doch albern." Nachdem ich mit ihren Haaren fertig war, setzte sie sich auf. „Ich werde eines Tages einen Freund haben. Und was machst *du* dann?"

Ich zog den Stöpsel, nahm ein Handtuch und half ihr aus der Wanne. „SO schnell wirst du noch keinen Freund haben, junge Dame. Warum reden wir nicht über etwas anderes?"

„Über was?" Sie wickelte das Handtuch fest um sich. „Es ist kalt, Momma. Dreh die Heizung auf."

„Sobald deine Haare trocken sind, wird dir mollig warm sein." Ich holte den Föhn. „Zieh dir deinen Schlafanzug an und ich mache alles bereit, um dir die Haare zu föhnen."

„Okay." Sie rannte lachend davon.

Ist es fair, ihr Jasper vorzuenthalten?

Sie bereitete mir so viel Freude, auch durch Kleinigkeiten; ihr Lachen, der Anblick ihres lächelnden Gesichts, ihre Umarmungen und Küsse. Wie fair war es von mir, sie ihrem Vater vorzuenthalten?

Bevor er in die Stadt gekommen war, hatte ich das nie in Erwägung gezogen. Ich hatte vermutet, dass er in irgendeinem unbedeutenden Job festhing und sich zu damals kaum verändert hatte. Aber nun war er nicht mehr dort, sondern hier. Er hatte eine Menge Geld und ihm gehörte eine wunderschöne Farm.

Jasmine würde eine Menge entgehen, sollte ich die beiden weiterhin voneinander fernhalten. Und mir würde auch etwas entgehen.

Nachdem ich ihre Haare getrocknet hatte, packte ich sie zusammen mit ihrer Disney-Prinzessinnen-Kuscheldecke ins Bett. „Schlaf schön, Jasmine. Ich habe dich lieb. Träum was Schönes."

„Du auch Momma. Ich habe dich lieb." Sie küsste mich auf die Wange und umarmte mich.

Ich gab ihr auch einen Kuss und verließ das Zimmer. Ich ging in die Küche, machte mir eine Tasse Tee und entschied mich, meine Mutter anzurufen und ihr die Neuigkeiten zu erzählen. „Hast du sie ins Bett gebracht, Tiffany?"

„Habe ich." Ich füllte meinen Teekessel mit Wasser und stellte ihn auf den Herd. „Ich habe heute einen alten Freund getroffen,

Mom." Meine Mutter hatte niemals einen Groll gegen Jasper gehegt, daher wusste ich, dass sie nicht verärgert sein würde. Ich war einfach unsicher, was ich tun sollte.

„Oh, wirklich?", fragte sie. „Wer war es?"

„Jasper Gentry." Ich wartete, bis bei ihr der Groschen fiel und legte in der Zwischenzeit einen Teebeutel Earl Grey in meine Tasse.

„Du meinst doch nicht ..."

„Doch, ihn." Das Pfeifen des Kessels teilte mir mit, dass mein Wasser fertig war. Ich goss etwas über den Teebeutel und sah dabei zu, wie sich das Wasser zu einem kräftigen braun färbte. „Er lebt jetzt hier in Carthage. Auf Whisper Ranch, genau gesagt."

„Hat er dort einen Job gefunden?", fragte sie. Dann atmete sie tief durch. „Der alte Besitzer ist kurz vor Weihnachten verstorben. Sein Name war Collin Gentry. Du glaubst doch nicht, dass ..."

„Ich weiß es." Ich trank einen Schluck Tee. „Jasper und seinen Brüdern gehört die Farm jetzt. Jasmines Vater ist ein Milliardär." Erst jetzt, als ich es laut aussprach, kamen die Worte auch bei ihr so richtig an.

Jasper ist ein Milliardär.

„Nun, was hat er dir erzählt, Tiffany?", sie klang beunruhigt. „Und was hast du ihm erzählt?"

Ich nahm den Tee und setzte mich ins Wohnzimmer. „Ich habe ihm erzählt, dass ich eine Tochter habe. Ich habe ihm nicht gesagt, wie alt sie ist. Er zeigte sich daran interessiert, dass wir es noch einmal miteinander versuchen. Aber ich habe ihn abgewiesen."

„Gut." Sie schwieg einen Moment, bevor sie fortfuhr: „Was sollen wir nun tun, Tiffany? Die Stadt ist zu klein. Er wird ihr eines Tages begegnen. Er wird die Ähnlichkeiten bemerken, ihr Alter erfahren; er wird so wütend sein, dass wir ihm die ganze Zeit nichts gesagt haben."

„Vielleicht wäre es das Beste, direkt reinen Tisch zu machen." Ich hielt meine Teetasse fest und genoss das warme Gefühl. Gleichzeitig fragte ich mich, welche Konsequenzen es für mich und Jasper hätte, wenn ich ihm die Wahrheit sagen würde.

„Ich glaube nicht, Tiffany." Meine Mom war schon immer

dagegen gewesen, Jasper von Jasmine zu erzählen. „Er hat jetzt einen Haufen Geld. Er kann sie dir wegnehmen, wenn er will."

„Ich glaube nicht ..."

Sie ließ mich nicht ausreden. „Du weißt es nicht mit Sicherheit. Du musst den Mann erst richtig einschätzen, bevor du ihm etwas sagst. Im schlimmsten Fall müssen wir das Café verkaufen und wieder umziehen. Wir dürfen unsere Kleine nicht verlieren."

Ich hatte meine Zweifel, dass das überhaupt noch einmal funktionieren würde. „Mom, er verfügt jetzt über ausreichend Mittel, um uns aufspüren zu lassen. Die hatte er früher nicht."

„Es gibt eine ganze Menge, die wir nun berücksichtigen müssen. Und wir müssen alles bedenken, bevor wir eine Entscheidung treffen, Tiffany." Ihr Ton war bestimmt; sie würde es nicht zulassen, dass ich unbedacht handelte. „Wie furchtbar wäre es wohl, wenn Jasmine die einzigen Menschen verlassen müsste, die sie jemals kannte und an einem Ort leben müsste, an dem sie noch nie zuvor gewesen ist? Und bei Leuten, die für sie Fremde sind?"

Es klang fürchterlich und tief in meinem Herzen wusste ich, dass dies die schlimmste aller Situationen war, die eintreten konnte. Aber ich traute Jasper etwas mehr zu. Aber andererseits traute er mir vielleicht weniger, wenn er erst einmal die Wahrheit erfahren würde.

„Ich werde vorsichtig sein, Mom. Versprochen. Ich werde genau darauf achten, was ich ihm sage." Ich war mir sicher, dass Jasper mir schon bald wieder über den Weg laufen würde.

„Ruh dich etwas aus, Süße. Ich komme morgen früh vorbei, nachdem du Jasmine in die Schule gebracht hast." Sie atmete noch einmal tief durch. „Ich hoffe nur, er hat keinen Grund, zu ihrer Schule zu gehen."

„Und selbst wenn bezweifle ich, dass er sie zwischen all den anderen Kindern als seine Tochter erkennt. Außerdem würde er sich kaum ein Kind schnappen und es einfach mitnehmen. Er ist kein Irrer."

„Na ja, Menschen tun verrückte Dinge, wenn sie sich falsch behandelt fühlen. Wir sehen uns morgen."

Ich legte mein Telefon zur Seite und starrte ein Loch in den

Boden. Ich hatte mir diesen Tag nie vorgestellt. Wahrscheinlich war das etwas naiv von mir. Aber ich hatte wirklich nie geplant, Jasper jemals wiederzusehen, oder ihm zu erzählen, was ich getan hatte.

Ich musste mir etwas einfallen lassen. Wie erzählt man einem Mann, dass man ein Kind von ihm hat und es ihm eigentlich niemals erzählen wollte? Und mit welcher Reaktion sollte ich rechnen?

Wahrscheinlich mit einer apokalyptischen.

KAPITEL FÜNF

Jasper

Das Wiedersehen mit Tiffany hat mich unheimlich scharf gemacht. Ich habe es kaum bis nach Hause geschafft, so erregt war ich. Als ich in meinem Bett lag, kam mir direkt die Erinnerung an unser erstes Treffen wieder in den Sinn.

In einem süßen Cheerleader-Outfit und ihr braunes Haar zu Zöpfen gebunden, betrat sie das Footballfeld. Sie und ich waren seit Schulbeginn in einem Jahrgang gewesen, aber bemerkt habe ich sie erst in unserem dritten Jahr an der Highschool. In diesem Jahr wurde sie Cheerleader und schien sich über Nacht in ein richtig heißes Ding verwandelt zu haben.

An diesem Tag beachtete ich das Spiel kaum, da ich meine Augen nicht von ihr abwenden konnte. Sie schwang ihre langen Beine und wedelte die Pom Poms und meine Fantasie begab sich an Orte, an denen sie noch nie zuvor gewesen war. Ich wusste, dass ich dieses Mädchen haben musste, bevor ein anderer sie bekam.

Ich eilte zum Getränkestand als ich sah, dass sie dorthin ging. Ich schaffte es, ihr *zufällig* zu begegnen. „Hi Tiffany, gutes Spiel, oder?"

Sie stemmte die Hand in die Hüfte und seufzte. „Sehr witzig. Wir liegen zwanzig Punkte hinten. Was für ein Desaster. Und trotzdem müssen wir unser Team anfeuern, als hätten sie noch eine Chance, das Spiel zu drehen."

Ich hatte keine Ahnung vom Spielstand oder davon, dass wir dabei waren zu verlieren. „Ja, ganz schön blöd. Aber du siehst echt süß aus, wie du die Pom Poms schwingst. Ich wusste gar nicht, dass du zu den Cheerleadern gehörst. Wann ist das passiert?"

„Rachel ist letzte Woche gestürzt und hat sich das Bein gebrochen" antwortete sie. „Ich gehöre seit dem ersten Jahr zur Reserve. Heute stehe ich tatsächlich zum ersten Mal mit den anderen Mädchen auf dem Platz." Sie fuhr mit der Hand über ihre Uniform. „Die habe ich jetzt seit etwas mehr als zwei Jahren im Schrank und heute trage ich sie zum ersten Mal in der Öffentlichkeit."

„In ihr sehen deine Beine unendlich lang aus." Ich ließ meinen Blick über ihren Körper schweifen.

Sie bekam rote Wangen. „Oh, dann muss ich wie eine Giraffe aussehen."

„Nein." Ich hatte das als Kompliment gemeint. „Ich meinte, dass du heiß aussiehst, Tiffany."

Sie errötete noch stärker und blickte nervös zur Seite. „Ach Jasper, sei nicht albern."

„Ich meine es ernst." Ich nahm ihre Hand. „Komm schon, ich gebe dir eine Cola aus." Ich hatte genau zwei Dollar, die ich ausgeben konnte, aber ich sollte verdammt sein, sollte ein anderer Junge ihr ein Getränk ausgeben.

„Nun, danke, Jasper. Sehr nett von dir." Sie ging mit mir und versuchte nicht einmal, ihre Hand aus meiner zu lösen. „Ich nehme eine Dr. Pepper. Aber nur eine kleine."

„Cool." Das bedeutete, ich konnte mir auch eine kaufen. Ich deutete dem Kind, das hinter dem Verkaufsstand stand, zwei Finger: „Gib mir zwei DP." Ich legte das Geld auf die Theke, nahm die Getränke und gab Tiffany eins. „Hier bitte."

Damit wir unsere Getränke öffnen konnten, mussten wir unsere Hände loslassen. Doch sobald unsere Limo offen war, nahm ich ihre Hand wieder. Mir gefiel das Lächeln, das sich auf ihre roten Lippen legte. „Weißt du, ich glaube wir haben noch nie so viel miteinander gesprochen wie jetzt."

„Ja, ich bin ein Mann weniger Worte." Ich nahm einen Schluck meiner Limo und versuchte so cool wie möglich auszusehen. „Was machst du nach dem Spiel?"

„Nun, wir haben vor, alle zusammen bei Pizza Palace essen. Du solltest auch kommen, Jasper." Ihre Einladung klang verlockend, aber ich hatte kein Geld mehr.

Aber bevor ich ihr absagte, schlug ich ihr etwas anderes vor. Etwas, das nichts kostete. „Wenn das Spiel vorbei ist, hänge ich gerne auf dem Spielplatz rum. Dann ist keiner mehr da und ich beobachte die Sterne. Aber im lauten Pizza Palace rumzuhängen klingt auch gut."

Ich schaute in den Himmel, doch durch die Flutlichter konnte man keinen einzigen Stern am Himmel sehen. „Deine Idee gefällt mir besser, Jasper. Wenn es dir nichts ausmacht, würde ich nach dem Spiel gerne mit dir rumhängen", sagte Tiff.

Nichts wäre mir lieber. „Ja, kein Problem." Wir gingen Hand in Hand zurück zur Tribüne. „Ich setze mich einfach hier hin und schaue dir beim Anfeuern zu. Auch wenn unsere Dragons keine Chance mehr haben." Dieses kurze, blau-weiße Outfit löste unbeschreibliche Gefühle in mir aus.

„Achte nicht zu sehr auf mich, Jasper. Sonst versaue ich es bestimmt." Sie drückte mir ihre halbleere Getränkedose in die Hand. „Kannst du die für mich halten? Wir dürfen auf dem Feld nichts trinken."

„Klar. Ich passe für dich drauf auf, du heißer Feger." Mir gefiel die Art, wie sie errötete und grinste.

Dann tat sie etwas, das mich völlig überraschte. Tiffany McKee beugte sich vor und küsste mich auf die Wange. „Danke Jasper. Der nächste Jubel ist für dich."

Ich setzte mich also auf die Tribüne und schaute ihr zu. Ihr Lächeln ließ mein Herz höherschlagen. Später, nachdem alle anderen gegangen waren, gingen Tiffany und ich zum Spielplatz.

„Setz dich auf die Schaukel, ich schubs dich an." Ich hielt die

Schaukel für sie fest und sie setzte sich. Ich gab ihr einen leichten Schubs und hielt sie fest, als sie wieder zurückkam.

Sie schaute mich an. „Warum hast du mich angehalten?"

Ohne ein Wort zu sagen beugte ich mich vor und küsste sie auf ihre sanften Lippen. Alles schien stillzustehen: die Zeit, meine Atmung und meine Gedanken. Alles stand still, während wir uns küssten.

Sie war nicht mein erster Kuss, aber der beste. Ihr Geschmack verstärkte mein Verlangen nach ihr. Ich zog sie von der Schaukel und drückte die gegen die Wand; unsere Hände wanderten über unsere Körper und bevor ich wusste, was geschah, hatten wir uns dem Moment hingegeben.

In dieser Nacht gingen wir nicht zum Äußersten, denn Tiffany McKee war ein anständiges Mädchen. Aber nach drei Monaten abendlicher Telefongespräche und Händchenhalten, hatte ich genug Geld gespart, um sie zum Essen einladen zu können.

Sie hatte ein Auto und ließ mich zu unserem ersten richtigen Date fahren. Ich führte sie in das Red Lobster. Sie veranstalteten ein Hummer-Fest und ich erfuhr an diesem Abend, dass meine Freundin etwas für Hummer übrighatte – etwas, dass sie zum Tier werden ließ.

Als wir wieder im Auto saßen, rutschte sie zu mir herüber, nahm meine Hand und legte sie sich direkt in den Schritt. „Können wir?" Ihre grünen Augen leuchteten. „Ich habe fünfzig Dollar. Wir können uns ein Zimmer nehmen. Meine Eltern glauben, dass ich bei einer Freundin übernachte."

„Ich habe nichts zur Verhütung", war alles, was ich sagen konnte. Ich hatte keine Ahnung gehabt, dass sie bereit dazu war. Wir hatten überhaupt nicht darüber gesprochen.

Sie biss sich auf die Unterlippe, nickte und sagte dann: „Nun, du kannst ihn ja herausziehen, oder? Du weißt schon, bevor du – du weißt schon – du kannst ihn herausziehen und es auf meinem Bauch verteilen."

„Mann, heißer Feger. Du hast dir ja eine Menge Gedanken darüber gemacht." Ich hatte zwar auch darüber nachgedacht, aber nicht so sehr über den Teil mit der Verhütung. „Lass uns gehen, Baby!"

Als ich nun in meinem Bett lag, erinnerte ich mich an unser erstes Mal. Ihr Haar lag offen auf dem Kopfkissen und ihre Augen schimmerten im sanften Licht. Im Hintergrund lief der Fernseher – irgendein Horrorfilm und dessen düstere Musik. „Hast du Angst?", fragte ich sie.

Sie schüttelte den Kopf und ich konnte es kaum glauben. Ich hatte eine Wahnsinnsangst. „Nein. Ich vertraue dir, Jasper. Ich habe noch nie jemandem so sehr vertraut wie dir."

„Ist das dein erstes Mal?" Ich musste wissen, ob ich hier der einzige Neuling war.

„Ja, ist es." Sie ließ ihre Hand über ihre nackten Brüste gleiten. „Und ich glaube, es ist auch dein erstes Mal, Jasper Gentry."

Ich hatte eigentlich nicht vorgehabt, das zuzugeben, aber nachdem sie es getan hatte. „Ja. Es ist auch mein erstes Mal. Aber ich habe schon in vielen Filmen gesehen, wie es geht. Ich denke, ich kriege das hin."

„Nun, dann steig auf und lass uns sehen, was es mit dieser Sexsache auf sich hat." Sie spreizte die Beine und ich bekam beinahe einen Herzinfarkt.

„Verdammt, heißer Feger: du bringst mich noch um." Ich positionierte mich zwischen ihren Beinen und sie lächelte mich an.

„Bevor wir das tun, wollte ich dir noch etwas sagen, dass ich noch nie zu jemandem gesagt habe." Sie leckte sich über die Lippen. „Jasper, ich liebe dich."

Mir schlug das Herz bis zum Hals. „Oh mein Gott. Ich kann es nicht glauben. Du liebst mich. Und wir sind kurz davor, Liebe zu machen. Und ich glaube, ich liebe dich auch, Tiff. Das tue ich wirklich. Ich denke die ganze Zeit an dich. Jeden Tag kann ich es kaum erwarten, dein schönes Gesicht zu sehen. Ich rase zur Schule, um dich zu sehen, Tiff. Ich liebe dich auch."

Und dann küssten wir uns. Lange, langsam, zärtlich; und es bedeutete etwas. Als ich langsam in sie eindrang, wusste ich, dass es zwischen uns ernst war. Sie und ich würden zusammenbleiben und nichts konnte uns mehr trennen.

Ihr Körper legte sich so fest um mich und es fühlte sich unglaublich an. Jeder Stoß fühlte sich besser an als der vorherige. Jeder Faser meines Körpers stand in Flammen und brannte nur für sie.

Ihre sanften Seufzer brachten mich beinahe um den Verstand. Ich spürte ihren Atem auf meiner Haut, während sie sich fest an mich drückte, und mein ganzer Körper kribbelte.

Ich küsste ihren Hals und spürte, wie sich ihr Inneres noch fester um mich schlang. Ich bewegte mich weiter vor und zurück, sie schlang ihre Beine um meine Hüften und wölbte den Rücken in die Höhe. „Jasper, ich glaube, es ist so weit."

Ich bewegte mich weiter und küsste und leckte ihren Hals; ich wollte wissen wie es sich anfühlt in ihr zu sein, wenn sie zum Höhepunkt kam. „Gib es mir, heißer Feger."

Ihre Beine zitterten und sie schrie laut auf: „Jasper! Oh Gott! Jasper! Ahh!"

Ich schrie ebenfalls, als ihre Muschi meinen Schwanz fest umklammerte. Es war der schönste Schmerz, den ich je gespürt habe. Ich hatte mir zwar schon oft einen runtergeholt, aber das hier war etwas ganz anderes.

Tiffany bewegte sich wild hin und her, schrie und wimmerte. Die ganze Zeit vergrub sie ihre Fingernägel in meinem Rücken und in meinen Schultern. Und auch dieser Schmerz war verdammt angenehm.

Inmitten dieser Erregung spürte ich, wie mein Schwanz in ihr zusammenzuckte. „Ich komme."

„Ja!" Sie riss die Augen weit auf. „Tu es, Jasper. Ich will dich in mir spüren."

Ich schüttelte den Kopf, hielt sie mit einer Hand fest und zog meinen steifen Schwanz aus ihr heraus. Ich kam über ihren Bauch und über ihre Brüste. „Oh verdammt! Fick mich!"

Schwer atmend sahen wir uns an und grinsten wie verrückt. Dann flüsterte sie: „Willst du duschen und es noch einmal machen?"

„Auf jeden Fall."

Und nun lag ich in meinem Bett auf der Whisper Ranch, hielt mein schlaffes Glied in den Händen und konnte nur daran denken, wie sehr ich mir eine neue Chance bei Tiffany wünschte. Und dieses Mal konnte ich ihr so viel mehr bieten als damals.

Wenn sie mir nur eine Chance geben würde, könnte ich ihr Herz zurückgewinnen. Ich wusste es einfach.

KAPITEL SECHS

Tiffany

Als ich Tomaten schnitt, spürte ich plötzlich ein Kribbeln. Als ich den Blick hob, sah ich Jasper auf das Dairy King zukommen. Er öffnete die Türe und das Glöckchen klingelte. Ich hätte wissen sollen, dass er nicht so schnell aufgeben würde.

Es dauerte nicht lange, bis er mich in der Küche entdeckte. Er winkte und kam zum Tresen, an dem Felicia stand und ihn fragte: „Was kann ich Ihnen bringen, Sir?"

„Wie wäre es mit einer Riesenportion von der Rothaarigen dahinten?" Er trug ein meterbreites Grinsen im Gesicht und schaute mich an.

Die arme Felicia schaute mich ratlos an und wusste nicht, was sie tun oder sagen sollte. Also kam ich ihr zur Hilfe. „Das ist Jasper Gentry, Felicia. Er ist ein alter Freund von mir und hält sich für witzig."

„Freund, aha." Ich kam nach vorne und er erwartete mich mit offenen Armen.

Ich konnte nicht anders und ließ mich direkt in seine starken Arme fallen. „Wir *sind nur* Freunde, Jasper."

Er wippte hin und her und flüsterte: „Du weißt, wie lange ich das beibehalten werde, nicht wahr?"

Seine Worte erinnerten mich an die Zeit, als er mir das erste Mal Aufmerksamkeit entgegenbrachte. Dieser Junge nahm während eines Footballspiels meine Hand und ließ sie erst dann wieder los, als es sein musste. Ich fragte mich, ob er sich zu damals sehr verändert hatte. Ich hatte das Gefühl, dass das nicht der Fall war. Und das machte mir Angst. „Setzen wir uns hin, Jasper. Möchtest du etwas essen oder trinken?"

„Nein. Ich bin nur hier, um dich heißen Feger zu sehen." Er entließ mich aus seiner Umarmung und nahm stattdessen meine Hand. Er zog mich zu dem Tisch in der hintersten Ecke.

Ich setzte mich auf die Bank und er nahm direkt neben mir Platz. „Jasper, du weißt schon, dass gegenüber genug Platz ist, oder?"

„Mir gefällt es hier." Er beugte sich vor und roch an meinem Haar. „Du benutzt noch immer das Shampoo, das nach Jasmin riecht. Ich mag es. Jedes Mal, wenn ich den Duft irgendwo gerochen habe, hat er mich an dich erinnert."

Die Liebe zu diesem Duft hatte mich auch bei der Namenswahl meiner Tochter beeinflusst. Und ein weiterer Grund war der, dass sie mir wie eine weibliche Version von Jasper vorkam. Ich hatte keine Ahnung, ob das noch jemand fand, aber für mich war es so. Zwei Dinge, die ich liebte, miteinander kombiniert, ergab den Namen meiner Tochter, die ich über alles liebte.

Ich liebte sie so sehr, dass ich meine Libido unter Kontrolle hielt, wenn es um ihren Vater ging. Das war gar nicht so einfach, wenn er die ganze Zeit Dinge sagte, wie: „Und jedes Mal, wenn ich frisch gemähtes Gras rieche, muss ich an dich denken." Während des Sommers hatte er mit Rasen mähen etwas Geld verdient, um mich einladen zu können. Dieser Junge hatte den ganzen Sommer nach frisch gemähtem Gras gerochen.

„Ich habe diese Jobs nur wegen dir gemacht – das weißt du, oder?" Er spielte mit einer meiner Haarsträhnen, die sich aus meinem Dutt gelöst hatte. „Ich habe nie jemandem mit schönerem Haar gesehen, Tiff. Ich habe es vermisst, mit meinen Fingern durch dein Haar zu fahren. Ich habe es auch vermisst, diese roten Lippen zu küssen. Hast du auch etwas an mir vermisst?"

Alles.

Doch das konnte ich nicht zugeben, sonst würde er noch den Eindruck haben, dass ich uns eine zweite Chance geben wollte. „Natürlich habe ich das. Aber ich habe jetzt ein Kind, das mich auf Trab hält. Sie und dieser Job nehmen meine ganze Zeit in Anspruch. Du siehst also, dass es nicht fair von mir wäre, dich hinzuhalten, oder?"

„Ich glaube, du könntest Zeit für mich finden. Es macht mir nichts aus, dich zu teilen, Tiffany." Er legte mir seinen Arm um die Schulter und zog mich zu sich heran. „Ich weiß, dass ich damals dir gegenüber einnehmend war. Vielleicht denkst du, dass ich immer noch so bin, aber das bin ich nicht. Wenn du mir die Chance gibst, werde ich dir zeigen, dass ich mittlerweile teilen kann."

„Wie wäre es, wenn du mir mehr Zeit gibst, Jasper?" Ich brauchte eine ganze Menge Zeit, bis ich die Entscheidungen treffen konnte, die ich mit Sicherheit irgendwann treffen musste.

„Wie wäre es, wenn du mir einen Kuss gibst und wir werden sehen, wie viel Zeit du dann noch zu brauchen glaubst ..." Seine Lippen formten sich zu einem sexy Lächeln. „Ich weiß, dass dir das, was wir hatten, genauso sehr gefiel wie mir."

Ja, zu sehr.

Ich war diejenige, die ihn angefleht hatte, in mir zu kommen, bei den letzten drei oder vier Mal, die wir miteinander geschlafen hatten. Keine Ahnung, warum. Mein Körper hatte die Kontrolle über meinen Verstand. Ich wollte es erleben, wissen, was es mit mir machte. Und ich fand es heraus – auf die harte Tour. Ich wurde schwanger.

„Wir beide wissen was passiert, wenn wir uns küssen, Jasper Gentry." Zumindest konnte ich in diesem Punkt ehrlich zu ihm sein. „Ich werde ganz scharf. Du bist wie eine Droge für mich, und das weißt du auch."

„Ach komm schon." Er strich mit seinen Fingern über meine

Lippen. „Ich bin keine Droge für dich. Dafür hast du mich viel zu einfach verlassen. Du warst ganz offensichtlich nicht abhängig von mir. Sonst wärst du nicht einfach ohne ein Wort verschwunden."

Wenn er nur wüsste.

„In diesem Punkt würde ich dir gerne die Wahrheit sagen, Jasper." Ich konnte ihm immerhin ein wenig von dem erzählen, was ich durchgemacht hatte, ohne gleich alles preiszugeben. „Nachdem wir umgezogen sind, habe ich einen Monat lang geweint wie ein Baby. In der ersten Woche konnte ich nicht einmal das Bett verlassen."

„Ich hätte gerne im Bett gelegen und geweint", sagte er mit einem schiefen Grinsen. „Ich musste jeden Tag aufstehen und zur Arbeit gehen."

Grinsend antwortete ich: „Du hast doch gesagt, dass du nachts gearbeitet und Supermarktregale eingeräumt hast."

„Du weißt, was ich meine." Seine Finger fuhren über mein Brustbein und lösten ein Kribbeln in mir aus. „Mein Problem war, dass ich immer geglaubt habe, dass du irgendwann wieder auftauchen und mir sagen würdest, was passiert war. Oder dass du vielleicht anrufen würdest, um mir zu sagen, wo du warst. Ich hatte Hoffnung, obwohl du anscheinend keine hattest."

Ich hatte einen Grund, hoffnungslos zu sein. Doch ich konnte ihm nichts von meiner Schwangerschaft sagen, und ich musste die beste Entscheidung für mein Baby treffen.

„Ich fand es am besten, für einen gelungenen Neustart die Vergangenheit loszulassen. Ich wusste nicht, dass es so wehtun würde, aber das tat es. Aber ich habe es überstanden." Ich verspürte ein wenig Stolz über die Tatsache, dass ich mein Leben auf die Reihe gekriegt hatte.

„Und dieser Neustart, Tiff ..." Er fuhr mit seiner Hand zu meinem Hinterkopf und löste das Haarband, das meine Haare zusammenhielt. „Es hört sich so an, als hättest du niemanden außer deiner Familie in dein Leben gelassen. Und das klingt so gar nicht nach dir." Seine Hand fuhr durch mein Haar und ich wünschte mir, dass er aufhören würde, bevor ich mich nicht mehr zurückhalten konnte.

Die Sache war, dass er recht hatte. Ich hatte immer Freunde gehabt. Ich war immer zugänglich gewesen. Und nun hatte ich niemanden und ich ging auch nirgendwo hin. „Nun, ich hatte den Eindruck, dass ich meine Lebensweise nicht richtig war."

„Nicht richtig?" In seinen glänzenden Augen sah ich, dass er mir nicht glaubte. „Was genau war so falsch daran? Du hattest einen Freund, der dich vergöttert hat. Abgesehen von dem Sex, den ich auch nicht als Fehler bezeichnen würde, schließlich haben wir uns geliebt, hast du nichts falsch gemacht. Du hast nicht getrunken, nicht geraucht und überhaupt keine Drogen genommen. Herrgott Mädchen, du bist noch nicht einmal zu schnell gefahren. Also erklär mir bitte, was an deinem Lebensstil so falsch gewesen sein soll."

Es war nicht einfach mich zu erklären, wenn ich dabei die Tatsache verheimlichen musste, dass ich schwanger war. „Die letzten Monate vor dem Abschluss ... In deiner Nähe habe ich mich wie ein Sex-Junkie benommen."

„Von mir wirst du keine Beschwerden über diese letzten Monate hören. Für mich hast du sie zu den aufregendsten Monaten unserer zweijährigen Beziehung gemacht." Er ließ seine Hand über meinen Schenkel gleiten und kam meiner Mitte gefährlich nahe.

Innerlich war ich furchtbar aufgewühlt und musste schwer schlucken. „Nun ja, das ist aber nicht die Art, auf die sich ein braves Mädchen verhält, Jasper. Ich gebe *dir* nicht die Schuld oder so. Ich sage nur, dass ich mich damals selbst verloren habe. Ich brauchte Zeit für mich allein, um die Person zu werden, die ich werden musste. Keine Freunde. Kein fester Freund. Niemand außer meiner Familie konnte mir dabei helfen, die Person zu werden, zu der ich mich entwickeln musste."

„Und wozu die Eile sich zu entwickeln?" Seine Hand blieb stehen und lag jetzt regungslos auf meinem Bein. Seine Berührung machte mich fast wahnsinnig.

Ich musste eine Mutter werden, deswegen. „Mit dir bekam ich plötzlich Angst, Jasper. Ich fürchtete mich selbst vor dem, was ich geworden war."

„Du warst doch nichts Böses, Tiff. Es ist doch nicht falsch mit dem Mann, den man liebt, zusammen sein zu wollen." Er bewegte seine Hand wieder ein wenig weiter zu meiner erregten Mitte.

„Ich war erst achtzehn, Jasper. Ich erwarte nicht, dass du es verstehst. Und nun, da ich selbst eine Tochter habe ... Ich möchte nicht, dass sie mit einem Jungen intim wird, bevor sie einundzwanzig ist." Das war mein Ernst. Es hatte mich fast umgehauen, als sie sagte, dass sie eines Tages einen Freund haben werde. Wenn es nach mir ginge, würde sie sich erst mit Jungs treffen, nachdem ich tot und begraben war.

„Viel Glück dabei, Tiffany." Er nahm mein Kinn in seine Hand. „Aber das erklärt gar nichts, denn du hattest sie ja noch nicht, als du entschieden hattest, dass du dich wie ein böses Mädchen verhältst. Und du warst überhaupt kein böses Mädchen. Du warst fantastisch – großzügig, annehmend, gewillt beinahe alles auszuprobieren. Und du warst so, weil du wusstest, dass du mir vertrauen konntest und dass du darauf vertrauen konntest, dass ich dich liebte. Ich dachte, ich könnte dir auch vertrauen, nachdem du diese Worte gesagt hast. Es hat wirklich wehgetan, als ich erkannt habe, dass du sie nicht so gemeint hast. Ich habe mich gefragt, ob du sie überhaupt jemals so gemeint hast."

Ich konnte ihn nicht in diesem Glauben lassen. „Jasper, ich habe dich geliebt. Ich habe dich mit allem geliebt, was ich hatte. Du darfst niemals etwas anderes glauben. Mir ist das alles einfach über den Kopf gewachsen. Ich musste einfach raus und wieder in der Realität ankommen. Das Leben in einer Fantasie war vorbei. Ich musste mich um einige Dinge kümmern. Und ich musste mich allein darum kümmern. Nun, das stimmt nicht ganz. Wenn ich den Rückhalt meiner Familie nicht gehabt hätte, dann weiß ich nicht, was ich getan hätte."

Er schaute skeptisch und sagte: „Du redest wie jemand, der einen Entzug nötig hatte oder so was. Ich habe das Gefühl, du erzählst mir nicht alles. Gab es einen anderen Typen? Ist es das? Denn ich muss ehrlich sagen, je mehr du sagst, desto weniger verstehe ich."

„Es gab keinen anderen Typen, Jasper. Du warst der Einzige. Gott weiß, dass du mir mehr gegeben hast, als ich gebraucht habe." Bei dem Gedanken daran, wie er meinen Körper damals behandelt hatte, wurde mir ganz warm.

„Nun, irgendwann warst du aber mit jemand anderem zusammen", deutete er an. „Also hast du den heißen Feger zum Spielen rausgelassen und wieder Sex gehabt."

Ich biss mir auf die Lippe und wusste nicht, was ich sagen sollte. Es gab niemanden in sieben Jahren.

Glücklicherweise öffnete sich die Türe. „Oje, die Mittagsgäste sind da. Ich muss zurück an die Arbeit, Jasper. Wir können später weiterreden."

Nochmal Glück gehabt.

KAPITEL SIEBEN

Jasper

Nachdem Tiffany keine Zeit mehr für mich hatte, verließ ich das Café. Bezüglich unseres Neuanfangs war ich aber ich keinen Schritt weitergekommen. Und am Ende hatte ich sogar nur noch mehr Fragen über die letzten sieben Jahre. Dieses Mädchen hatte eine Menge Geheimnisse und ich wollte zumindest eines davon lüften.

Wer war der Vater ihrer Tochter und warum spielte er keine Rolle in ihrem Leben?

Da Tiffany selbst mir keine klare Antwort geben wollte, ging ich zu der allwissenden Reporterin, die ständig hinter mir und meinen Brüdern her war, weil sie unsere Geschichte erzählen wollte. Vielleicht würde sie mir ein paar Dinge über die McKees sagen, wenn ich sie im Glauben ließe, dass sie dafür unsere Geschichte bekam.

Ich ging zu dem Verlag, bei dem Felicity arbeitete. Und als ich das Gebäude betrat, ärgerte es mich noch mehr, dass Tiffany mich nicht in der Nähe ihres Kindes haben wollte.

Ich war kein schlechter Mensch. Ich hatte nie viel mit kleinen Kindern zu tun gehabt, aber ich hatte keine Abneigung gegen sie.

Und Tiff wusste, dass ich kein bösartiger Mensch war. *Also warum durfte ich mich dem Kind nicht nähern?*

Falls das wirklich der einzige Grund dafür war, dass wir nicht wieder zusammenkamen, musste ich daran etwas ändern. Und das konnte ich. Ich konnte dem Kind ein Pony schenken oder so etwas. Ich konnte sie dazu bringen, mich zu mögen. Ich wusste, dass ich das konnte. Tiffany war einfach nur stur.

Ich stand vor der Glastür mit der Aufschrift „Carthage Verlag". Ich öffnete sie und roch sofort die Druckerschwärze. „Felicity? Bist du hier?" Der Ort schien verlassen zu sein.

Dann hörte ich ein Rascheln und sah einen alten Mann mit tintenverschmierten Händen, der in die Lobby kam. „Hallo. Was kann ich für Sie tun?"

„Ich bin auf der Suche nach Felicity. Ist sie hier?" Ich versuchte zu erkennen, ob sich im hinteren Bereich noch jemand aufhielt.

„Sie ist beim Mittagessen." Er wischte sich den Daumen an seinem Hemd ab. „Es ist Freitag – Drucktag – und ich habe alle Hände voll zu tun. Wenn Sie mir bei meiner Arbeit helfen, können Sie mich zuquatschen, bis sie wieder da ist."

„Sicher, warum nicht." Ich folgte dem alten Mann, der in seiner Kindheit sicher schon als Zeitungsjunge hier gearbeitet hat. „Ich vermute, Sie arbeiten hier schon eine ganze Zeit."

Er nickte und zeigte dann auf einen Stapel Zeitungen. „Können Sie die für mich tragen?" Dann hielt er kurz inne und sah mich an. „Oh, ich bin Peter. Und Sie?"

„Jasper." Ich hob den Zeitungsstapel auf. „Gentry."

„Oh! Die Gentrys von der Whisper Ranch?", fragte er und zeigte mir, wo ich den Stapel hinlegen sollte.

„Ja, genau die." Ich legte die Zeitungen ab und bemerkte, dass meine Hände nun ebenfalls ganz schwarz waren. „Was haben Sie noch für mich, Peter?"

„Sehen Sie diese Kisten da drüben?", fragte er. „Sie müssen schon seit einem Jahr verstaut werden. Wir sind nicht stark genug, um sie zu bewegen. Wollen Sie es versuchen? Sie müssen in das hintere Zimmer."

„Ich kümmere mich darum." Während ich mich den Kisten widmete, dachte ich darüber nach, ob er wohl etwas über die McKees wusste. „Nun, die Familie, der das Dairy King gehört – was wissen Sie über die?"

„Jason und Darla McKee sind vor sieben Jahren hergekommen" sagte er und legte noch mehr Papier in die Druckermaschine. „Ihre älteste Tochter heißt Tiffany, der Sohn ist das zweitälteste Kind und heißt Bo. Der Junge war ein richtiger Chaot; hat sich ständig Ärger eingehandelt. Dann ist er zu den Marines gegangen. Und die jüngste Tochter heißt Carolina. Sie hat letztes Jahr geheiratet. Unsere Zeitung hat auf einer Doppelseite über die Hochzeit berichtet."

„Was wissen Sie über Tiffany?", fragte ich, hob die nächste Kiste hoch und brachte sie ins Hinterzimmer.

„Ich weiß, dass sie eine ziemlich gute Köchin ist. Sie müssen reservieren, wenn Sie etwas von ihrer Sonntagskarte haben wollen." Er leckte sich über die Lippen. „Sie kocht wirklich verdammt gut. Und sie hat eine kleine Tochter. Nur kann ich mich nicht daran erinnern, sie jemals schwanger gesehen zu haben. Keine Ahnung, ob sie sich damals versteckt hat, aber ich habe sie nie mit einem dicken Bauch gesehen."

„Wie alt ist das Kind?", fragte ich und schnappte mir die letzte Kiste.

Er schüttelte nur den Kopf. „Keine Ahnung. Ich habe sie nie gesehen. Sie haben auch noch nie eine Geburtstagsanzeige für sie aufgegeben. Glauben Sie mir, ich habe vielleicht vergessen, was ich vor zehn Minuten gemacht habe, aber ich kann mich an alles erinnern, was jemals in dieser Zeitung aufgetaucht ist."

„Haben Sie Tiffany mal zusammen mit dem Vater des Kindes gesehen?"

„Nein. Ich bin ihr in der Stadt begegnet, im Supermarkt, im Watering Hole und natürlich im Dairy King. Sie ist immer allein. Und wenn ich darüber nachdenke: ich habe sie auch nie zusammen mit ihrem Kind gesehen. Vor ein paar Jahren hat es die Runden gemacht, dass sie eine Tochter hat."

„Also ist es möglich, dass sie nicht älter als zwei Jahre ist?", fragte ich und kratzte mich am Kopf. Wenn ihre Tochter tatsächlich noch so klein war, gab es doch keinen Grund, mich von ihr fernzuhalten. In diesem Alter würde es ein Kind doch nicht verstören, wenn man jemanden kennenlernte. „Wissen Sie, wie sie heißt?"

Er hielt kurz inne und klopfte sich mit dem Finger leicht gegen die Schläfe, dann wurden seine Augen ganz groß. „Ja, ich kenne ihren Namen. Er lautet Jasmine. Und ich weiß, dass ihr Nachname McKee ist. Der Vater wurde nie erwähnt."

Je mehr ich erfuhr, desto mehr Fragen hatte ich. „Ich danke Ihnen für die Informationen, Peter."

„Ich danke Ihnen für das Kisten-Schleppen. Wir sehen uns, Jasper Gentry. Es war nett, Sie kennenzulernen. Tut mir leid, dass Ihr Großvater so ein Arsch gewesen ist."

Ich musste lachen. „Ja, mir auch. Kannten Sie ihn persönlich?"

Nickend antwortete er: „Wir sind gemeinsam zur Schule gegangen. Das scheint eine Ewigkeit her zu sein. Er war ruhig und blieb eher für sich." Er kratzte sich an der Nase und hinterließ dort etwas Druckerschwärze.

„Sie haben da etwas, Peter" teilte ich ihm mit.

„Ich schätze es lag nicht an Collin allein, dass er zu so einem Arsch geworden war." Er wischte sich erneut über die Nase und machte den Fleck nur noch größer. „Ich kann gar nicht sagen, wie oft der Junge mit Flecken im Gesicht zur Schule gekommen war, Spuren der Schläge, die er von seinem Vater bekam. Einmal war er sogar eine ganze Woche nicht zur Schule gekommen. Und als er wieder in der Schule auftauchte, trug er seinen Arm in Gips und sah aus, als hätte ein Bulle ihn überrannt. Hinter vorgehaltener Hand hat man sich erzählt, dass sein Alter Herr ihm das angetan hatte. Es ging um ein Mädchen. Dein armer Großvater hatte sich in ein Mädchen vom falschen Ende der Stadt verliebt. Sein Vater hat das unterbunden – zumindest für eine Weile."

„Wow", sagte ich und dachte darüber nach, wie brutal die Familie meines Vaters war. „Ich bin froh, dass mein Vater nicht wie sein Vater war. Er hat nie die Hand gegen uns erhoben."

„Das lag wohl daran, dass euer Vater von seinem Vater die gleiche

Behandlung erhalten hatte, wie dieser von seinem Vater", antwortete Peter. „Seid dankbar, dass euer Vater diese Stadt verlassen hat. Wäre er geblieben – nun, dann wärt ihr Jungs wahrscheinlich gar nicht geboren worden."

„Ich schätze, Sie haben recht." Als ich nach draußen ging, kam Felicity mir mit einem Taco in der Hand entgegen. „Hi, ich bin hier, um mit dir zu reden."

„Großartig", sagte sie und grinste breit. „Ich hatte gehofft, dass einer von euch mir gibt, was ich will."

„Tja, da muss ich dich leider enttäuschen. Ich hatte ein paar Fragen an dich, aber Peter hat sie mir schon beantwortet." Und dann fragte ich mich, ob sie nicht doch ein bisschen mehr wusste als er. „Tiffany McKees Tochter – wie alt ist sie?"

„Oh, keine Ahnung. Ich habe sie nie gesehen. Tiffany nimmt sie nie irgendwo mit hin." Sie schüttelte den Kopf. „Ich weiß gar nicht, warum. Vielleicht hat es etwas mit dem fehlenden Vater zu tun. Keiner weiß, wer es ist. Sie hat noch nie auch nur seinen Namen erwähnt."

„Vielleicht solltest du sie fragen", schlug ich vor. „Alles über jeden zu wissen ist doch deine Stärke, oder nicht?"

„Nun, das ist ihre Privatsache, Jasper. Ich bin niemand, der sich in so etwas einmischt", sagte sie. „Und schon gar nicht, wenn ein Kind involviert ist. Ich meine, man weiß ja nie ... Vielleicht ist sie aus einer gewalttätigen Beziehung geflohen, und deswegen hat ihn nie jemand gesehen. Oder vielleicht ist es das Kind eines Promis und sie hat Angst, dass er, falls er es herausfindet, ihr das Kind wegnimmt. Ich finde, sobald es um ein Kind geht, gibt es keine Rechtfertigung dafür, ihr Leben durcheinanderzubringen."

„Ja, wahrscheinlich hast du recht." Es sah so aus, als könnte mir niemand etwas über Tiffanys wahre Situation erzählen.

Aber die Frau selbst konnte das. Ich hatte die Wahrheit verdient. Sie hatte mich ohne ein Wort verlassen. Sie wusste, dass sie umziehen würde und entschied sich, mir nichts davon zu sagen.

Wir waren verliebt. Zumindest dachte ich das. Wir hatten jede freie Minute miteinander verbracht. Es machte keinen Sinn, dass sie mir nichts von dem Umzug erzählt hatte. Und ich hatte genug von ihren Ausflüchten zu diesem Thema.

„Du weißt nicht zufällig, wo Tiffany wohnt, oder?", fragte ich Felicity. „Sie und ich waren in der Highschool zusammen. Wir haben uns erst gestern wiedergesehen, und sie musste plötzlich weg. Sie hat vergessen, mir ihre Adresse zu geben. Sie wäre nicht verärgert, wenn du mir sie gibst. Ich werde ihr nicht einmal sagen, woher ich ihre Adresse habe. Es kann unser kleines Geheimnis bleiben, Felicity."

„Zuerst musst du mir etwas geben, Jasper."

Ich hatte schon befürchtet, dass sie eine Gegenleistung wollte. „Ich sag dir was. Meine Brüder und ich werden dir ein paar Fragen beantworten. Aber nicht mehr, als zehn Fragen. Also überleg sie dir gut."

Das Leuchten in ihren Augen verriet mir, dass ich soeben eine Adresse erkauft hatte. „Alles klar. Ich werde die Fragen bis Montag fertig haben und ihr werdet sie bis Freitag beantworten. Dann habe ich die Story für nächste Woche."

Meine Brüder würden mir wahrscheinlich in den Hintern treten, für das hier. Aber am Ende wäre es das wert.

KAPITEL ACHT

Tiffany

Ich verließ die Arbeit etwas früher, holte Jasmine von der Schule ab und wir verbrachten zuhause einen ruhigen Abend mit Netflix und Pizza. „Also, was möchtest du dieses Wochenende machen, Jasmine?"

Sie nahm die Peperoni von ihrem Stück Pizza und zuckte mit den Schultern. „Keine Ahnung. Was willst du machen?"

„Keine Ahnung." Ich sah zu, wie sie vorsichtig die runden Salamischeiben von ihrer Pizza nahm. „Jas, du sagst immer, dass du Peperoni-Pizza willst und dann nimmst du die Salami herunter. Warum nimmst du nicht einfach eine Pizza nur mit Käse?"

„Momma, siehst du die Stellen, wo die Salami gelegen hat?" Sie deutete auf einen der Punkte.

„Ja."

„Nun, diese Stellen schmecken besser als die, wo nur Käse drauf ist. Ich mag das Gefühl von Salami nicht in meinem Mund, aber ich mag den Geschmack."

„Ich verstehe." Mir gefiel es, wir gut sich meine sechsjährige

Tochter ausdrücken konnte. Wahrscheinlich lag es daran, dass sie seit ihrer Geburt hauptsächlich mit Erwachsenen zusammen war.

Außer meinen direkten Familienmitgliedern hatte nie jemand auf sie aufgepasst. Bevor sie vor ein paar Jahren in den Kindergarten kam, war sie auch nie mit anderen Kindern zusammen gewesen. Ihr Wortschatz ließ das deutlich erkennen.

Ich konnte nicht anders, als zu lächeln, als ich ihr beim Essen zusah; sie aß sehr ordentlich und wischte sich nach jedem Bissen den Mund ab, um keine Reste im Gesicht zu haben. „Wird es dieses Wochenende regnen oder schneien, Momma?"

„Nicht, dass ich wüsste. Würdest du gerne etwas im Freien machen?", fragte ich. „Vielleicht morgen nach Dallas in den Zoo fahren?"

„Das haben wir letztes Jahr zu dieser Zeit gemacht und kaum ein Tier ist rausgekommen", erinnerte sie mich. „Wie wäre etwas drinnen? Tammy aus meiner Klasse hat erzählt, dass sie mit ihrer Familie an der Küste war und dort in einem riesigen Aquarium ganz viele Fische gesehen hat."

„An die Küste?", wiederholte ich. „Für einen Tagesausflug ist das etwas zu weit weg. Ich muss an meine Sonntags-Reservierungen im Café denken."

„Ich weiß." Sie blickte mich hoffnungsvoll an. „Aber können wir diesen Sommer fahren, wenn es draußen warm ist? Tammy hat gesagt, dass sie auch am Strand waren. Das hört sich so cool an, Momma. Und sie hat auch diese tolle Sonnenbrille bekommen. Sie sieht damit wie ein Filmstar aus. Ich will auch eine haben. Auf ihrer sind kleine Meerjungfrauen. Ich will genauso eine haben."

„Na, wir können auf jeden Fall einen Sommerurlaub dahin planen." Ich war froh, dass wir eine Einigung erzielen konnten. „Was dieses Wochenende betrifft: Ich denke, mir fällt schon etwas ein, das drinnen stattfindet. Vielleicht sehen wir mal nach, welche Filme im IMAX in Dallas laufen. Warten wir mal bis morgen ab."

Sie nickte, steckte sich den letzten Bissen Pizza in den Mund und brachte ihren Pappteller zum Müll. „Klingt gut, Momma. Bist du soweit einen Film für heute Abend im Fernsehen auszusuchen?"

Ich war ebenfalls mit dem Essen fertig und warf meinen leeren Teller in den Müll. „Ja, ich denke etwas Witziges."

„Natürlich", sagte sie und stemmte ihre kleinen Hände in die Hüften. „Ich liebe lustige Sachen."

Das Geräusch eines Autos in meiner Einfahrt brachte mich dazu, aus dem Fenster zu sehen und ein schwarzer Truck parkte gerade vor meiner Haustüre. Mir blieb fast das Herz stehen, als ich sah, wer ausstieg. „Jasper."

Ich drehte mich zu Jasmine, die auf der Couch saß und rannte zu ihr. „Hey, lass uns einen kleinen Spaziergang nach dem Essen machen." Ich nahm ihre Hand und zog sie zur Hintertür.

„Ach Momma, ich will nicht spazieren gehen", beschwerte sie sich.

Gerade, als wir nach draußen gingen, hörten wir das Klopfen an er Vordertüre. „Komm schon, beeilen wir uns."

Jasmine schaute zurück, nachdem ich die Türe geschlossen hatte. „Momma, da klopft jemand an die Tür. Willst du nicht aufmachen?"

„Nein." Ich wusste nicht, was ich ihr sagen sollte. „Ich erwarte niemanden. Ich bin sicher, dass es ein Vertreter ist und darauf habe ich jetzt keine Lust."

Das Klopfen wurde zu einem Poltern und Jasper rief ungeduldig: „Verdammt, Tiffany. Ich weiß, dass du da bist. Dein Auto steht vor der Türe. Jetzt lass mich rein."

„Woher kennt der Vertreter denn deinen Namen, Momma?", fragte Jasmine.

„Das gehört zu ihren Tricks, damit du ihnen etwas abkaufst. Beeilen wir uns und gehen in den Park." Ich zog sie hinter mir her, doch da sie langsamer war als ich, nahm ich sie schließlich auf den Arm und rannte beinahe durch die Straßen in Richtung Park.

Zwischen einigen Bäumen standen Tische, die man unmöglich von der Straße aus sehen konnte, also ging ich dorthin. Jasmine zeigte auf die Rutsche. „Darf ich?"

„Sicher." Ich setzte sie wieder ab und sah zu, wie sie auf die Rutsche kletterte. Als ich einen Truck hörte, drehte ich mich um und sah, dass es Jasper war. *Er fährt herum und sucht mich.* „Scheiße."

„Momma!", rief Jasmine. „Du hast ein böses Wort gesagt. Schäm dich!"

„Ja, ich schäme mich. Ich – ähm ..." Ich musste mir eine Erklärung einfallen lassen, warum ich in ihrer Gegenwart geflucht hatte. „ ... bin auf einen Pinienzapfen getreten und habe mich erschreckt."

„Oh, dann ist gut." Sie rutschte herunter. „Huuii ..."

Dieses Kind liebte Rutschen mehr als irgendetwas sonst. Aber ich konnte mich dieses Mal nicht an der guten Laune meiner Tochter erfreuen, wie ich es sonst tat. Nicht, solange Jasper nach mir suchte.

Ich musste etwas tun. Früher oder später würde Jasper mich mit Jasmine erwischen. Wir mussten die Stadt verlassen, und zwar sofort. Aber was in aller Welt sollte ich Jasmine sagen?

Es gab eine Menge zu tun. Ich musste die Reservierungen für Sonntag absagen. Außerdem musste ich die Lieferungen für das Café stornieren. Für mein Sonntagsessen wurde ich immer extra von den Farmern der Umgebung mit frischen Zutaten beliefert. Ich musste eine Menge regeln, und ich hatte nur wenig Zeit.

Jasmine rutschte noch ein paar Mal, und Jasper fuhr noch zweimal am Park vorbei. Ich vermutete, dass er nun woanders nach mir suchte. Also hatte ich nun ein kleines Zeitfenster zum Packen und um aus der Stadt zu verschwinden.

„Jas, komm her. Ich hatte gerade eine großartige Idee. Wir können sofort nach Dallas fahren. Wir verbringen dort ein paar Tage, übernachten in einem vornehmen Hotel und tun eine Menge lustiger Dinge."

„Au ja, Momma!" Sie rannte von der Rutsche zu mir. „Können wir in ein teures Spa gehen und uns die Nägel machen lassen, wie das eine Mal?"

„Natürlich können wir das." Ich hob sie hoch und trug sie zurück zum Haus. In der Ferne konnte ich noch immer Jaspers Truck hören und ich beeilte mich. „Wir können im Lorenzo Hotel wohnen. Dir hat es dort gefallen. Erinnerst du dich an all die Lichter und das große Fenster?"

„Oh, ja!" Jasmine wurde richtig aufgeregt. „Ich habe das geliebt. Oh, ich kann es gar nicht erwarten. Beeilen wir uns, Momma."

Wir gingen wieder durch die Hintertür und ich setzte Jasmine ab. „Hol deine Tasche aus dem Schrank und ich helfe dir beim Packen. Und hol deine Zahnbürste aus dem Badezimmer." Sie rannte los und ich sah an der Vordertüre nach, ob Jasper mir eine Nachricht hinterlassen hatte. An der Tür klebte ein Zettel mit seiner Telefonnummer. Und darunter stand in Großbuchstaben: „RUF MICH AN!"

Ich entfernte den Zettel von der Tür und steckte ihn in meine Hosentasche. Plötzlich spürte ich eine unfassbare Unruhe in mir. „Weißt du was, Jas? Momma kauft unterwegs einfach alles, was wir brauchen." Ich rannte in mein Schlafzimmer, schnappte mir meine Handtasche und meine Tochter, und verließ eilig die Wohnung. Ich wusste, dass mit Jasper irgendetwas los war, und ich war noch nicht bereit dazu, mich dem zu stellen.

Vielleicht hatte ihm jemand etwas erzählt, was nicht erzählt werden sollte. Ich hatte keine Ahnung. Als er mich vorher im Dairy King besucht hatte, hatte er sich noch ganz anders verhalten. Irgendetwas musste passiert sein und ich war mir nicht sicher, was. Aber ich war mir sicher, dass ich noch nicht bereit dazu war, diesem Mann reinen Wein einzuschenken.

Mit zitternder Hand setzte ich meine Tochter in ihren Kindersitz. „Was ist los, Momma? Deine Hand zittert." Sie legte ihre Hand auf meine.

„Ich bin nur so aufgeregt." Ich küsste sie auf die Stirn. „Das ist so spontan, oder? Völlig untypisch für uns."

„Ja, so etwas haben wir noch nie gemacht." Sie legte ihre Hände auf mein Gesicht. „Momma, beruhige dich. Wir werden eine Menge Spaß haben, aber du musst nicht gleich vor Freude zittern."

Ich holte tief Luft und wusste, dass ich mich beruhigen musste. „Du hast recht, Süße. Momma muss sich abregen."

Ich setzte mich auf den Fahrersitz und steuerte das Auto auf die Straße. Ich nahm den direkten Weg zur Fernstraße und verließ Carthage, bevor Jasper mich finden konnten. Ich wusste, dass er Einiges unternehmen würde, um mich aufzuhalten, sollte er mich sehen.

„Ich lass mir die Nägel pink lackieren", sagte Jasmine und

betrachtete ihre Hände. „Meine Fußnägel auch. Welche Farbe nimmst du?"

Ich versuchte mich abzulenken und mich auf die Stimmung meiner Tochter einzulassen. „Was hältst du von Koralle?"

„Das ist eine Mischung aus pink und orange, richtig?", fragte sie.

„So ähnlich, genau." Ich schaute sie durch den Rückspiegel an und fuhr auf die Autobahn auf. Allein die Tatsache, dass ich mich weiter von der Stadt entfernte, beruhigte mich ungemein.

„Ich finde, das klingt schön." Sie schaute aus dem Fenster in die Dunkelheit. „Kommen wir sehr spät im Hotel an?"

„Nun, wir müssen unterwegs noch anhalten, um alles zu besorgen, was wir brauchen. Das wird wohl eine Stunde oder länger dauern." Ich dachte darüber nach, wie hirnverbrannt diese plötzliche Flucht war. „Ja, es wird wohl ziemlich spät werden. Aber wir können ja ausschlafen. Ich muss noch ein paar Anrufe machen, kannst du ganz kurz ganz leise sein?"

„Ich kann sehr ruhig sein, Momma." Ihr Blick klebte an den vorbeifahrenden Autos. „Ich beobachte auch gerne die Lichter."

Ich hatte noch nie eine Freundschaft, wie die zu meiner Tochter. Auch wenn sie nicht geplant war, wusste ich, dass sie dazu bestimmt war, meine Tochter zu sein. „Danke, Süße."

Während ich die Straße entlangfuhr, formte sich ein Kloß in meinem Hals. Ich hatte diese ganzen Jahre mit Jasmine gehabt und Jasper hatte nicht einmal einen einzigen Augenblick mit ihr erlebt. Mein Herz schmerzte für ihn und ich war mir sicher, dass es daran lag, dass ich ihm auf mehreren Wegen Unrecht getan hatte.

Ich hatte nie geplant, diesen Mann je wiederzusehen. Aber ich schätze, dann hätte ich weiter wegziehen sollen. Vielleicht sollte er uns ja finden, vielleicht wollte es das Schicksal, dass er dieses kleine Mädchen fand.

Doch er klang so wütend. Ich konnte seinen Ärger richtig spüren, während ich seine Nachricht las. Er war wirklich sauer und das bedeutete, dass ihm jemand etwas gesagt haben musste.

Aber wer in der Stadt wusste etwas über unsere Tochter, abgesehen von meinen Eltern?

KAPITEL NEUN

Jasper

Ich fuhr noch ein weiteres Mal an Tiffanys Wohnung vorbei und sah, dass ihr Auto weg war. Ich musste im Zweifel zu ihren Gunsten entscheiden. Vielleicht war sie nicht zu Hause gewesen, als ich da war. Vielleicht war sie irgendwo mit ihrer Tochter unterwegs gewesen.

Ich fuhr langsam an dem Haus vorbei und sah, dass der Zettel, den ich hinterlassen hatte, weg war. Also hatte sie meine Telefonnummer und dennoch nicht angerufen. Das machte mich irgendwie wütend.

Ein einfacher Anruf war doch nicht zu viel verlangt für eine alte Liebe. Nur ein kurzer Anruf und ich wäre nicht wütend geworden. Aber Tiffany gestand mir nicht einmal das zu.

Ich grübelte noch immer darüber nach, dass sie mir etwas Wichtiges verheimlichte. Und auch ihr Kind kam mir immer wieder in den Kopf. Es störte mich gewaltig, nicht zu wissen, wie alt sie war. Wenn ich das wüsste, könnte ich weitermachen.

Für den Augenblick konnte ich nichts tun, also fuhr ich nach Hause, um mit meinen Brüdern zu Abend zu essen. Ich musste sie auch noch darüber informieren, welchen Preis Tiffanys Adresse hatte. Das konnte ich ihnen auch sofort erzählen.

Als ich das formelle Speisezimmer betrat, saßen Cash und Tyrell bereits am Tisch. Sie tranken Eistee und warteten darauf, dass die Vorspeise serviert wurde. „Hallo meine Herren."

Tasha, die Assistentin des Kochs, kam herein. „Dachte ich mir doch, dass ich dich gehört habe, Jasper. Was möchtest du trinken?"

„Ich brauche ein Bier. Ein großes." Sie verließ das Zimmer und ich setzte mich.

Tyrell musterte mich. „Du siehst etwas aufgewühlt aus. Was ist los?"

„Tiffany ist los." Tasha kam mit meinem Bier zurück und stellte es vor mir auf dem Tisch ab. „Danke, Tash."

„Gern geschehen." Sie entfernte sich wieder. „Die Enchiladasuppe ist gleich fertig, Jungs."

Cash lächelte. „Lecker."

Tyrell musterte mich noch immer. „Was ist mit Tiffany? Ich habe sie vor einigen Tagen im Dairy King gesehen. Sie kam mir in Ordnung vor."

„Nun ja, ich habe diese Ahnung, dass sie etwas vor mir verheimlicht." Ich trank einen großen Schluck kaltes Bier. „Und ich muss euch noch etwas sagen."

Etwas verärgert fragte Tyrell: „Und das wäre?"

„Nun, ich habe heute mit Felicity gesprochen." Ich wartete einen Augenblick, während meine Brüder den Kopf schüttelten.

Cash massierte sich den Nasenrücken und fragte: „Hast du einen Deal mit ihr gemacht, Jasper?"

„So ähnlich." Ich nahm einen weiteren Schluck und nahm meinen ganzen Mut zusammen. „Ich habe ihr gesagt, dass sie uns eine Liste mit zehn Fragen geben kann, die wir dann für sie beantworten. Daraus kann sie dann eine Story machen."

Die Art, wie sich Tyrells Nasenlöcher aufblähten, verriet mir, dass er sauer war. „Du hast was?"

„Ich musste rauskriegen, wo Tiffany wohnt, und im Gegenzug wollte Felicity etwas haben. Es ist doch nicht viel, Jungs. Zehn lausige

Fragen, das ist alles. Und ich werde sie mit Freude für euch beantworten, wenn ihr nichts damit zu tun haben wollt. Ich *musste* es tun. Ich musste wissen, wo ich Tiffany finden kann. Das versteht ihr doch, oder?"

Alles, was ich bekam, war Kopfschütteln. Und da wusste ich, dass ich ihnen reinen Wein einschenken musste. „Alles klar, ich werde verrückt. Ist schon klar, ich weiß es. Und ich wünschte, ich könnte damit aufhören, aber ich kann nicht. Ich bin zu ihr nach Hause gefahren, habe an die Tür geklopft und gerufen, dass ich wüsste, dass sie zuhause sei, denn ihr Auto stand vor der Türe. Ihre Nachbarn halten mich bestimmt für verrückt."

Cash räusperte sich. „Jasper, du solltest dich mit der Möglichkeit anfreunden, dass sie dich einfach nicht wiedersehen möchte. Andere Mütter haben auch schöne Töchter, weißt du?"

„Wenn das der Fall wäre, warum sehe ich dann immer dieses Funkeln in ihren Augen, wenn sie mich ansieht?" Ich wollte es wissen. Ich musste es wissen.

Tyrell antwortete: „Du warst ihre erste Liebe, Jasper. Ich schätze, es ist normal, dass sie dich so ansieht. Aber das heißt nicht, dass sie dich *immer noch* liebt. Glaubst du denn wirklich, dass du immer noch *in sie* verliebt bist? Ich meine, du hast keine Ahnung was für eine Frau sie geworden ist. Wie kannst du sagen, dass du in sie verliebt bist, wenn du sie überhaupt nicht richtig kennst? Und wie kannst du von ihr erwarten, dass sie sich dir sofort in die Arme wirft, wenn sie dich überhaupt nicht mehr kennt?"

Obwohl seine Worte völlig logisch waren, konnten sie meinen Gedankengang nicht stoppen. „Ich glaube, sie verheimlicht mir etwas Wichtiges. Ihre Geschichte hat so viele Lücken. Und sie will mir auch nicht sagen, wie alt ihre Tochter ist – oder wer der Vater ist. Das klingt doch verdächtig, findet ihr nicht?"

Tasha kam mit drei heißen Suppenschälchen in das Zimmer. „Hier kommt der erste Gang, meine Herren."

„Das sieht großartig aus, Tasha", sagte Cash und leckte sich über die Lippen. „Sag Chefkoch Todd, dass ich das gesagt habe. Er liebt es, Komplimente für sein Essen zu bekommen."

„Ich werde es ihm ausrichten." Sie ließ uns wieder allein.

Während Cash sich sofort über sein Essen hermachte, ließ ich mir etwas mehr Zeit. Ich hatte keinen großen Hunger.

Tyrell fiel auf, wie langsam ich aß. „Jasper, du glaubst doch nicht, dass das Kind von dir ist, oder?"

Ich schaute ihn gedankenverloren an. „Woher soll ich das wissen?" Ich gehörte nicht zu den Typen, die anderen jedes Detail über ihr Sexleben verrieten, aber ich wusste, wie sorglos Tiffany und ich die letzten Male gewesen waren, als wir Sex hatten. „Wenn ich wüsste, wie alt sie ist, dann hätte ich eine bessere Vorstellung davon, ob sie mein Kind ist oder nicht."

Cash fragte zwischen zwei Bissen: „Standen du und Tiffany euch nicht sehr nahe, Jasper? Glaubst du nicht, dass sie dir gesagt hätte, dass sie schwanger ist, wenn sie das vor ihrem Umzug gewusst hätte? Oder warte! Vielleicht hat sie es erst herausgefunden, nachdem sie umgezogen war. Und sie wusste nicht, wie ihr zwei das schaffen solltet, bei der Entfernung."

„Auch wenn das stimmt, warum sagt sie mir jetzt nichts?" Sollte ich der Vater des Kindes sein, dann hätte sie mir das schon sehr viel früher sagen sollen. Aber ich konnte ihr das vergeben. Was ich ihr nicht vergeben konnte, war, dass sie mir *immer noch* nichts erzählt hatte. „Wenn ich nur wüsste, wie alt das Kind ist, dann könnte ich mir diesen dämlichen Gedanken sparen. Ich könnte mich darauf konzentrieren, Tiffany zurückzugewinnen, ohne diese aufgestaute Wut."

Tyrell schüttelte den Kopf. „Ich kann das verstehen. Immerhin arbeitest du nicht mehr nur als Regalauffüller bei Piggly Wiggly. Du hast nun eine Menge zu bieten. Und es wäre eine Schande, dir ein Kind vorzuenthalten, wenn du ihm so viel bieten kannst. Ich wäre wohl auch sauer, wenn mir jemand ganz bewusst mein Kind verheimlichen würde."

Immerhin hatte ich sein Verständnis. Cash aß einfach weiter. „Und was denkst du, Cash?"

„Ich finde diese Suppe einfach unbeschreiblich", sagte er und aß weiter.

„Ich meine nicht die verdammte Suppe", sagte ich. „Ich rede von dieser Situation."

Er schluckte seinen letzten Bissen Suppe herunter und wischte sich den Mund mit einer Serviette ab. „Sieh mal, Jasper. Du weißt nichts Genaues. Daher würde ich mich nicht verrückt machen."

„Ich habe ihr meine Telefonnummer dagelassen und sie hat sich bis jetzt noch nicht gemeldet. Ich schätze, das ist ein Warnsignal." Ich trank noch einen Schluck Bier und wusste, dass ich bis zehn Uhr betrunken sein würde, sollte Tiffany nicht bald anrufen.

Cash schüttelte den Kopf. „Sie hat ein Kind, Jasper. Ich bin mir sicher, sie unternimmt etwas mit ihr und hat einfach keine Zeit, dich anzurufen, bevor die Kleine im Bett ist. Du musst Geduld haben, Brüderchen. Wenn Tiffany dich noch mag, wird sie anrufen. Und wenn nicht, dann solltest du sie meiner Meinung nach einfach in Ruhe lassen."

Das war überhaupt nicht meine Art. „Ich hole mir, was ich mich will, Cash. Du kennst mich." Ich lehnte mich zurück und dachte über den Namen des kleinen Mädchens nach. „Ihr Name ist Jasmine. Glaubt ihr nicht, dass das etwas zu bedeuten hat? Ich meine, das klingt meinem Namen doch sehr ähnlich. Wisst ihr, was ich meine?"

Entnervt blickte Tyrell zur Decke. „Das bedeutet gar nichts, Jasper. Vielleicht gefiel ihr der Name einfach. Vielleicht war das der Name ihrer Oma. Du hast keine Ahnung, warum sie ihre Tochter so genannt hat. Tu dir selbst einen Gefallen und lass es gut sein. Jedenfalls für den Moment. Gib Tiffany etwas Zeit, das Richtige zu tun – *wenn* das Kind von dir ist. Aber wenn du mich fragst: ich wette, sie ist nicht von dir."

„Es hört sich so an, als sei sie gerade einmal zwei Jahre alt." So viel wusste ich. „Vielleicht mache ich mich völlig grundlos selbst verrückt. Ich hoffe es zumindest. Denn der Gedanke, dass Tiffany mir ein Kind verheimlicht, lässt mich sie hassen. Sie hatte ihre Chance, mir von ihr zu erzählen, hat es aber nicht getan."

„Du beginnst, Tiffany zu hassen?", fragte Cash. „Das ist überhaupt nicht gut."

„Ich weiß." Ich trank mein Bier aus und Tasha brachte uns den

Hauptgang. „Kannst du mir noch eins bringen, Tash?" Ich stellte die leere Flasche auf den Tisch.

„Natürlich." Sie stellte einen Teller mit Rindfleisch-Enchiladas, Reis und Bohnen auf den Tisch. „Du wirkst heute irgendwie durcheinander, Jasper. Ist alles in Ordnung?" Sie ging um den Tisch herum und servierte meinen Brüdern das Essen.

„Nicht wirklich." Ich zerkleinerte meine Enchiladas. „Aber ich werde mich darum kümmern."

Auf die eine oder andere Art. Ich würde mich darum kümmern. Ich würde Tiffany dazu bringen, mir alles über das Kind zu erzählen. Nachdem sie einfach so verschwunden war, schuldete sie mir das.

Cash fragte: „Willst du nach dem Abendessen mit mir in die Bar gehen, Jasper?" Er blickte zu Tyrell. „Ich bin sicher, unser großer Bruder wird den Abend kuschelnd mit Ella verbringen."

„Da hast du recht" sagte Tyrell. „Sie hat heute später angefangen zu arbeiten, nachdem wir gestern bis spät in die Nacht Filme geguckt haben. Sie wird bald fertig sein und wir wollen heute Nacht ein bisschen in die Sterne gucken."

Ich verstand noch immer nicht, warum die Verlobte meines Bruders weiterhin als unser Hausmädchen arbeitete. „Wann lässt du sie ihren Job kündigen, Tyrell?"

„Sie kann jederzeit aufhören, wenn sie will", sagte er. „Sie ist ihrer Mutter sehr ähnlich. Sie schaut voller Stolz auf diesen Ort. Um ehrlich zu sein, glaube ich, dass sie gerne eines Tages den Job ihrer Mutter als Hausmanagerin übernehmen möchte."

Ich konnte mir das gut vorstellen. „Und ihr Bruder Kyle übernimmt den Job als Vorarbeiter von seinem Vater. Was schon längst hätte passieren sollen. Aber ich schätze, sein Vater wird nicht einfach so in Rente gehen."

Wir lachten in dem vollen Bewusstsein, dass er das wohl nicht tun würde.

Wenn ich ein Kind hätte, das nicht in den Genuss dieses neuen Lebens kommen konnte, nur weil seine Mutter das Kind für sich allein haben wollte, dann wusste ich nicht, wie weit ich gehen würde. Ich bin ohne Geld aufgewachsen. Ich wusste, dass das bei Tiffany anders war. Sie hatte Geld; sehr viel mehr Geld, als meine Familie damals hatte. Aber nun hatte ich wesentlich mehr Geld und dazu ein tolles Haus und eine Farm. Jedes Kind würde liebend gern hier aufwachsen.

„Welchen Wert haben diese Villa und die Farm, wenn man sie nicht mit der eigenen Familie teilen kann?", fragte ich.

Cash sah mich verwirrt an. „Du meinst, du willst, dass Mom und Dad hier mit uns leben? Du weißt doch, dass das nicht geht und sie wollen das doch gar nicht."

„Nicht die beiden, du Idiot." Ich warf eine Serviette nach ihm. „Bleib doch beim Thema, in Ordnung? Ich meine, wenn dieses kleine Mädchen von mir ist, dann gehört sie hierher, auf diese Farm und in dieses tolle Haus. Sie verdient es, all das zu haben, was ich nie hatte. Das ist alles, was ich will. Ganz ehrlich. Ich will nur, dass sie das Beste bekommt."

„Aber vielleicht ist sie nicht von dir, Jasper", erinnerte Tyrell mich. „Du solltest heute Abend mit Cash in die Bar gehen und etwas trinken. Den Kopf frei kriegen. Du machst dich selbst verrückt."

Er hatte recht. Ich machte mich selbst verrückt.

KAPITEL ZEHN

Tiffany

I ch erledigte ein paar Anrufe, damit Sonntag niemand von meiner Abwesenheit enttäuscht sein würde. Anschließend dachte ich darüber nach, meine Mutter anzurufen, um ihr zu sagen, wo ich war. Doch dann fragte ich mich, ob sie und Dad diejenigen waren, die Jasper etwas über Jasmine erzählt hatten.

Wenn es das überhaupt war, warum Jasper sich so komisch verhalten hatte.

Ich fasste in meine Hosentasche und zog den kleinen Zettel hervor, auf dem Jaspers Nummer stand. Ich legte ihn auf den Beifahrersitz, blickte in den Rückspiegel und sah, dass Jasmine eingeschlafen war.

Wir hatten nur kurz bei einem Walmart angehalten, um alles zu kaufen, was wir für dieses Wochenende brauchen würden, und sind dann wieder Richtung Dallas gefahren. Es hatte nicht lange gedauert, bis Jasmine eingeschlafen war.

Ich wusste, dass ich Jasper nicht anrufen konnte, auch wenn sie gerade schlief. Sie könnte aufwachen und etwas von unserem Gespräch mitbekommen. Ich hätte ja ohnehin die Freisprecheinrichtung benutzen müssen, solange ich fuhr. Es war beinahe zehn Uhr. Das Hotel würden wir gegen Mitternacht erreichen. So spät sollte ich ihn nicht mehr anrufen.

Ich war mir nicht sicher, ob ich ihn überhaupt anrufen sollte.

Falls er herausfinden sollte, was ich ihm all die Jahre verheimlicht hatte, wäre er sicherlich rasend vor Wut. Ich musste mich noch nicht mit einem wütenden Jasper auseinandersetzen. In unseren gemeinsamen zwei Jahren hatten wir nie wirklich gestritten.

Das war einer der Gründe, warum ich Jasper nicht erzählt hatte, dass ich schwanger war. Ich wusste es einen Monat vor unserem Umzug. Und ich wusste drei Monate vor unserem Umzug, dass wir umziehen würden.

Vielleicht war ich deswegen beim Sex so sorglos gewesen. Wenn ich heute daran denken, frage ich mich, ob mein Verstand damals noch nicht vollständig entwickelt war. Warum sonst hätte ich ihn anflehen sollen, in mir zu kommen?

Als meine Eltern uns erzählten, dass sie ein kleines Café in Carthage gefunden hatten und wir gleich nach meinem Abschluss umziehen würden, wollte ich sofort zu Jasper und ihm davon erzählen. Ich wollte bei ihm bleiben, aber ich wusste, dass das nicht ging.

Jasper hätte nicht für uns sorgen können, und seine Familie genauso wenig. Jedoch hatte ich darüber nachgedacht mir einen Job in Dallas zu suchen und Jasper zu fragen, ob wir zusammenziehen und versuchen, die Sache gemeinsam auf die Reihe zu bekommen.

Aber aus irgendeinem Grund habe ich nie mit ihm darüber gesprochen. Ich habe mich einfach weiter um meine Dinge gekümmert. Dann blieb meine Periode aus und ich habe einen Schwangerschaftstest gemacht. Von da an musste ich an das Wohl eines Babys denken.

Ein gemeinsames Leben mit Jasper war kein Thema mehr. Er und ich hätten nie genug verdient, um ein Kind versorgen zu können. Und irgendwer hätte sich um das Baby kümmern müssen, damit ich überhaupt hätte arbeiten gehen können. Es wäre ein Desaster geworden. Und unser armes kleines Baby hätte darunter leiden müssen.

Egal wie sich die Dinge entwickelt hatten, bei unserer Tochter hatte ich alles richtig gemacht. Sie war ein wunderbares kleines Mädchen und genau dafür hatte ich alles aufgegeben.

Dass ich in den ersten Jahren ihres Lebens bei meinen Eltern gewohnt hatte, hatte es mir leichter gemacht, mich um sie zu kümmern und gleichzeitig meine Onlinekurse zu absolvieren. Und als sie dann zwei wurde, fing ich im Café an und jemand aus der Familie passte dann auf Jasmine auf. Wir haben sie sehr behütet, um zu verhindern, dass sie uns jemand wegnimmt.

Im Grunde wussten meine Eltern und ich, dass die Gentrys nicht über das nötige Geld verfügten, um eine Suche zu starten. Ich war mir sicher, dass Jasper mich für mein plötzliches Verschwinden hasste. Dennoch hatte ich immer diese Angst, dass plötzlich jemand vor unserer Türe stehen würde und mir Jasmine wegnehmen könnte.

Und jetzt stellte ich mir die Frage, ob meine Eltern mich hintergangen hatten und Jasper etwas erzählt hatten. Ich wusste, dass meine Mutter schwach werden konnte und sie wurde schnell nervös. Vielleicht hatte sie ihm unabsichtlich etwas über Jasmine erzählt.

Ich entschied, dass es zum jetzigen Zeitpunkt besser war, wenn sie nicht wussten, wo ich war. Wer weiß, ob sie Jasper etwas sagen und er mich anschließend aufsuchen würde. Dieser Mann konnte unnachgiebig sein; darüber war ich mir bewusst.

Ich wusste aber auch, dass Weglaufen keine Lösung war. Ich hatte eine gewisse Summe Geld gespart. Ich könnte problemlos ein Jahr lang untertauchen, ohne arbeiten zu müssen. Aber das würde das Problem nicht lösen. Jasper würde jemanden damit beauftragen, mich zu finden.

Ich brauchte etwas Zeit – Zeit, um mir klarzumachen, dass das, was ich mir gewünscht hatte, nicht eintreten würde. Ich würde dieses Wochenende nutzen, um mir zu überlegen, wie ich Jasper die Wahrheit über unsere Tochter sagen könnte. Ich würde mir etwas überlegen.

„Momma, sind wir schon da?", erklang Jasmines verschlafene Stimme.

„Du bist aufgewacht", sagte ich und schaute durch den Rückspiegel. „Es wird noch ungefähr eine Stunde dauern. Der Einkauf hat länger gedauert, als ich gedacht hatte. Aber bald werden wir in einem gemütlichen Bett liegen und du wirst die Lichter der Skyline sehen. Klingt das gut?"

„Ja." Sie lehnte ihren Kopf zurück. „Ich hatte einen Traum. Da war ein Mann und der rief immer wieder meinen Namen. Es war dunkel und ich glaube, ich war in einem Wald. Wir konnten uns nicht finden." Sie schniefte. „Das hat mich traurig gemacht."

„Tut mir leid, dass es ein trauriger Traum war." Ich musste an Jasper denken, der uns suchte. „Wenn wir im Hotel sind, können wir uns Milch und Kekse holen. Weißt du noch, wie sie sie nachts machen?"

„Oh ja!" Sie lächelte. „Die schmecken so lecker. Ich kann es nicht erwarten. Wie lange jetzt noch, Momma?"

„Etwas weniger als eine Stunde." Ich schaltete das Radio ein und suchte den Kindersender. „Willst du mitsingen?"

Sie schüttelte den Kopf. „Nein, jetzt nicht. Ich bin immer noch etwas traurig wegen dem Traum. Vielleicht liegt es daran, dass ich Onkel Bo vermisse. Glaubst du, dass es ihm gutgeht?"

Das weckte noch weitere Sorgen. „Ich bin mir sicher, es geht ihm gut." Wie konnte ich mir dessen sicher sein, wenn mein kleiner Bruder einen Einsatz in – ich wusste nicht einmal genau wo – hatte. Aber in der Welt lauerten so viele Gefahren. Ich durfte mir nichts vormachen.

„Ich hoffe es", flüsterte Jasmine. „Ich *muss* ihn wiedersehen. Ich habe Onkel Bo ganz doll lieb."

„Ich auch." Ich dachte an den Tag, als er uns verließ und wie sehr wir alle geweint hatten. „Ich will nicht, dass du dir um Onkel Bo Sorgen machst. Wir werden ihn wiedersehen."

Sie nickte. „Ja, ich glaube auch. Ich vermisse ihn einfach."

Wir alle vermissten ihn. Es war schwer, ein Familienmitglied auf diese Weise zu verabschieden. Carolina war auch weg, aber wir wussten, dass sie sicher war. Bei Bo wusste keiner, was gerade passierte. Das machte es nur noch schwieriger, an ihn zu denken. Und wie sich herausgestellt hatte, war meine Vorstellungskraft meiner größter Feind.

Ich musste auch das Jasper zugutehalten. Es war allein meine Vorstellung, die mir sagte, dass er so wütend auf mich sein würde, wenn er von Jasmine erfahren würde, dass er sie mir wegnehmen würde.

Während ich mein kleines Mädchen durch den Rückspiegel beobachtete, stellte ich mir die Frage, wie ich wohl damit umgehen würde, sollte er das wirklich tun. Dann musste ich den Gedanken abschütteln. Ich konnte im Moment nicht damit umgehen. Ich konnte überhaupt nicht damit umgehen.

„Hey, wenn du ganz genau hinschaust, kannst du schon die Lichter der Stadt sehen, Jasmine. Wir sind noch etwa eine halbe Stunde entfernt." Ich zeigte durch das Fenster auf den Horizont. „Nicht mehr lange und wir knabbern ein paar Kekse und schauen uns durch das Fenster die schönen Lichter an. Es wird beinahe wie Weihnachten sein."

Jasmine klatschte vor Freude in die Hände. „Ich kann es kaum erwarten!"

Normalerweise heiterte ihre fröhliche Art mich immer auf. Aber nicht heute. Ich konnte nur an Jasper denken und dass er all diese Dinge mit ihr nie erlebt hatte. Und das war meine Schuld.

Ich blickte noch einmal auf den Zettel, der auf dem Beifahrersitz lag. Ich wusste, dass ich diesen ganzen Schmerz mit nur einem Anruf aus der Welt schaffen könnte. Aber dann wanderte mein Blick wieder zu meiner Tochter und ich wusste, dass jetzt nicht der richtige Zeitpunkt war.

Zuerst musste Jasmine sich an den Gedanken gewöhnen, plötzlich einen Vater zu haben. Sobald sie von seiner Farm und der Villa erfahren würde, wäre sie raus aus ihrer Abgeschiedenheit.

Wie würde sie damit umgehen, plötzlich das reichste kleine Mädchen in Carthage zu sein? Wie würde sie mit all der Aufmerksamkeit umgehen? SO wie ich Felicity und ihren Drang nach Geschichten aus unserer Stadt kannte, wäre sicher ganz wild darauf, unsere zu erfahren. Und in dieser Geschichte wäre ich mit Sicherheit der Bösewicht. Ich wollte nicht, dass die ganze Stadt erfuhr, was ich getan hatte.

Es gab einfach zu viele Dinge, die mich schlecht aussehen lassen würden, und dafür war ich noch nicht bereit. Jasmine war ihr ganzes Leben ohne Vater gewesen, was schadeten da noch ein paar Wochen? Und Jasper hatte die ganze Zeit nichts von seiner Tochter gewusst. Also, auch hier die Frage: was sollten ein paar Wochen mehr da schaden?

„Du weißt, dass ich dich über alles liebe, Jasmine. Nicht wahr?"

Sie nickte. „Und ich liebe dich auch über alles, Momma. Wir sind die besten Freundinnen."

Ich fühlte einen stechenden Schmerz in meinem Herzen. Würde eine beste Freundin so ein Geheimnis haben? Würde eine beste Freundin ihr tolle Sachen vorenthalten, wie etwa einen Dad, der sie lieben würde?

Mir war klar, dass *kein* wahrer Freund die Dinge getan hätte, ich die getan hatte. Die Vergangenheit und die Entscheidungen, die ich getroffen hatte, konnte ich mit Stolz verteidigen. Ich hatte für unser Baby das Beste getan, und darum würde ich mit Jasper bis zum Ende kämpfen.

Was ich ihm gegenüber nicht verteidigen konnte, war mein Verhalten ihm gegenüber seit er in die Stadt gekommen war. Hier hatte ich alles falsch gemacht. Und irgendwie konnte ich nicht aufhören, weitere Fehler zu begehen.

„Jasmine, wir werden dieses Wochenende viel Spaß haben." Ich würde dafür sorgen, dass sie schöne Erlebnisse hatte. Ich hatte keine Ahnung, was die Zukunft für uns bereithielt, aber zumindest blieb uns erst einmal dieses Wochenende.

„Ich glaube auch, Momma." Sie lächelte und zeigte nach vorne. „Ich sehe die runden Lampen des Restaurants! Guck! Wir sind fast da!"

Ich war ebenfalls froh, die Lichter zu sehen und lächelte. Für dieses Wochenende würde ich meine Sorgen hinter mir lassen und die Zeit mit meiner Tochter genießen. Die Dinge würden sich ändern und Gott, ich hasste Veränderungen, aber sie würden trotzdem eintreten.

KAPITEL ELF

Jasper

Ich entschied mich dagegen, den Abend in der Bar zu verbringen und fuhr in der Hoffnung, dass Tiffany doch noch anrief, nach Hause. Ich wollte nicht, dass sie mich für einen Säufer hielt. Sie sollte wissen, dass ich die Art Mann war, die man in die Nähe seines Kindes lassen konnte – oder seines Babys – oder wie alt ihr Kind auch immer war.

Die Frage nach dem Alter beschäftigte mich wie wild. Daher entschied ich mich, ins Dairy King zu fahren und ich würde nicht eher wieder gehen, bevor ich eine Antwort auf diese Frage hatte.

Als ich an diesem Samstagmorgen in die Stadt fuhr, kam ich erneut an Tiffanys Wohnhaus vorbei und sah, dass ihr Auto noch immer fort war. Ich hoffte, sie sei vielleicht bei der Arbeit und ich schwor mir; so oder so, würde ich meiner Ungewissheit heute ein Ende bereiten.

In meinem ganzen Leben hatte mich noch nie etwas so beschäftigt. Das war vollkommen untypisch für mich und ich hasste es. Selbst in meinen Träumen herrschte ein völliges Durcheinander.

Letzte Nacht träumt ich davon, mit einem kleinen Mädchen Verstecken gespielt zu haben. Ein Mädchen, das ich Jasmine nannte.

Ich hatte das Gefühl, dass dieses Mädchen mich in ihrem Leben brauchte, auch wenn es nicht meine Tochter war. Sie brauchte einen Daddy und ich könnte das sein. Ich sah eine gemeinsame Zukunft mit Tiffany, die bereits in der Highschool begonnen hatte.

Gut, ich hatte noch keinen Plan, obwohl ich vor unserem Abschluss einen hätte haben sollen. Aber wenn sie mir etwas von dem Umzug ihrer Familie gesagt hätte, dann hätte mir das vielleicht genug Feuer unterm Hintern gemacht, um mir einen vernünftigen Plan zu überlegen. Ich hätte mir einen besseren Job suchen können und wir hätten uns eine gemeinsame Wohnung nehmen können.

Hätte sie mir nur etwas gesagt. Ich hätte alles getan, um sie zu halten. Ich wollte sie doch von Anfang an nicht gehen lassen.

Jedes Mädchen, das ich nach ihr traf, konnte nicht mit ihr mithalten. Keine hatte es je geschafft, in ihre Fußstapfen zu treten – weder mental noch physisch. Man könnte denken, der Sex könnte mit jeder anderen genauso gut sein, war er aber nicht.

Ich wusste nicht, ob es daran lag, dass Tiff meine Erste war und ich ihr Erster, aber ich hatte nie wieder so guten Sex wie mit ihr. Wir beide waren zusammen völlig frei und hielten nichts vor dem anderen zurück. Diese Verbindung habe ich nie wieder mit jemand anderem gespürt. Und bis heute war ich mir sicher, dass ich es auch niemals wieder würde.

Mit Tiffany in Reichweite drehte ich mich nicht einmal mehr nach anderen Frauen um. Und wenn ihre kleine Tochter einen Vater brauchte, war ich bereit, diese Rolle zu übernehmen. Tiffany und ich konnten eine Familie sein, egal wie die Umstände waren.

Ich musste nur mit Tiffany reden und ihr klarmachen, dass ich nicht mehr der Junge von damals war, den sie verlassen hat. Ich hatte vielleicht noch nicht entschieden, was ich künftig arbeitsmäßig mit meiner Zeit anfangen wollte, aber ich wusste, wie ich meine Freizeit verbringen wollte. Und außerdem musste ich mich nicht wirklich um Arbeit sorgen, da ich mehr Geld geerbt hatte, als ich je ausgeben könnte.

Früher war es mir nicht möglich gewesen, viel Geld für Tiffany auszugeben. Der ausgefallenste Ort, an den ich Tiffany ausführen konnte, war das Red Lobster gewesen. Aber nun konnte ich sie überallhin ausführen, egal wo sie auch hinwollte. Ich konnte sie und ihre Tochter an Orte bringen, von denen sie bisher nur geträumt hatten.

Wenn sie mir eine Chance geben würde, könnte ich ihr beweisen, dass ich ein Mann für sie und ein Vater für ihre Tochter sein könnte. Als ich auf den Parkplatz des Dairy Kings fuhr, sah ich, dass ihr kleiner blauer Sonata nicht da war. Der Gedanke, dass sie sich vielleicht vor mir versteckte, traf mich sehr.

Aber warum?

Und wieder schwirrte mir der Gedanke im Kopf herum, dass sie mir etwas Wichtiges verschwieg. Und da war auch wieder Wut, die ich nicht kontrollieren konnte. Ich schlug mit der Faust auf das Lenkrad und biss die Zähne zusammen. „Warum muss sie plötzlich so verschwiegen sein? Was verbirgt sie vor mir?"

Mein Magen zog sich schmerzhaft zusammen, während ich mir die schlimmsten Vorstellungen machte. In meinem Kopf machten sich zwei Schreckensszenarien breit. Erstens: ich war der Vater, und aus irgendeinem Grund hatte sie mir nie ein Wort davon gesagt. Oder zweitens: sie hatte mich betrogen, wurde schwanger und ist umgezogen, damit ich es nie erfuhr.

Falls sie nach ihrem Umzug jemanden getroffen hatte, der sich als Fehler herausgestellt hatte; warum sollte sie sich dann so verhalten? Es gab so viele Lücken in ihrer Geschichte, dass sie ihr Kind vor jedem versteckte, dass sie sich solche Sorgen machte, mich in die Nähe ihres Kindes zu lassen ... das alles ergab doch keinen Sinn. Zumindest ergab es keinen Sinn, wenn irgendjemand außer mir oder jemand aus unserer Heimatstadt der Vater war.

Und selbst dann, warum hielt sie ihr Kind auch vor den Bewohnern von Carthage versteckt?

Mein Magen zog sich erneut zusammen, als ich wieder das Schlimmste annahm.

Vielleicht stimmte etwas mit dem Mädchen nicht, und Tiffany hatte Angst, dass sich die Leute über sie lustig machen würden. Oder vielleicht hatte sie psychische Probleme. Es würde mich nicht stören. Sie täte mir vielleicht leid, aber ich würde deswegen nicht weglaufen.

Das musste es sein.

Das musste der Grund dafür sein, dass sie niemanden in die Nähe des Kindes ließ. *Arme Tiff. Arme Jasmine.*

Es war noch sehr früh am Morgen und das Café hatte noch keine Kundschaft. Abgesehen von zwei Personen, von denen eine Tiffanys Mutter war. In der Absicht, endlich Antworten zu erhalten, stieg ich aus dem Truck.

Das Glöckchen an der Tür bimmelte, als ich sie öffnete. Ihre Mutter staunte nicht schlecht, als sie mich sah.

„Hi Mrs. McKee. Es ist lange her." Ich ging zur Theke. „Haben Sie eine Minute für mich?"

Ihre grünen Augen wanderten unruhig hin und her, und sie fuhr sich mit der Hand durch ihr rotes Haar. „Oh, ich bin allein, Jasper. Ich weiß nicht."

Das könnte mir sogar zugutekommen. Wenn sie es eilig hatte, könnte es gut sein, dass sie mir meine Fragen schneller beantwortete, um mich wieder loszuwerden. „Ich kann Ihnen helfen. Sagen Sie mir, was zu tun ist, Mrs. McKee."

Sie wirkte aufgeregt und zeigte auf einen Haken, an dem rote Schürzen hingen. „Nun, zieh eine von denen an und komm wieder hierher. Es gibt einige Zutaten zu zerkleinern, bevor der Koch kommt. Dann kann ich mich um die Ladentheke kümmern."

Ich schnappte mir eine Schürze, zog sie an und wusch mir die Hände. Dann ging ich an den Tisch, nahm ein Messer und begann damit, ein paar Zwiebeln zu schneiden. „Wie wär's, wenn ich die für sie übernehme? Das erspart Ihnen einige Tränen."

„Danke, Jasper." Sie fuhr sich mit dem Handrücken über die Stirn. „Du warst immer ein hilfsbereiter Junge."

Ich hatte mir immer große Mühe gegeben, Tiffanys Eltern zu beweisen, dass ich der richtige Junge für ihre Tochter war. „Und, wo ist Tiff heute Morgen?"

„Ich habe wirklich keine Ahnung." Sie sah mich an und in ihrem Blick konnte ich sehen, dass sie die Wahrheit sagte. „Heute ist ihr freier Tag und um ehrlich zu sein, es ist völlig untypisch für sie, wegzufahren, ohne mir etwas zu sagen. Und als ich heute Morgen herkam, habe ich gesehen, dass sie die Gemüselieferung, die jeden Samstag ankommt, storniert hat. Sie hat sogar die Reservierungen für ihren Sonntagstisch abgesagt. Hat sie dir erzählt, was für eine großartige Köchin sie geworden ist?"

„Nein, hat sie nicht." Ich schnappte mir eine weiter Zwiebel und schnitt sie, so schnell ich konnte. „Aber andere haben es mir erzählt. Tiffany ist mir gegenüber ziemlich kurz angebunden gewesen, seit wir herausgefunden haben, dass wir nun wieder in derselben Stadt leben."

„War sie das?", fragte sie, als hätte sie keine Ahnung.

„Insbesondere, wenn es um ihre Tochter ging." Ich beobachtete die Reaktion ihrer Mutter, sie spannte die Schultern an. „Gestern habe ich ihren Namen von jemandem erfahren. Jasmine ist wirklich ein schöner Name. Ich weiß, dass das Tiffs Lieblingsduft ist."

„Sie liebt diesen Geruch" stimmte Mrs. McKee zu.

„Hat Sie Ihnen erzählt, dass meine Brüder und ich die Farm unseres Großvaters geerbt haben?" Ich wollte wissen, ob ihr bewusst war, dass ich kein armer Schlucker mehr war.

Sie schaute mich lächelnd an. „Sie hat mir davon erzählt, und ich freue mich für euch, Jasper. Ich weiß, dass es für eure Familie nicht immer leicht war, wenn es ums Finanzielle ging."

Ich musste an Mom und Dad denken. „Im Testament wurde festgelegt, dass wir unseren Eltern nichts geben dürfen, und das ist ziemlich mies. Ich meine, sie haben uns auch gesagt, dass sie ohnehin nichts davon annehmen würden. Es gab so viel Unmut zwischen meinen Eltern und meinen Großeltern.

„Das ist wirklich schade. Ich wüsste nicht, was ich täte, wenn ich meine Enkelin nicht sehen dürfte. Und Carolina hat uns gerade erst mitgeteilt, dass sie und ihr Ehemann ein Baby erwarten." Sie seufzte bei diesen Worten. „Ein Leben zu leben und nicht zu wissen, wie es den eigenen Enkeln geht, klingt für mich wie die Hölle. Sogar jetzt, da ich nicht weiß, wo Tiffany und Jasmine sind. Ich hasse dieses Gefühl. Klingt das kontrollsüchtig?"

„Es klingt, als machten Sie sich Sorgen." Ich stieß ihr mit meiner Schulter gegen ihre. „Jasmine hat Glück, eine Großmutter wie Sie zu haben. Sie waren auch immer eine fürsorgliche Mutter. Und ihre Lasagne war ungeschlagen."

„Du bist immer zum Abendessen geblieben, wenn es sie gab", antwortete sie lachend. „Du und Tiffany, ihr wart praktisch unzertrennlich."

„Ja, das waren wir. Schon komisch, dass wir schon zehn Jahre auf dieselbe Schule gingen, bevor sie mir überhaupt aufgefallen ist." Die kurze Cheerleader-Uniform hat ihr wirklich gut gestanden. „Aber als ich sie dann bemerkt habe – wow. Ich meine, wow, sie hat mein Herz gestohlen."

„Sie hat dich auch sehr geliebt, Jasper", sagte sie. „Das Mädchen hat nach unserem Umzug einen Monat nur geweint."

„Sie hätte anrufen können", erinnerte ich sie. „Sie hatte doch meine Nummer."

„Oh, ich denke, sie hielt einen klaren Schnitt für besser." Ihre Hand zitterte, als sie eine Tomate nahm.

„Ja, das habe ich gemerkt." Ich wollte sie nicht zu nervös machen. „Ich bin mit den Zwiebeln fertig. Soll ich die Tomaten auch übernehmen, dann können Sie mit den Burger-Patties anfangen?"

„Klingt gut." Mrs. McKee ging zu der Schüssel, in dem das Fleisch war und begann damit, die Patties zu formen.

„Tiff hat mir erzählt, dass sie ihren Collegeabschluss online gemacht hat." Ich schnitt die Tomaten in Scheiben und fuhr fort: „Sie hatte immer davon geredet, auf ein normales College zu gehen; auf dieses eine in Lubbock – Texas Tech. Warum hatte sie ihre Meinung geändert?"

„Oh, das." Sie schüttelte den Kopf und biss sich auf die Unterlippe, als müsste sie sich ihre nächsten Worte genau überlegen. „Nun, sie wollte einfach nicht mehr hingehen."

Das klang ziemlich dünn, also hakte ich etwas nach. „Eine Frau hat natürlich das Recht, ihre Meinung zu ändern. Ich bin nur froh, dass sie überhaupt ein College besucht hat. Tiffany ist ein kluges Mädchen. Es wäre eine echte Verschwendung gewesen, hätte sie ihre

Bildung nicht vorangetrieben. Aber ich schätze, mit einem Baby ist es einfach nicht so leicht, aufs College zu gehen."

„Wohl wahr", stimmte sie zu. „Tiffany war so unsicher wegen ihrer Figur, als sie schwanger wurde. In den ersten Jahren, nachdem wir hergezogen waren, ist sie überhaupt nicht ausgegangen."

Und damit wusste ich, dass Tiffany *bereits* schwanger war, als sie nach Carthage gezogen sind. „Wie alt ist Jasmine nochmal?"

„Sechs. Sie geht jetzt in die erste Klasse." Ihre grünen Augen trafen meine und sie erstarrte. Sie wusste, dass sie die Katze aus dem Sack gelassen hatte.

„Ist das so ..." Ich spürte eine gespenstische Ruhe in mir. „Ist sie so klug, wie ihre Mutter in diesem Alter war?"

Mrs. McKee nickte langsam. „Sie ist mindestens genauso klug."

Also keine psychischen Störungen und so wie es sich anhörte, auch keine physischen.

Nachdem ich mit den Tomaten fertig war, sagte ich: „Danke, dass ich Ihnen helfen durfte, Mrs. McKee. Bestellen Sie Ihrem Ehemann schöne Grüße von mir. Ich lasse Sie jetzt in Ruhe."

„Danke für deine Hilfe, Jasper. Nimm dir noch ein Eis, bevor du gehst", rief sie mir hinterher.

Ich winkte und schüttelte den Kopf. Ich wollte nichts. Nun, das stimmte nicht ganz – ich wollte meine Tochter.

KAPITEL ZWÖLF

Tiffany

Das Wochenende gab mir Zeit nachzudenken. Und das tat ich. Eine ganze Menge sogar. Und ich kam zu dem Schluss, dass Jasper von Jasmine erfahren musste. Es wäre das Richtige. Aber es fiel mir schwer, den Mut dafür aufzubringen.

Am Montag erwartete ich die ganze Zeit, dass Jasper bei der Arbeit auftauchen würde – insbesondere nachdem meine Mutter mir von seinem Besuch erzählt hatte. Sie hatte ihm Jasmines Alter verraten, und ich war mir sicher, dass ihn das auf die richtige Spur geführt hatte.

Mom sagte, er hätte nicht wütend auf sie gewirkt. Jasper hatte auch gar nicht danach gefragt, ob Jasmine vielleicht von ihm sein könnte. Ich war mir nicht sicher, was ich davon halten sollte. Vielleicht wollte er einfach kein Kind. Ich wusste es nicht. Und ich würde ihm Jasmine auch nicht aufdrängen, wenn er es nicht wollte. Vater sein war halt nichts für jeden. Wenn ich dann noch daran dachte, dass er vielleicht wütend auf mich war, dass ich ihm die ganze Zeit nichts gesagt habe, dann konnte ich wirklich nicht sagen, was wohl gerade in seinem Kopf vorging.

Nachdem der Arbeitstag vorbei war, wurde ich unruhig. „Mom, meinst du, Jasmine könnte heute Nacht bei euch bleiben? Ich brauche einfach etwas Zeit für mich, um mir über einige Dinge klar zu werden."

Sie blickte mich mitfühlend an. „Ich war mir wirklich sicher, dass er vorbeikommt. Denkst du darüber nach, zur Farm zu fahren und ihm die Wahrheit zu sagen? Je eher er es erfährt, desto besser."

Ich dachte nicht daran, unangemeldet auf der Farm aufzutauchen. „Für den Moment werde ich nur auf einen Drink ins Watering Hole gehen – oder fünfzehn – um meine Nerven zu beruhigen."

Sie lachte. „Pass aber auf, junge Dame. Ich werde Jasmine heute nehmen. Du brauchst etwas Zeit für dich und musst dir darüber klar werden, wie du Jasper die Wahrheit sagst. Ich denke, er wird dir verzeihen, Liebling."

Darauf hoffte ich. „Hoffentlich hast du recht, Mom. Danke, dass du dich um Jas kümmerst. Sag ihr, dass ich sie morgen von der Schule abhole."

„Mache ich." Sie zeigte auf mein ölverschmiertes T-Shirt. „Du gehst besser nach Hause und ziehst dich um. Vielleicht solltest du dir auch die Haare machen. Richte dich ein bisschen her, bevor du dich auf die Suche nach Jasper machst."

„Ich habe seine Nummer." Ich schob meine Hand in die Hosentasche und fühlte den kleinen Notizzettel. „Ich war bis jetzt nur zu feige, ihn anzurufen."

Sie nickte verständnisvoll. Sie hatte wohl eine Ahnung, wie ich mich fühlte. „Vielleicht beruhigt dich ein Drink etwas und du schaffst es, ihm die Wahrheit zu sagen. Ich kann mir vorstellen, dass er gut für Jasmine ist. Glaubst du nicht?"

„Ich hoffe es." Ich schnappte mir meine Jacke und ging.

Mein Herz schlug so schnell und mein Gehirn tat von dem ganzen Denken schon weh. Hinzu kam, dass mein Körper vor Angst zitterte. Ich fragte mich, wie er wohl reagieren würde, wenn er das Geheimnis, das ich so lange vor ihm gehütet habe, erfahren würde.

Ein paar Stunden später – ich hatte mich so gut ich konnte hergerichtet – fuhr ich in die Bar, in der ich Jasper vermutete. Und auch wenn er nicht kam, mit Sicherheit würde Cash da sein. Er hatte ein Auge auf die Barkeeperin Bobbi Jo geworfen. Er würde seinen Bruder vielleicht darüber informieren, dass ich allein in der Bar war.

Als ich aus meinem Auto ausstieg, ging die Sonne gerade unter. Es war noch etwas früh – insbesondere für einen Montag – um in eine Bar zu gehen. Aber der halbvolle Parkplatz sagte mir, dass ich nicht die Einzige war, die ihre Sorgen herunterspülen wollte.

Neonlichter sorgten für blaues Licht in der Bar. Cash saß an seinem üblichen Platz an der Bar und redete mit Bobbi Jo, während sie die anderen drei Gäste, die am Tresen saßen, bediente. Ich schaute mich um und entschied mich dann für einen Tisch.

Tammy, die Kellnerin, kam sofort zu mir und begrüßte mich mit einem breiten Lächeln. „Hey Tiffany. Anstrengender Tag im Café?"

„Du hast den Ansturm beim Mittagessen ja gesehen." Sie war dort. „Es war heftig. Manchmal habe ich das Gefühl, wir sind der einzige Laden in dieser Stadt, der Mittagessen anbietet. Es war verrückt."

„Da wir gerade von verrückt reden", sagte sie und band ihr Haar zu einem Pferdeschwanz zusammen. „Ich habe vergessen, Trinkgeld dazulassen, darum geht dein erster Drink auf mich. Was darf es sein?"

„Oh, wow." Ich brauchte nur eine Sekunde, um mich zu entscheiden. „Wie wäre es mit einem eiskalten Bier vom Fass aus einem eiskalten Glas?"

„Sollst du kriegen." Jemand betrat die Bar und ihr Blick wanderte zur Tür. „Ich bin sofort zurück."

Mit der Tür im Rücken, konnte ich nicht sehen, wer hereingekommen war und in diesem Moment verfluchte ich meine Entscheidung für diesen Tisch. Nun konnte ich nicht sehen, ob Jasper in die Bar kam oder nicht.

Um mein Problem zu entschärfen, stand ich auf und ging zu der Jukebox, um ein Lied auszuwählen. Als „Burn Out" von Midland ertönte, ging ich zu meinem Tisch zurück und setzte mich dieses Mal aber auf den Stuhl, der in Richtung Tür zeigte. Und da sah ich Jasper, der neben Cash an der Bar saß.

Vielleicht hatte er mich nicht gesehen.

Tammy kam mit meinem Bier zurück. „Hier, bitte. Hast du den Song in der Jukebox gewählt?"

„Ja. Ich liebe Midland." Ich nahm einen großen Schluck Bier, um meine Nerven zu beruhigen.

„Die geben nächsten Samstag ein Konzert in Austin. Was würde ich dafür geben, Tickets zu bekommen ..." Sie fuhr sich mit einer Hand über den eigenen Arm. „Allein bei dem Gedanken an diese Jungs kriege ich eine Gänsehaut."

„Sie *sind* ganz schön heiß." Ich dachte daran, wie cool es wäre, auf dieses Konzert zu gehen. Ich holte mein Handy aus der Hosentasche und suchte online nach Tickets. „Mal sehen, ob es noch Tickets gibt." Ich hatte spontan die Idee entwickelt, Tickets zu besorgen und Jasper zu dem Konzert einzuladen. Wir könnten das ganze Wochenende bleiben. Und vielleicht konnte es auch dazu beitragen, dass er mir verzeihen würde, dass ich unsere Tochter vor ihm geheim gehalten hatte.

„Kaufst du Karten, Tiffany?", fragte Tammy, während ich über mein Display wischte.

„Wenn es noch welche gibt." Ich schaute sie an und sah den Neid in ihrem Blick. „Wenn es noch welche gibt, soll ich ein paar für dich mitbestellen? Vielleicht können wir alle zusammen fahren. Falls ich ein Date finde."

„Ja, ich würde zwei nehmen. Ich gebe dir das Geld zurück." Sie jauchzte vor Freude. „Ich bin so aufgeregt. Ich hoffe, Bobbi Jo macht keinen Aufstand und gibt mir das nächste Wochenende frei."

„Daumen drücken." Ich durchsuchte das Ticketportal und lächelte. „Oh ja, Tammy. Alles klar. Ich habe soeben vier Tickets bestellt."

Sie sprang vor Freude auf und ab. „Nun muss ich nur noch entscheiden, welcher Glückspilz mich begleiten darf." Sie schaute zur Bar. „Na, er ist noch nicht da. Aber da warten Leute auf ihre Drinks. Ich kümmere mich nachher wieder um dich und dann geben ich dir auch das Geld für die Tickets. Ich bin gerade so verdammt aufgedreht!"

Mir ging es genauso. Und jetzt musste ich Jasper etwas fragen. Doch bevor ich zu ihm gehen konnte, stand er auf und ging zur Toilette. Er hatte mich immer noch nicht gesehen.

Ich ging wieder zu meinem Tisch zurück, setzte mich und nahm noch einen Schluck Bier. Ich hatte das Gefühl, dass Jasper sehr wohl wusste, dass ich hier war, mich aber bewusst ignorierte.

Sobald er von der Toilette kommen würde, würde ich der Sache auf den Grund gehen. Ich atmete tief durch und versuchte, mich zu beruhigen. Es war gar nicht Jaspers Art, mich zu ignorieren.

Innerlich trat ich mir selbst in den Hintern, dass ich so lange gewartet hatte, Jasper die Wahrheit zu sagen. Ich trank mein Bier aus und glücklicherweise brachte Tammy mir zügig ein neues. „Mädchen, heute Abend gehen deine Drinks auf mich. Ich freu mich so darauf, mit dir nächstes Wochenende nach Austin zu fahren. Willst du was wirklich Albernes hören?"

„Was?" Ich nahm noch einen Schluck.

„Ich habe mir immer vorgestellt, dass es cool wäre, mit dir befreundet zu sein. Ich meine, du hängst nie mit jemandem ab."

Ich musste unter dem Radar bleiben. Aber das würde sich jetzt ändern. „Ich werde ein paar Dinge ändern. Und ich bin froh, dass du dich auf unseren Wochenendtrip freust. Es ist schon Jahre her, dass ich etwas mit anderen Mädchen unternommen habe. Ich bin froh, dass wir das machen."

„Ich werde das Bier für dich fließen lassen, neue Freundin." Lachend ließ Tammy mich wieder allein.

Gerade, als sie sich entfernte, kam Jasper zurück. Sein Blick klebte am Boden und er schaute nicht einmal nach oben. „Verdammt."

Ich nahm mein Bier, stand auf, nahm meinen ganzen Mut zusammen und setzte mich neben ihn auf einen Barhocker. Er schaute kurz hoch und nickte mir zu. „Tiffany. Wie geht es dir heute Abend?"

„Gut." Ich nahm noch einen Schluck zur Beruhigung. „Und dir?"

„Kann mich nicht beklagen." Er zeigte Bobbi Jo einen Finger und sie stellte ein Budweiser vor ihm ab. Dann richtete er seine Aufmerksamkeit wieder auf den Fernseher, der an der Wand hing.

Ich schaute ebenfalls hin. Es lief ein Fußballspiel. Ich wusste, dass Jasper sich nicht dafür interessierte. Er ignorierte mich ganz schlicht und einfach. Und das machte mich richtig wütend.

Ich stand auf, ging zur Jukebox und spielte jeden Song von Midland, den ich finden konnte. Dann ging ich wieder zu meinem Tisch zurück. Immerhin kam Tammy vorbei und brachte mir ein neues Glas Bier. Wir sprachen darüber, wie viel Spaß unser Trip wohl machen würde.

Die Stunden vergingen und ich hatte keine Ahnung, was Jasper vorhatte. Aber ich wusste, dass es für mich nicht gut aussah. Er hatte mich noch nie zuvor ignoriert. Er und ich hatten uns nie wegen irgendwas gestritten, und ich wollte jetzt nicht damit anfangen.

Also stand auf, verabschiedete mich von Tammy und verließ die Bar, ohne ein weiteres Wort mit Jasper gesprochen zu haben.

Zur Hölle mit ihm.

KAPITEL DREIZEHN

Jasper

Ich saß an der Bar und gab mein Bestes, Tiffany keine Aufmerksamkeit zu schenken. Ich starrte zwanghaft auf den Fernseher, dabei interessierte mich dieses dämliche Fußballspiel überhaupt nicht.

Die Jukebox spielte einen weiteren Song von Midland; Tiffany und Tammy, die Kellnerin, waren begeistert.

„Yeah! Austin, wir kommen!", rief Tammy.

Ich hatte keine Ahnung, worüber sie sich freuten, bis ich hörte, dass Tammy Bobbi Jo fragte, ob sie das nächste Wochenende frei haben könnte, da sie und Tiffany nach Austin auf ein Midland-Konzert wollten. Tammy ließ deutlich verlauten, dass sich die beiden noch ein Date suchten und dann gemeinsam zum Konzert fahren würden.

Ich wusste, dass Tiffany mich fragen würde. Seit unserer Trennung war sie mit keinem anderen Mann zusammen gewesen – warum sollte sie jetzt einen anderen haben?

Was ich noch nicht wusste, war meine Antwort.

Irgendetwas in meinem Inneren hatte sich verändert, seit ich wusste, dass sie mir so lange so etwas Wichtiges verschwiegen hatte. Ein Gefühl von Ungerechtigkeit überkam mich. Nicht nur für mich, sondern auch für das kleine Mädchen.

Jasmine musste ohne Vater aufwachsen, und ich wusste, dass das für ein Kind schwer sein konnte. Ich hatte damals vielleicht nicht viel Geld, aber ich hätte alles getan, um mehr Geld zu verdienen, wenn ich nur von dem Kind gewusst hätte. Aber Tiffany hatte mich dieser Chance beraubt. Und die Wahrheit war, dass ich mich wie ein Opfer fühlte. Ich fühlte mich wie Dreck.

Dieses Mädchen wusste, dass ich sie liebte. Abgesehen von dem Geld hatte Tiffany keinen Grund, mir unsere Tochter zu verheimlichen. Und das ärgerte mich maßlos.

Arm zu sein bedeutete nicht automatisch, dass man es nicht wert war zu erfahren, dass man Vater wurde. Nur weil man arm war, hatte niemand das Recht, über jemanden zu entscheiden – schon gar nicht bei so wichtigen Dingen.

Jetzt hatte ich Geld, und gegenüber Tiffany die Oberhand gewonnen. Sie hatte mir sechs Jahre im Leben meiner Tochter gestohlen. Und nun hatte ich die Macht, so viel Zeit mit meiner Tochter zurückzuholen, wie ich wollte.

Mal sehen, wie Tiffany das gefällt.

Dinge, die mich früher an Tiffany angezogen hatten, regten mich nun auf. Ihr Lachen, ihre Stimme, ihr Geruch. Wegen dem, was sie mir und unserer Tochter angetan hatte, widerte sie mich an.

Während ich so dasaß und die Frau komplett ignorierte, überkam mich ein Gedanke – Rache serviert man am besten kalt.

Ich würde mich an Tiffany rächen, für das, was sie mir und unserem kleinen Mädchen angetan hatte. Aber um es richtig anzustellen, musste ich sie zuerst glauben lassen, dass ich ihr verziehen habe.

Ich hatte mich noch nie verstellt. Aber ich wurde auch noch nie so hintergangen wie von dieser Person. Hätte mir jemand gesagt, dass meine kleine Tiffany so etwas Furchtbares tun würde, hätte ich denjenigen ausgelacht. *Nicht meine Tiffany. Sie würde mir niemals ein Baby verheimlichen und mir dann direkt ins Gesicht lügen.*

Doch genau das hatte sie getan. Ich hatte sie direkt nach dem Vater des Kindes gefragt und sie hatte mir irgendeinen Mist erzählt. Sie hätte reinen Tisch machen können. Wäre sie direkt ehrlich zu mir gewesen, wäre ich jetzt nicht so wütend.

Sie wusste, dass ich jetzt vermögend war. Sie wusste, dass ich kein Versager war. Und doch hatte sie ihr Geheimnis weiter für sich behalten.

Wie konnte sie nur?

Ich hatte das Gefühl, dass ich das Mädchen, in das ich mich verliebt hatte, nie wirklich gekannt habe. Dieses Mädchen wäre zu so einer furchtbaren Sache gar nicht fähig gewesen.

Und nun würde *ich* derjenige sein, der Lügen erzählte. *Ich* würde derjenige sein, der vorgibt, verliebt zu sein, der vorgibt, ihr zu verzeihen. Ich würde sie nicht einfach nur hintergehen, so wie sie mich hintergangen hatte. Ich würde sie zerstören.

Ich hatte die Mittel, ihre Welt zu zerstören, und genau das würde ich auch tun. Jasmine und ich hatten nie die Chance eine Beziehung zueinander aufzubauen. Ich würde nie wissen, wie es war, sie als Baby im Arm gehalten zu haben, oder ihr kleines Gesicht zum ersten Mal gesehen zu haben. Ich hatte nie ihre ersten Schritte gesehen, ihr erstes Wort oder ihren ersten Schrei gehört, als sie auf die Welt kam. Tiffany hatte mir all dieses Momente geraubt.

Das Leben würde sich für uns drei ändern. Aber am Ende würden nur zwei von uns glücklich sein. Jasmine und ich würden am Ende als Gewinner dastehen, während Tiffany weinend von der Seitenlinie aus zusehen würde.

Aber zuerst musste ich die Rolle des verzeihenden Mannes spielen. Auch wenn es mir nicht leichtfallen würde, ich würde es tun. Ich *musste* es tun. Ich konnte Tiffany nicht ohne Konsequenzen davonkommen lassen.

Das wäre ein Verbrechen.

Ein Verbrechen gegen mich und meine Tochter. Sie hatte uns beiden so viel weggenommen. Es wäre nicht fair, Tiffany davonkommen zu lassen. Und welche Ironie, dass sie doch so kurz davorgestanden hatte, alles mit mir teilen zu können.

Hätte sie mir nur die Wahrheit gesagt, nachdem wir uns wieder begegnet waren, dann wäre alles anders gekommen. Aber sie hatte die falsche Entscheidung getroffen. Schon wieder.

Ich biss die Zähne zusammen, als ich sah, wie sie die Bar verließ. „Wir sehen uns später, Cash."

„Folgst du Tiff?", fragte er mit einem wissenden Grinsen.

„Ja. Es wird Zeit, dass ich das Mädchen wieder da hinbringe, wo sie hingehört. Schluss mit dem Hin und Her." Ich lief nach draußen. Ich hatte niemandem erzählt, was ich herausgefunden hatte. Und ich würde auch niemandem von meinen Racheplänen erzählen.

Sollten Tiffany und ihre Familie auch nur den kleinsten Verdacht über mein Vorhaben schöpfen, dann wären sie wahrscheinlich im Nullkommanichts mit meiner Tochter über alle Berge. Und dann könnte es Jahre dauern, sie wieder aufzuspüren.

Ich würde nicht den Fehler machen und sie etwas merken lassen. Es sollte sie alle kalt erwischen. Keiner von ihnen hatte mir auch nur ein Wort von Jasmine gesagt. Sie alle hatten es vor mir verheimlicht.

Tiffany musste vor ihrem Umzug von der Schwangerschaft gewusst haben. Und ich wusste genau, dass sie von dem Umzug gewusst hatte. Sie hatte es für sich behalten und mich mit ihrem plötzlichen Verschwinden geschockt.

Als ich zu meinem Truck ging, sah ich sie bei dem vergeblichen Versuch, den Autoschlüssel ins Türschloss zu bekommen. Die Tatsache, dass sie einen Schlüsselanhänger in der Hand hielt, zeigte mir, dass sie viel zu betrunken war, um noch zu fahren. Ich ging zu ihr und griff nach dem Schlüssel. „Gib mir den."

Ihre grünen Augen waren glasig und ein wenig wässrig. „Warum?"

„Weil du betrunken bist und ich ein Gewissen habe, deshalb." Ich nahm ihr den Schlüssel ab. „Ich bringe dich nach Hause."

„Und wenn ich nicht nach Hause will?" Sie stemmte die Hände in die Hüften und wippte im Wind.

„Du gehst trotzdem." Ich nahm ihre Hand und führte sie zu meinem Truck. „Du kannst wählen: deine Wohnung oder mein Haus."

„Hä?", fragte sie und klang so, als hätte sie es wirklich nicht verstanden.

„Ich bin es leid, dir hinterher zu laufen, Tiffany McKee." Ich öffnete die Beifahrertüre meines Trucks und hob sie auf den Sitz. „Anschnallen, Süße."

„Warte." Sie schüttelte den Kopf. „Vorhin wolltest du nicht mal ein Wort mit mir reden und jetzt sagst du, dass du es leid bist, mir hinterherzulaufen. Du *willst* mich?"

„Das habe ich immer." Ich schloss die Türe und ging zur Fahrerseite. Sie hatte den Gurt noch immer nicht angelegt. Ich beugte mich über sie und legte ihr den Gurt an. „Das ist das Gesetz, Tiff."

Ich dachte über Gesetze nach und wie sie nun auf meiner Seite waren. Sie hatte ein Verbrechen an mir verübt. Es war nicht klug, Verbrechen an Menschen zu verüben, die sich die besten Anwälte Texas' leisten konnten.

„Jasper, ich verstehe nicht." Ungeschickt versuchte sie, den Schlüsselbund wieder in ihrer Handtasche zu verstauen.

„Du hast dir das Wochenende frei genommen, ohne einer Menschenseele zu sagen, wo du hinfährst. Wir haben uns ganz schöne Sorgen um dich gemacht, Tiffany. Ich habe deine Spielchen satt." Ich steuerte den Wagen vom Parkplatz in Richtung unserer Farm. „Du musst einen Babysitter für heute Nacht haben, sonst hättest du nicht so viel getrunken. Ich nehme dich mit zu mir. Hast du ein Problem damit?" Ich musterte sie. Sie lächelte und senkte den Blick.

„Nein. Ehrlich gesagt bin sogar froh darüber."

Sie wäre sicher nicht so froh, wenn sie von meinem Plan wüsste. Aber ich musste sie dazu bringen, sich wieder in mich zu verlieben – musste den Gentleman spielen. „Wenn wir da sind, werde ich dir etwas zu essen machen. Ich wette, du hast heute noch nichts gegessen."

„Ich habe den ganzen Tag nichts gegessen", gab sie zu. „Ich habe seit meiner Rückkehr kaum etwas gegessen, Jasper."

Tja, einem Mann ins Gesicht zu lügen, kann einem wirklich den Appetit verderben.

„Ich schätze, meine plötzliche Nähe hat dich etwas durcheinandergebracht. Aber jetzt können wir den ganzen Unsinn hinter uns lassen, und dann wird auch dein Appetit zurückkommen. Und ich werde dafür sorgen, dass heute Nacht noch etwas isst."

„Oh, wirklich?" Sie schnallte sich ab und rutsche auf den mittleren Sitz. „Darf ich mich neben dich setzen, Jasper?"

Ich legte meinen Arm um sie und küsste sie auf den Kopf. „Aber klar darfst du das, Süße."

Sie kuschelte sich an mich und flüsterte: „Ich habe Tickets für ein Konzert dieses Wochenende in Austin. Willst du mich begleiten?"

„Aber sicher. Wir können den Privatjet nehmen." Ich drückte sie etwas fester an mich heran. „Wäre das nicht cool?"

„Das wäre Wahnsinn." Sie sah mich mit verträumten Augen an. „Können Tammy und ihr Date auch mit uns kommen?"

„Ich wüsste nicht, was dagegenspricht." Ich fand es komisch, dass ich mich trotz meiner Wut ihr gegenüber so verhalten konnte. „Ich werde uns auch Hotelzimmer besorgen. Wir werden ein tolles Wochenende haben. Du kannst doch einen Babysitter organisieren, oder?"

„Mom und Dad passen immer auf meine Tochter auf, wenn ich sie darum bitte." Sie legte ihren Kopf auf meine Schulter.

Ein Anflug von Wut überkam mich, als sie *meine Tochter* sagte. Sie wusste ganz genau, dass dieses Mädchen auch meine Tochter war. Und dennoch sagte sie so etwas. „Dann ist ja gut. Wir werden eine verdammt gute Zeit haben, nicht wahr?"

Ihre Hand glitt über meine Brust. „Das werden wir sicher, Jasper. Das fühlt sich richtig an, nicht wahr?"

„So richtig wie der Regen, Süße." Ich küsste sie auf die Stirn. „Von jetzt an wird alles rosarot sein, das kann ich dir versprechen. Und Himmel, wenn du dich gut benimmst, werde ich dich sogar ins Red Lobster ausführen."

„Du weißt es noch" sagte sie. Als könnte ich jemals etwas aus unserer gemeinsamen Zeit vergessen.

„Ich erinnere mich an alles aus unserer gemeinsamen Zeit,

Tiffany. *An alles.*" Dazu zählte auch der ungeschützte Sex, nach dem sie verlangt hatte.

Ich konnte mir nicht erklären, warum sie das getan hatte, wenn sie doch schon von dem Umzug wusste. *Wenn sie mich nie geliebt hat, nie mit mir zusammenbleiben wollte, warum hatte sie es dann darauf angelegt, von mir schwanger zu werden?*

KAPITEL VIERZEHN

Tiffany

Ich fuhr zusammen mit Jasper in seinem Truck, schmiegte mich an ihn und atmete seinen Duft ein – Leder, Moschus, Natur. Ich fragte mich, was zur Hölle hier eigentlich passierte.

In der Bar hatte er mich völlig ignoriert, doch jetzt hatte er es plötzlich satt, mich zu jagen. Ich wusste nicht einmal, dass wir Katz und Maus gespielt hatten. Aber ich war auch nicht traurig darüber, von diesem Mann eingefangen worden zu sein. Ich hatte mich mit dem Gedanken abgefunden, dass ich ihm von unserer Tochter erzählen musste. Warum sollte mein Körper nicht auch das bekommen, was er wollte?

Wir könnten wieder so werden, wie wir waren. Wieder zusammen sein, uns ganz dem anderen hingegeben, ohne Angst und ohne Reue. Ich konnte es kaum erwarten, wieder unter diesem Mann zu liegen.

„Weißt du was, Jasper?", flüsterte ich und küsste seinen Hals.

„Was, Süße?" Seine Stimme war tief, weich wie Whiskey und viel sexyer als früher.

„Ich glaube, ich kann auf das Essen verzichten und wir können direkt ins Bett gehen." Sein Ohrläppchen schmeckte köstlich. „Ich kann mich an dir satt essen. Was hältst du davon?" Der Gedanke daran, ihn überall auf mir zu spüren, machte mich ganz wild auf ihn.

„Du hast zu viel getrunken, Süße. Du musst etwas essen." Er nahm meine Hand, küsste sie und presste sie gegen seine Brust. „Ich werde mich schon um dich kümmern."

Er dürfte sich ewig um mich kümmern. Während ich neben ihm saß und ihn festhielt, erinnerte ich mich wieder daran, wie gut sich dieser Mann immer um mich gekümmert hatte. „Na gut. Du darfst dich um mich kümmern, Jasper. Es fühlt sich sogar ganz gut an." Seit einer gefühlten Ewigkeit hatte ich mich um Jasmine gekümmert. Dass er sich nun um mich kümmerte, fühlte sich an, als würde ein Traum wahr werden.

Als wir durch das große Eisentor von Whisper Ranch fuhren, verschlug es mir merklich die Sprache. Jasper lächelte nur. „Gefällt es dir?"

„Ich liebe es." Ich dachte daran, was Jasmine wohl für große Augen machen würde, wenn sie sah, wie ihr Daddy lebte. „Das kommt mir irgendwie schräg vor. Das muss es dir doch auch." Er lebte damals in einem so kleinen Haus. Es reichte nicht einmal annähernd an das hier heran."

„Ich gewöhne mich langsam daran. Ich schätze, es steckt einfach in meiner DNA." Er schaute mich an, während er den Truck durch die kurvige Auffahrt lenkte. „Ich wurde dazu geboren, hier zu sein. Es vergeht kein Tag, an dem ich mich nicht als Teil dieser Farm fühle."

„Weißt du, was du tun solltest, Jasper?", fragte ich, als mir ein Gedanke kam. „Du solltest einen Abschluss machen. Irgendwas, das dir dabei hilft, diese Farm zu führen."

Er lachte leicht, bevor er fragte: „Hilfst du mir dann beim Lernen, Tiff?"

„Das würde ich tun, wenn du wolltest." Ich war schon immer recht klug gewesen. „Ich würde dir gerne helfen, Jasper."

„Das würde mir gefallen." Wir hielten vor der Villa an und er küsste mich auf die Wange. „Wir sind da."

„Guter Gott, das ist unglaublich." Das Haus war so riesig, man konnte gar nicht alles sehen, da nur der Hauseingang beleuchtet war. „So viel Holz. Ich habe noch nie so viel Holz auf einmal gesehen. Ich wusste auch gar nicht, dass es so etwas wie Blockvillen gibt."

„Ja, die gibt es." Er stieg aus dem Auto aus und dann half er mir. „Komm schon, Süße. Bringen wir dich rein und füttern dich."

Er legte mir seine Hände um die Hüften und mir blieb beinahe das Herz stehen. Ich genoss das Gefühl und blickte in seine blauen Augen. „Jasper, würdest du mich küssen?"

Ein sanftes Lächeln legte sich auf seine Lippen. „Noch nicht, Tiffany McKee. Du bist immer noch betrunken."

„Aber auch zu blöd, dass ich keinen Alkohol vertrage" sagte ich, als er meine Hand nahm und mich ins Haus führte.

In der Eingangshalle befand sich eine wunderschöne Treppe. „Das ist nun mein Zuhause, Tiffany. Und ich möchte, dass du dich hier ebenfalls wie zuhause fühlst."

Ich versuchte, dass alles zu verarbeiten. Es war überwältigend. „Wow, Jasper."

Er führte mich von einem Raum durch den nächsten – sobald wir ein Zimmer betraten, gingen die Lichter von ganz allein an und wieder aus, wenn wir es verließen. Dann betraten wir eine riesengroße Küche. „Da wären wir", sagte er und stellte mir einen Stuhl hin. „Ich schätze, es gibt ein Erdnussbutter-Marmeladen-Sandwich und ein Glas Milch."

„Und ich schätze, dass ist die ausgefallenste und nobelste Küche, in der ich je gewesen bin." Ich schaute mich um und entdeckte Küchengeräte, die ich noch nie gesehen hatte. „Ihr habt wohl einen professionellen Koch, oder?"

„Chefkoch Todd", antwortete er und drückte gegen eine Wand. Diese öffnete sich plötzlich und brachte einen Kühlschrank zum Vorschein. „Und er hat Assistenten, die ihm helfen. Der Sonntags-Brunch in diesem Haus ist berühmt."

Das waren meine auch. „Dann habe ich wohl Konkurrenz, wenn es um deine Anwesenheit bei meinem berühmten Sonntags-Brunch geht. Ich veranstalte ihn im Dairy King. Aber jetzt, da ich sehe, was *zuhause essen* bei dir bedeutet, kann ich verstehen, dass du noch nie im Dairy King gegessen hast."

„Morgen lasse ich ihn für uns ein Meeresfrüchte-Festessen zubereiten. So eins, wie wir im Red Lobster hatten – zu unserem besonderen Anlass." Er zwinkerte mir zu und nahm einen Laib Brot aus dem Schrank. „Du kannst gewiss sein, dass er den Koch dieser Restaurant-Kette bei Weitem übertrifft."

„Ich wette, dass er das tut." Ich beneidete ihn immer mehr um diese Gourmet-Küche. „Wie hält er es denn mit dem Teilen seines Kochbereichs?"

„Keine Ahnung. Ich habe mir nie mehr als ein Sandwich oder ein Müsli selbst zubereitet." Er drückte gegen eine andere Stelle der Wand und es öffnete sich eine Speisekammer. „Möchtest du honig-geröstete Erdnussbutter oder das grobe Original?" Er blieb stehen und schüttelte den Kopf. „Ach, vertrau mir einfach. Du wirst die honig-geröstete lieben, ich werde die nehmen."

„Und Erdbeermarmelade." Langsam bekam ich Hunger. Es schien, als hätte Jasper mich nur in die richtige Stimmung bringen müssen.

„Ich erinnere mich." Während er das Sandwich machte, mir ein Glas Milch einschenkte und beides vor mir auf den Küchentresen stelle, pfiff er leise vor sich hin. „Hier bitte, meine süße Tiffany McKee." Er presste seine Lippen gegen meine Wange und mein Herz begann zu rasen.

„Vielen Dank, mein Süßer." Ich bemühte mich, langsam zu essen, doch mittlerweile hatte ich so großen Hunger bekommen, dass es mir unmöglich war, gesittet zu essen.

Während ich aß, räumte Jasper die Küche wieder auf. Als er sah, wie schnell ich das Sandwich verschlungen hatte, lachte er: „Verdammt! Du musst ja schon halb verhungert gewesen sein."

Die Lügen und Geheimnisse hatten tatsächlich dazu geführt, dass ich kaum etwas essen konnte. Ich nickte, ging auf ihn zu und breitete meine Arme aus. „Kann ich jetzt eine Umarmung bekommen?"

Seine Brust hob sich, als er tief einatmete und die Luft kurz anhielt. „Klar. Ich schätze, dass lässt sich machen."

Es war schon so lange her, als mich diese starken Arme das letzte Mal gehalten hatte. Ich lehnte mich gegen seine Brust und hörte seinen Herzschlag. „Ich habe das mehr vermisst, als ich mit selbst eingestehen wollte." Ich schaute ihn an und sah ein Flackern in seinen Augen. „Jasper Gentry, ich habe nie aufgehört, dich zu lieben. Das schwöre ich dir. Können wir einfach so tun, als wären noch keine sieben Jahre vergangen? Können wir einfach da weitermachen, wo wir aufgehört haben? Können wir uns wieder sagen, dass wir uns lieben?"

„Willst du das wirklich, Tiffany?" Er schaute mir in die Augen und strich mir das Haar aus dem Gesicht. „Willst du so tun, als wären wir nie getrennt gewesen? Willst du so tun, als lägen nicht so viele Jahre zwischen uns?"

Nickend fuhr ich mit meinen Händen über seine breiten Arme. „Das will ich wirklich, Jasper. Mehr als alles andere. Ich möchte, dass es sich so anfühlt, als hätten wir uns nie getrennt." Meine Hände ruhten auf seinem Bizeps und ich sehnte mich danach, seine nackte Haut zu berühren. „Wenn du mich in dein Bett bringst, kann ich versuchen, die Zeit zurückzudrehen."

Er hob mich hoch und trug mich aus der Küche durch alle Zimmer, durch die wir gekommen waren, und die Treppe hinauf. Während er mich zu seinem Schlafzimmer brachte, sagte er kein einziges Wort.

Und noch einmal verschlug es mir die Sprache, als wir sein Schlafzimmer betraten. Es war größer als jedes Schlafzimmer, in dem ich je war. Das Dekor war von robuster Eleganz – so etwas hatte ich noch nie gesehen. „Und hier bette ich mich seit unserem Umzug nach Carthage zur Ruhe." Er setzte mich auf dem Bett ab und ich begann damit, meine Bluse aufzuknöpfen.

Als er sich umdrehte und von mir wegging, hörte ich auf. „Was machst du?"

„Dir ein T-Shirt holen, in dem du schlafen kannst." Er holte eines aus seiner Kommode, kam wieder zurück und gab es mir. „Wir werden heute Nacht nur schlafen. Ich werde nicht das erste Mal nach sieben Jahren wieder mit dir schlafen, wenn du betrunken bist." Dann ging er weg und ließ mich verwundert sitzen.

„Verdammt." Ich zog meine Sachen aus und sein T-Shirt an. Er war ins Badezimmer gegangen. „Das hatte ich nicht erwartet", murmelte ich vor mich hin. „So gar nicht wie der Junge von früher. So gar nicht, wie ich mir die Nacht vorgestellt hatte."

Ich schlüpfte unter die schwere Bettdecke. Das ganze Bett roch nach Jasper. Ich kuschelte mich ins Bett und atmete seinen Duft tief ein. Es gab mir ein Gefühl von Heimat. Ich hatte nicht erwartet, so zu fühlen. Und im Nu war ich eingeschlafen.

Als ich am nächsten Morgen erwachte, schien das Sonnenlicht durch die dicken Vorhänge. Jaspers sanftes Schnarchen neben mir brachte mich zum Lächeln. Er hatte bei mir geschlafen, ohne überhaupt zu versuchen, Sex mit mir zu haben.

Ich erinnerte mich an meine Enttäuschung vor dem Einschlafen. Doch jetzt – wieder nüchtern – war ich froh darüber, dass wir unsere Wiedervereinigung nicht unter Alkoholeinfluss begangen hatten.

Ich drehte mich zu ihm um, schlang meine Arme um ihn und küsste ihn auf die Wange. Seine Bartstoppeln kitzelten meine Lippen.

Er öffnete langsam die Augen und lächelte mich an. „Hallo Schönheit. Schön, dich zu sehen. Ich war mir nicht sicher, ob du noch hier sein würdest."

„Ich werde nirgendwo hingehen, außer du willst es, Jasper." Ich küsste ihn sanft. „Ich liebe dich."

Seine Hände wanderten um meinen Körper und zogen mich an ihn heran – so dicht, dass ich seinen Schwanz spüren konnte. „Ich will dich ganz bei mir haben, Tiffany. Ich will dich jede Nacht halten. Ich will dich jeden Morgen küssen. Ich will dich. Ich will dich ganz und gar."

Seine Hände wanderten unter mein T-Shirt, dann zog er es mir aus. Er rollte mich auf den Rücken und musterte meinen Körper. Ich konnte nicht mehr tun, als ihm dabei zuzusehen.

Ich glaube, alles wird gut.

KAPITEL FÜNFZEHN

Jasper

Ihre grünen Augen schimmerten im schwachen Licht, als ich meinen Körper über ihren positionierte. Sie öffnete die Lippen und schaute mich liebevoll an. *Aber wie konnte sie mich lieben und mir so etwas antun?*

Als sie mir mit den Händen durchs Haar fuhr, verschlug es mir den Atem. Ihr Körper wölbte sich, als ich sie festhielt. Ich konnte es nicht tun. Ich konnte nicht einfach mit ihr schlafen. Egal, was ich geplant hatte, ich brachte es einfach nicht über mich.

„Ich muss zuerst ins Bad." Ich rollte von ihr herunter und ging ins Badezimmer. Ich war zu erregt, um vernünftig pinkeln zu können und etwas lief auf meine Schlafanzughose.

Ich zog sie aus und schaute an mir herunter, auf den Teil von mir, den Tiffany so sehr wollte. „Ich kann nicht."

Er stand aufrecht und es kam mir vor, als schaute er mich direkt an und wollte mir sagen, dass ich durchaus kann. Ich versuchte dieses Gefühl zu ignorieren und putze mir die Zähne.

Vielleicht lag es daran, dass sie mir immer noch nicht die Wahrheit über Jasmine erzählt hatte. Vielleicht konnte ich ihr die drei kleinen Worte deswegen nicht sagen.

Es klopfte an der Türe. „Jasper, darf ich reinkommen?"

Durch den Spiegel blickte mich mein grimmiges Selbst an. „Ja."

Sie betrat das Badezimmer und schloss die Türe hinter sich. „Bevor zwischen uns etwas passiert, muss ich dir noch etwas sagen. Es fällt mir schwer, dir zu erzählen, was ich getan habe."

Mir wurde ganz schwindelig und ich musste mich setzen. „Lass uns wieder ins Bett gehen." Ich nahm ihre Hand und gemeinsam verließen wir das Badezimmer.

Wir setzten uns aufs Bett und schauten uns an; mir schlug das Herz bis zum Hals. Tiffany befeuchtete sich die Lippen und flüsterte: „Als ich wegging, war ich schwanger von dir, Jasper. Meine Tochter Jasmine ... Jasmine ist deine Tochter."

Ein Adrenalinschub durchfuhr meinen Körper. Bevor ich wusste, was ich tat, hatte ich sie schon in die Arme genommen und küsste sie leidenschaftlich. „Ich liebe dich, Tiff. Ich liebe dich so sehr."

Die Emotionen gewannen die Oberhand. Ich legte sie auf das Bett, spreizte ihre Beine und drang hart in sie ein.

Sie stöhnte auf. „Oh Gott, Jasper! Es ist so lange her."

Schwer atmend bewegte ich mich in ihr vor und zurück. „Oh Baby, du fühlst dich noch genauso an wie früher." Ich wusste, dass sie die ganze Zeit über niemand anderen hatte. Sie war so eng wie bei unserem ersten Mal. „Verdammt, Tiff. Du bist so eng."

Sie zog die Knie an und half mir, noch tiefer in sie einzudringen. „Jasper, du bist noch viel größer als damals."

Ich fuhr tief in sie ein. Ich konnte nicht anders, ich musste sie wieder besitzen. Ich musste sicherstellen, dass sie nicht einmal an andere Männer dachte. Ich musste ihr zeigen, dass sie zu mir gehörte. „Du bist mein. Hörst du mich, Tiffany? Du. Gehörst. Mir."

Ihre Fingernägel vergruben sich in meine Haut. „Ich gehöre dir, Jasper. Wieder dir. Für immer dir."

„Da hast du verdammt recht." Ich bewegte mich schneller. Sie sollte sich daran erinnern, was sie nur mit mir erleben konnte. „Und du wirst nie wieder von mir weggehen."

Sie wirkte etwas erschrocken und blickte mich mit großen Augen an. „Es tut mir so leid, Jasper. Wirklich." Tränen liefen ihr über die Wangen und ich küsste sie fort. Dann trafen sich unsere Lippen und in meinem Kopf drehte sich alles.

Ich spürte es wieder in jeder Faser meines Körpers: die überwältigende Liebe für sie, die Hingabe, das endlose Verlangen nach ihr. *Warum hast du mich jemals verlassen?*

Ich rollte auf den Rücken und positionierte sie auf mir. Sie fuhr sich mit den Händen durchs Haar, während ihr Körper sich wölbte. Ich streichelte und küsste ihre Brüste.

Sie waren größer als damals, was mich an die verschwiegene Schwangerschaft erinnerte. Ich wurde wieder wütend. Ich änderte erneut unsere Positionen und legte mich wieder auf sie. „Du hättest mir von ihr erzählen sollen. Du hättest es mir sagen *müssen*."

Ihr Körper zitterte, als sie mir tief in die Augen sah. „Jasper, es tut mir leid."

Sie befand sich am Rande eines Nervenzusammenbruchs. Also zwang ich mich, meine Wut zu unterdrücken. Ich musste sie glauben lassen, dass ich sie wirklich liebte. Ich hatte einen Plan. Ihr vorzuwerfen, was sie getan hatte, würde sie nur dazu bringen, erneut vor mir wegzulaufen.

„Ich weiß." Ich küsste sie und ordnete meine Gedanken. Ihre Berührungen fühlten sich wie Seide auf meiner Haut an. Sie erinnerten mich an einfachere Zeiten. Wir beide auf dem Rücksitz ihres Autos, unsere Hände überall, Lippen, die sich berührten, Zungen, die miteinander tanzten. Mithilfe der Erinnerung an früher, kamen mir die Worte ganz einfach über die Lippen: „Ich liebe dich, Tiffany."

Sie brachte ein sanftes Seufzen hervor. „Jasper, diese Worte wieder aus deinem Mund zu hören, ist einfach himmlisch."

Es fühlte sich surreal an. Für einen Moment wünschte ich, es wäre real. Aber ich wusste, dass dieses Gefühl auch wieder vorbeigehen würde. Und übrig bliebe dann wieder nur meine Wut wegen ihre Lügen.

Für den Moment jedoch, übernahm mein Körper die Kontrolle über meinen Verstand. Er hatte sich jahrelang nach dieser Frau gesehnt, er würde sich diesen Moment nicht von meinem Verstand ruinieren lassen.

Ich löste mich aus ihr und forderte sie auf: „Knie dich hin."

Sie veränderte ihre Stellung, stütze sich auf Hände und Knie und hielt mir ihre Rückseite hin. „Das hat mir gefehlt."

Ich kniete mich hinter sie, fasste sie an den Hüften und drang von hinten in sie ein. „Ich schätze mal, du nimmst keinerlei Verhütungsmittel?"

Ich stieß fest zu und sie prustete: „Nein, tu ich nicht. Du musst ihn wieder rechtzeitig rausziehen, so wie damals."

„Du wirst dir die Pille holen müssen, Süße." Rausziehen gefiel mir ganz und gar nicht. Außerdem wusste ich, dass wir in unserer Ekstase kaum dazu fähig sein würden.

Ihr Stöhnen trieb mich noch mehr an. „Jasper, du bist so fordernd. Das gefällt mir."

Ich war froh zu hören, dass sie kein Problem damit hatte, dass ich diese Beziehung dominierte. Ich besorgte es ihr noch härter. „Du wirst machen, was ich dir sage, Tiffany." Ich hatte bereits eine Liste mit Dingen im Kopf, die ich von ihr verlangen würde – angefangen mit der Forderung, dass unsere Tochter bei mir einziehen sollte. Und für den Anfang könnte Tiffany ebenfalls bei mir einziehen.

Ich war eigentlich nie dominant gewesen. Aber bei einer Frau wie Tiff, die es richtig fand, mit meiner Tochter zu verschwinden, musste ich die Regeln etwas ändern. Sie musste erfahren, dass es nicht richtig war, einem Menschen so etwas anzutun.

Sie musste dafür bezahlen. Einem Mann das eigene Kind sechs Jahre lang verheimlichen, damit sollte niemand ungestraft davonkommen. Niemand!

Nicht einmal die kleine, liebliche Tiffany McKee.

Sie legte ihren Oberkörper auf die Matratze und stöhnte: „Komm in mir, Jasper. Ich will es wieder spüren."

Zur Hölle damit.

„Willst du das, Süße?", murmelte ich, während ich mit meiner Hand über ihren Hintern strich.

„Ja", säuselte sie. „Bitte."

„So kann ich nicht in dir kommen, Tiff." Erneut streichelte ich ihren Hintern. „Aber hier kann ich in dir kommen. Willst du das?" Ich würde nicht riskieren, sie wieder zu schwängern.

Der Plan war, sie rauszuwerfen, sobald ich meine Tochter sicher bei mir hatte. Da konnte ich es nicht gebrauchen, dass sie noch ein Kind von mir bekam. Wenn sie aber darauf bestand, meinen Saft in sich aufnehmen zu wollen, müsste sie sich auf anal oder oral einlassen.

„Ich weiß nicht. Es ist schon so lange her, seit wir das gemacht haben." Sie richtete ihren Oberkörper wieder auf und warf mir einen Blick über ihre Schulter zu. „Aber du machst langsam, ja?"

„So langsam du willst, Süße." Ich lächelte und zwinkerte ihr zu. „Wenn du es haben willst, geht es entweder so oder durch den Hals, deine Entscheidung."

„Aber nicht auf dieser Art." Ihr Blick senkte sich ein wenig. „Wegen unserer Tochter?"

Ich durfte sie nicht eine Sekunde in diesem Glauben lassen. „Nein. Aber wenn wir ein zweites Kind bekommen, sollte es geplant sein."

„Oh." Sie lächelte und schien glücklich, dass es keine Bestrafung sein sollte. Das war es auch nicht – nur ein kluger Schachzug. „Dann soll es der Hintern sein."

„Alles klar." Ich setzte neu an und drang wieder in sie ein. Aber dieses Mal in ihren Hintern.

Sie stöhnte und legte ihren Oberkörper erneut auf die Matratze. Langsam vergrub ich mich immer weiter in ihr. „Jasper, Herrgott. Das fühlt sich gut an. Ich hatte ganz vergessen, wie gut sich das anfühlt."

Sie stöhnte, während ich mich langsam vor und zurück bewegte. „Härter, Jasper. Ich kann mehr vertragen."

Ich gab ihr einen Klaps auf den Po und bewegte mich schneller und härter, bis sie meinen Namen schrie. Ich bescherte ihr einen Orgasmus, der ihren gesamten Körper zum Beben brachte.

Ich konnte sie immer dazu bringen, sich völlig gehen zu lassen. Es lag wohl daran, dass sie mir so sehr vertraute.

Erschöpft und atemlos zog ich meinen Schwanz aus ihr heraus und ließ mich neben sie auf das Bett fallen. „Geht es dir gut, Süße?"

Sie atmete schwer. „Mehr als gut." Sie strich mir mit der Hand über die Wange. „Du siehst so aus, als ginge es dir auch gut. Das war unglaublich."

„Stimmt." Ich rollte mich auf den Rücken und zog sie an mich heran. Unsere Herzen rasten wie wild. „Also, und so wird es laufen: Du ziehst hier ein. Zusammen mit unserer Tochter natürlich."

„Natürlich", wiederholte sie.

„Und wir werden es miteinander treiben, wann immer wir wollen." Ich küsste sie auf die Stirn und merkte, wie sich ihr Körper anspannte.

„Nun, so oft es geht." Sie hob den Kopf und schaute mich an. „Mit einem Kind in der Nähe ist es nicht immer einfach, Zeit für sich zu finden. Du wirst schon sehen, was ich meine."

Ich wusste, was sie meinte. Und ich hoffte, dass das Kind es uns so schwer wie möglich machen würde, Zeit allein zu verbringen. Das würde es mir sehr viel leichter machen, Tiffany wieder aus meinem Leben zu streichen, wenn es so weit war.

Und diese Zeit würde kommen.

KAPITEL SECHZEHN

Tiffany

Nach dem Sex wusste ich, dass es Zeit war, Jasper gegenüber ehrlich zu sein. Ich setzte mich auf und bedeckte meine nackte Brust mit der Bettdecke. „Ich will nichts verschweigen. Ich möchte, dass du verstehst, warum ich das getan habe."

Er setzte sich ebenfalls auf und lehnte sich gegen das Kopfteil seines Bettes. „Ich würde gerne alles verstehen, Tiff. Bitte, kläre mich auf."

Ich wollte die Dinge in positiver Weise darstellen, auch wenn ich wusste, dass das so gut wie unmöglich war. Ehrlichkeit war der beste Weg, also entschied ich mich dazu, aber taktvoll. „Alles begann damit, als meine Eltern uns sagten, dass wir nach dem Abschluss umziehen würden."

„Und wie lange vor dem eigentlichen Umzug wusstest du, dass ihr umziehen würdet?", fragte er angespannt.

Ich strich ihm über die Wange. Er hatte das Recht, wütend zu sein. „Vergiss bitte nicht, dass ich damals noch ein Mädchen war, Jasper. Ich war noch unreif. Die Entscheidungen, die ich damals getroffen habe, waren keine reif überlegten Entscheidungen."

Er nahm meine Hand und küsste sie. Dann hielt er sie sanft fest. „Ich weiß, du warst jung und dumm. Das waren wir beide. Erzähl weiter. Sag mir, wie lange du von dem Umzug wusstest."

„Drei Monate." Ich sah, wie er seinen Blick zur Zimmerdecke richtete, und sein Griff um meine Hand wurde fester.

„Die ganze Zeit hast du kein Wort gesagt, Tiff?" Er richtete seinen Blick auf mich und sah mir direkt in die Augen. „Du hast nie etwas gesagt. Du hast sogar davon gesprochen, nach Lubbock und an die Texas Tech zu gehen. War das eine Lüge?"

„Du kanntest meinen Plan, nach dem Abschluss ein Jahr Pause zu machen." Ich kam mir vor, als säße ich auf der Anklagebank und das störte mich ein wenig. „Die Antwort lautet also Nein. Ich hatte wirklich vor in diesem Sommer nach Lubbock zu reisen und mir das College anzusehen. Ich wollte sogar, dass du mitkommst und es dir ansiehst. Aber dann – nun, wir eilen meiner Geschichte etwas voraus, Jasper."

„Dann bitte, erzähl weiter." Er ließ meine Hand los und fuhr sich stattdessen durch sein dichtes Haar.

Ich verschränkte die Arme vor der Brust und fühlte, wie sich Anspannung in mir ausbreitete. „Ich glaube, als ich von dem Umzug erfahren habe, hat das dazu geführt, dass ich eine Menge dummer Entscheidungen getroffen habe. Dich anzuflehen, in mir zu kommen, zum Beispiel. Ich glaube, unbewusst wollte ich sogar von dir schwanger werden. Du weißt schon, um immer einen Teil von dir bei mir zu haben."

„Wenn du mir einfach etwas gesagt hättest, Tiff, dann hätten wir uns schon etwas einfallen lassen." Er seufzte laut auf. „Wie lange vor dem Umzug hast du von der Schwangerschaft gewusst?"

Jetzt kam der schwierigste Teil. Es würde ihn hart treffen zu erfahren, wie lange ich ihm etwas verschwiegen hatte. „Also gut. Aber denk bitte daran, dass ich damals ein verängstigtes Kind war."

Er nickte. „Alles klar."

Ich schluckte und schloss meine Augen. Ich wollte seine Reaktion auf meine nächsten Worte nicht sehen. „Ich wusste es einen Monat bevor wir weggingen."

Die Stille war ohrenbetäubend. Und als ich meine Augen wieder öffnete hatte er sein Gesicht in seinen Händen vergraben und massierte sich die Schläfen. „Und warum war es dir unmöglich, mir von der Schwangerschaft zu erzählen?"

„Du hattest kein Geld, Jasper." Ich wusste, dass er nichts hätte tun können, auch wenn er es gewusst hätte. „Und ich war kurz davor, wegzuziehen. Wie in aller Welt hätten wir das hinkriegen sollen?"

Er nahm die Hände von seinem Gesicht und sah mich an. In seinen Augen schimmerten Tränen. „Wir hätten das hingekriegt. Ich kann nicht glauben, dass du mir so wenig vertraut oder so wenig an mich geglaubt hast, Tiffany."

Das Komische daran war, dass ich ihm vertraut und an ihn geglaubt hatte – nur nicht so, wie er es sich gewünscht hatte. „Jasper, ich habe geglaubt, dass du für den Mindestlohn arbeiten würdest, denn das war alles, was du damals hättest tun können. Ich habe auch geglaubt, dass du versucht hättest, mich in deinem Elternhaus unter-zubringen. Ich wusste, dass du gewollt hättest, dass ich bei dir bleibe und nicht mit meiner Familie umziehe. Ich hätte das nicht gekonnt. Ich bin mit einem eigenen Zimmer aufgewachsen – meinem eigenen Platz und meiner Privatsphäre. Ich hätte nicht in einem kleinen Haus zusammen mit deinen Eltern und deinen Brüdern leben können. Und dann noch ein Baby? Nun, ich hatte gedacht, dass du das von mir erwarten würdest."

„Also hast du mir nichts von unserem Baby erzählt, weil ich aus einer armen Familie komme?", fragte er und sah mich verärgert an.

Ich saß da und überlegte mir, wie ich es ihm klarmachen konnte, ohne dass er ausrastete. „Nun, deine Familie hatte nicht viel Geld. Dein älterer Bruder wohnte nach seinem Abschluss immer noch zuhause und arbeitete auf dem Autohof. Er hat Autos auseinanderge-nommen. Du hattest selbst keinerlei Ambitionen, außer in einem Schnellrestaurant zu arbeiten, um Gratis-Essen abstauben zu können. Sag mir also, ob meine Entscheidung, dir nichts von der Schwangerschaft zu sagen, daran lag, dass du arm warst oder nicht."

Er nickte. „Klingt so, als lag es genau daran."

Und er hatte recht. „Nun, ich wusste nicht, was ich sonst tun sollte, Jasper. Ich musste plötzlich an ein Baby denken. Ich habe dich geliebt, aber ich musste tun, was das Beste für das Baby war. Und ich wusste, dass du es mir sehr schwer machen würdest, das zu tun, was getan werden musste – mit meiner Familie umzuziehen. Ich musste unserem Kind ein stabiles Zuhause bieten."

Er nickte erneut. „Und ich wäre in diesem Zuhause nicht willkommen gewesen?"

„Jasper, mein Vater hätte dich nie bei uns wohnen lassen." Er hätte diese Frage gar nicht stellen brauchen.

„Und doch hätten meine Eltern dich bei uns leben lassen." Er sah mich an. „Denk mal darüber nach, Tiff. Wir hatten so gut wie nichts, aber wir hätten das alles gerne mit dir geteilt. Deine Familie hatte mehr als genug, aber keinen Platz für mich, damit ich für mein Kind hätte da sein können."

„Ja, wenn man es so ausdrückt, klingt das wirklich gemein." Ich hatte das Gefühl, dass er die Kontrolle über meine Geschichte übernommen hatte und sie in eine negative Richtung lenkte. „Schau, hier geht es um unsere Tochter und darum, was ich damals für das Beste hielt. Sie war sicher, gut umsorgt, und sie hatte alles, was sie brauchte und noch mehr. Ich hatte alle Hilfe, die ich brauchte und konnte meinen College-Abschluss online machen."

Er lachte. „Einen Abschluss, der dir dabei half, einen Job im Café deiner Eltern zu bekommen. Glückwunsch, Tiffany. Ich bin froh zu hören, dass ich sechs Jahre meiner Tochter verpasst habe, damit du es so weit bringen konntest."

Seine Worte zeigten Wirkung und ich biss mir auf die Unterlippe. „Ich habe gesagt, dass es mir leidtut, Jasper. Bedeutet das denn gar nichts?"

„Es hilft." Er boxte in die Luft. „Aber verdammt nochmal, es fühlt sich furchtbar an. Verstehst du das nicht? Hätten meine Eltern damals Geld gehabt, hätte ich von dem Baby gewusst, nicht wahr?"

„Woher soll ich das wissen?" Ich warf die Hände in die Luft. „Alles, was ich dir sagen kann ist: unter den damaligen Umständen, unter denen wir beide gelebt haben, hatte ich das Gefühl, es sei das Beste für unser Kind, wenn ich mit meinen Eltern umziehe."

Er stand aus dem Bett auf, ging ins Badezimmer und knallte die Türe hinter sich zu. Ich hatte keine Ahnung, was ich tun sollte. Ich saß allein in dem großen Bett und strich mit der Hand über sein Kopfkissen. Ich fragte mich, ob er je darüber hinwegkommen würde.

Ich muss ihm helfen, darüber hinwegzukommen.

Ich stand auf, wickelte das Laken um mich und klopfte an die Badezimmertüre. „Kann ich reinkommen?"

Außer Wasser hörte ich nichts. Als ich den Raum betrat, stand Jasper unter der Dusche. Die Hälfte seines Barts war abrasiert und er blickte mich wütend an. „Hättest du mir jemals von ihr erzählt?"

Ich stand da und wollte ihm ehrlich antworten. Es dauerte etwas, bis ich meine Antwort herausbrachte: „Nein."

Nickend blickte er in den Spiegel und rasierte sich den restlichen Bart ab. „So sieht es also aus. Du hättest mir mein eigen Fleisch und Blut verschwiegen. Dieses Mädchen steht mir näher, als du es jemals könntest und du hast uns bewusst voneinander getrennt. Du erinnerst mich an meinen Großvater, Tiffany. Es geht immer nur um den äußeren Schein. Bloß nicht das Bild verschandeln und nur das Perfekte zeigen."

„Das war nie meine Absicht gewesen. Ich habe dich auch nie als Schande betrachtet. Leg mir keine Worte in den Mund, Jasper." Wut stieg in mir auf. „Du hattest nichts. Meine Eltern hatten mehr als genug. Und bei ihnen gab es eine Zukunft. Sie standen kurz davor, ihr eigenes Café zu eröffnen – ein Geschäft, das ich eines Tages übernehmen könnte. Also ja, ich habe einen Abschluss gemacht, der mir dabei helfen würde, den Laden zu übernehmen, wenn sie sich irgendwann zur Ruhe setzen. Verklag mich, Jasper Gentry, dafür, dass ich mit achtzehn Jahren die Weitsicht hatte, das zu tun, was das Beste für unser Baby war und nicht das, was ich wollte."

Mit glattrasiertem Gesicht sah er mich an. „Und was wolltest du damals, Tiffany?"

„Ich wollte dich, Jasper. Du bist alles, was ich jemals wollte." Ich spürte die Tränen aufsteigen. „Bevor ich schwanger wurde, wollte ich dich fragen, ob du mir nach Lubbock kommst, wenn ich dort aufs College gehen würde. Aber es kam alles ganz anders."

„Das Baby zusammen mit mir zu bekommen, wolltest du also nie?", fragte er. „Willst du mir das damit sagen? Weil ich genau das höre. Ich höre, dass du mich wolltest und nur mich. Und dann wirst du schwanger und du willst das Baby für dich allein haben und lässt mich zurück. Du wolltest einen Teil von mir, aber mich wolltest du nicht mehr – der arme Junge von der falschen Seite der Stadt. Du hattest bekommen, was du wolltest, und dann hast du mich eiskalt abserviert. Ich wusste weder warum noch wohin du gegangen bist."

Ich senke den Kopf; er fühlte sich so schwer an. Ich hatte es nie auf diese Weise betrachtet, aber er hatte recht. „Es tut mir so leid. Du hast keine Ahnung, wie sehr es mir leidtut, Jasper. Ich war doch selbst noch ein Kind. Ich hatte doch keine Ahnung, was für Entscheidungen ich treffen sollte, aber ich habe sie getroffen. Und ich habe sie damals als selbstlos empfunden. Ich dachte, bei dir zu bleiben, wäre egoistisch. Dich mit einem Kind zu belasten, wenn ich doch diejenige war, die den leichtsinnigen Sex gefordert hatte. Ich dachte, das wäre falsch."

„Scheint so, als wäre eine ganze Menge falsch gewesen, Tiffany." Er stellte das Wasser ab und wickelte sich ein Handtuch um die Hüften. „Aber das ist jetzt Vergangenheit. Wir haben jetzt eine Zukunft, oder? Ich räume keine Regale mehr bei Piggly Wiggly ein. Ich habe jetzt mehr Geld, als ich jemals ausgeben könnte. Wir haben noch eine ganze Menge zu klären."

Ich drehte mich um, rannte zurück ins Schlafzimmer und zog meine Klamotten an. Gerade als er aus dem Badezimmer kam, zog ich meinen Stiefel an. „Mache dir keine Umstände, mich nach Hause zu fahren. Ich werde laufen."

„Bis zur Stadt sind es zehn Meilen, Tiffany." Er warf das Handtuch zur Seite und stand nackt vor mir. „Beruhige dich. Wir mussten darüber reden."

Wir hatten nie gestritten, und ich hasste es. Ich habe getan, was ich für das Beste hielt. Ich rannte aus dem Badezimmer, die Treppe hinunter und aus dem Haus. Ich rannte bis zum Ende der Einfahrt, bevor ich meine Mutter anrief und sie bat, mich abzuholen.

Das war der größte Fehler, den ich je gemacht hatte.

KAPITEL SIEBZEHN

Jasper

Während ich meine Hose anzog, belehrte ich mich selbst wegen dem, was ich gesagt hatte: „Du Idiot! Du solltest doch den Mund halten. Jetzt weiß sie, wie wütend du bist und sie wird verschwinden."

Ich hatte versucht, es am Ende wieder zurechtzubiegen, aber es war bereits zu spät. Ich war wohl doch nicht so clever, wie ich anfangs gedacht hatte. Aber andererseits hatte ich auch nicht damit gerechnet, dass sie mir alles erzählen wollte. Und ich hatte nicht damit gerechnet, dass ich meinen Ärger nicht kontrollieren konnte.

Ich zog meine Stiefel an, schnappte mir meinen Hut und ging zum Truck. Ich wollte das Mädchen finden. Ich war mir sicher, dass sie in fünf Minuten nicht weit gekommen sein konnte, also hatte ich nicht erwartet, sie nicht zu finden.

Während der ganzen Fahrt in die Stadt, konnte ich sie weit und breit nicht entdecken. Sicher hatte sie jemand abgeholt. Ich entschied mich schließlich bei der Bar anzuhalten, vielleicht stand ihr Auto noch immer auf dem Parkplatz. Sie *musste* einfach mit mir reden. Ich würde ihr gar keine andere Chance lassen.

Als ich auf den Parkplatz einbog, sah ich, dass ihr Auto bereits weg war. Mir gingen die Nerven durch. „Sie wird wieder verschwinden."

Bobbi Jos Auto stand vor der Bar, also entschied ich mich dazu, sie zu fragen, wer Tiffanys Auto abgeholt hatte. Es war elf Uhr vormittags und als ich die Bar betrat begrüßte Bobbi Jo mich mit einem Stirnrunzeln. „Jasper, wir dürfen die Bar nicht vor Mittag öffnen."

„Ja, ich will auch nichts trinken." Ich zeigte auf die Tür. „Hast du zufällig gesehen, wer Tiffanys Auto abgeholt hat?"

„Sie selbst. Ihre Mutter hat sie gebracht." Während sie die Reste vom Vorabend wegräumte, fragte sie: „Mir ist aufgefallen, dass du sie gestern Abend mit auf die Ranch genommen hast. Ich habe die Nacht bei Cash verbracht und euch heute Morgen reden hören, als ich gegangen bin. Ist alles in Ordnung?"

„Nein." Ich lehnte mich gegen den Tresen. „Ich habe etwas herausgefunden, das mich sehr verärgert hat, und als wir heute Morgen darüber geredet haben, wurde sie wütend und ist weggelaufen."

„Den ganzen Weg von der Farm?" Sie sah erstaunt aus. „Ich schätze, sie hat ihre Mutter angerufen und die Frau muss praktisch geflogen sein, um sie abzuholen. Du hast sie nur knapp verpasst, Jasper." Sie setzte sich an die Bar und deutete auf den Platz neben sich. „Setz dich und erzähl mir alles. Als Barkeeperin hört man so einige Dinge und man lernt, wie man mit Problemen umgeht."

Ich setzte mich und war mir sicher, dass sie so etwas wie meine Geschichte noch nie gehört hatte. Aber ich brauchte tatsächlich einen weiblichen Rat, also erzählte ich ihr alles: „Während der letzten zwei Jahre in der Highschool waren Tiff und ich zusammen. Dann ist sie plötzlich umgezogen und ich hatte keine Ahnung wohin und warum sie oder ihre Familie niemandem etwas davon erzählt hatten."

„Oh, sie sind dann hierhergekommen, richtig?", fragte sie mit einem wissenden Lächeln.

„Stimmt" sagte ich. „Tiff war schwanger von mir – wovon ich aber nichts wusste. Sie traf alle Entscheidungen allein und ist einfach weggegangen. Sie hatte nie vorgehabt, mir von dem Baby zu erzählen. Und sie traf ihre Entscheidungen rein auf der Grundlage, dass meine Familie arm war."

Sie riss die Augen ungläubig auf. „Autsch."

„Ja." Ich hatte Ähnliches über meinen Großvater gehört. „Heute Morgen hat sie mir endlich alles gestanden. Obwohl ich sie nicht darum gebeten hatte, mir die ganze Geschichte zu erzählen, hat sie es getan und über den Großteil habe ich mich geärgert."

„Verständlich", sagte Bobbi Jo mit einem Kopfnicken. „Und sie wurde wütend, weil du wütend warst. Sie muss geglaubt haben, das Beste für das Baby getan zu haben und es hat ihr nicht gefallen, infrage gestellt worden zu sein."

„Ja." Ich klopfte mit den Fingerspitzen auf die Bar. „Und jetzt weiß ich nicht, was ich tun soll. Ich habe solche Angst, dass sie sich wieder mit unserer Tochter aus dem Staub macht."

„Nun, das darfst du nicht zulassen." Sie stand auf ging hinter die Bar und holte eine Visitenkarte hervor. „Hier ist ein Anwalt, mit dem du deine Rechte als Vater besprechen kannst. Du darfst nicht zulassen, dass deine Tochter ihren Vater nicht kennenlernt. Deine Familie ist großartig. Es wäre eine Schande, sie ihr vorzuenthalten."

„Da stimme ich dir zu." Ich nahm die Karte entgegen. „Ich hätte die Dinge gerne unter uns geklärt, aber ich bin mir nicht sicher, ob Tiff das auch will." In Wahrheit war ich glücklich darüber, die Nummer des Anwalts zu haben, aber ich wollte nicht, dass jemand von meinen anderen Racheplänen erfuhr. Sie und ihre Familie würden das gleiche Gefühl erleben wie ich.

„Versteh mich nicht falsch. Ich habe Tiffany und ihre Familie wirklich gern. Sie kommen mir wir vernünftige Leute vor, Jasper." Bobbi holte das Kehrblech. „Du solltest also versuchen, einen Rechtsstreit wenn möglich zu vermeiden. Das kleine Mädchen sollte oberste Priorität haben. Sie sollte dir das Wichtigste sein."

„Natürlich." Und sie war auch der Grund, dass ich Tiffany und ihre Familie dafür bezahlen lassen wollte, was sie mir und der Kleinen alles vorenthalten hatten.

„Auch wenn Tiffany und du die Dinge nicht geradebiegen könnt, sollte nicht euer Kind darunter leiden." Sie stellte sich direkt vor mich und blickte mir in die Augen. „Immer, und ich meine immer, solltest du ganz genau darüber nachdenken, was du tust, Jasper. Meine Eltern haben meine Schwester und mich während ihrer Trennung als Waffe benutzt. Wir waren damals acht und es war das Schlimmste, das ich jemals erlebt habe. Ich mache sie noch immer dafür verantwortlich, wie Betty Sue sich entwickelt hat. Sie hat nie gelernt, anderen zu vertrauen."

„Ich werde Jasmine nicht gegen Tiffany benutzen." Das wollte ich nicht. Ich wollte bloß, dass Tiffany erfuhr, wie es sich anfühlt, wenn einem etwas vorenthalten wird, auf das man ein Recht hat. „Ich dachte nur, wir könnten einen Plan entwickeln, so dass ich Jasmine heute treffen könnte. Es ist enttäuschend. Tiff und ich hatten uns nie über irgendetwas gestritten. Ich glaube, sie weiß gar nicht, wie man streitet."

„Da könntest du recht haben." Bobbi Jo leerte das Kehrblech über dem Mülleimer aus. „Mir kommt gerade eine Idee: Ihr zwei könntet Elternkurse besuchen. Tiffany hat keine Ahnung, wie sie ihre Tochter teilen soll, und du hast keine Ahnung, wie man ein Vater ist. Warum holt ihr euch dabei nicht einfach Hilfe? Es gibt da diese Frau, eine Therapeutin. Ihr Büro liegt auf der Main Street, ihr Name ist Sylvia Patterson. Du solltest einen Termin bei ihr machen und Tiffany dann von deinem Plan erzählen. Ich denke, so kannst du ihr zeigen, dass du niemandem wehtun willst."

Aber ich *wollte* ihr wehtun. „Du hast recht. Ich werde sehen, ob diese Therapeutin uns helfen kann, eine Familie zu werden. Ich hatte keine Ahnung, wie schwer das sein würde. Ich schätze, nicht vielen Leuten fällt es so schwer, das Richtige für ihre Kinder zu tun."

„Du wärst überrascht, Jasper." Sie blickte auf ihre Uhr und hob die Augenbraue. „Es ist beinahe Mittag. Du solltest zu ihrem Büro fahren, bevor sie Pause macht. Und du solltest darüber nachdenken, Tiffany ein paar Blumen zu schicken, um die Wogen etwas zu glätten."

„Ja, das sollte ich tun. Wir müssen über die Dinge reden." Ich stand auf und ging zur Tür, bleib aber noch einmal stehen und blickte zu Bobbi Jo. „Glaubst du, dass ich ihr jemals verzeihen kann, dass sie mir meine Tochter vorenthalten hat, nur weil meine Familie arm war?"

Sie zuckte mit den Schultern und antwortete: „Ich weiß es nicht, Jasper. Es hängt wohl davon ab, was Tiffany heute darüber denkt. Hat sie gesagt, dass es ihr leidtut?"

„Mehrfach." Das musste ich ihr zugutehalten. Sie hat gesagt, dass es ihr leidtut und ich konnte in ihren Augen sehen, dass sie es ernst meinte. „Aber was sie getan hat, war einfach furchtbar. Für meine Tochter und für mich."

„Und es liegt in der Vergangenheit", machte sie deutlich. „Ihr habt jetzt eine Zukunft. Eine Zukunft, in der du und deine Tochter werden könnt, was ihr sein wollt. Mein Rat ist: lass dir deine Zukunft nicht von der Vergangenheit diktieren."

Ich lachte. „Weißt du was, Bobbi Jo? Du bist wirklich ein kluges Köpfchen."

„Danke, Jasper." Sie tätschelte den Tresen. „Die Anerkennung für meine Bildung gebührt dieser Bar."

„Ich bin froh, dass mein Bruder dir begegnet ist." Ich winkte zum Abschied und verließ die Bar. Ich ging zu meinem Truck und machte mich auf den Weg zu dieser Therapeutin. Vielleicht konnte sie die Dinge zwischen mir und Tiff wieder in Ordnung bringen.

Aber andererseits konnte ich mir nicht vorstellen, wie überhaupt jemand die Dinge zwischen uns wieder in Ordnung bringen sollte. *Wie konnte man etwas in Ordnung bringen, wenn so viel wertvolle Zeit verloren gegangen war?*

Mir war nicht klar, wie die Dinge zwischen mir und Tiff vorangehen sollten. Nicht, nachdem sie mir grundlos meine Tochter vorenthalten hatte, nur, weil ich arm war. Und nun waren die Karten neu gemischt: verglichen mit dem, was ich nun besaß, wirkte Tiffanys Familie wie unterer Durchschnitt. Es gab mir aber nicht das Gefühl, etwas Besseres zu sein.

Ich war ein besserer Mensch, so viel war klar. Ich hätte niemandem den Kontakt zu einem Kind verwehrt, nur aufgrund des finanziellen Status. Herrgott, sie hatte mir ja nicht einmal die Chance gegeben, diesen Status zu ändern.

Ich war mir fast sicher, dass ich es geschafft hätte. Ich hätte einen besser bezahlten Job gefunden und eine Wohnung für uns. Ich hätte Tiffany nicht in ein Zimmer gezwängt, das ich mir mit meinen Brüdern geteilt habe. Ich hätte es geschafft, für uns zu sorgen.

Wir waren glücklich damals, haben uns nie gestritten und auch nie viel diskutiert. Vielleicht war das unser Problem. Wir hatten nie gelernt, auf vernünftige Weise uneins zu sein. Wir waren nie in der Situation gewesen, uns beim anderen entschuldigen zu müssen.

Nun hatte Tiffany etwas getan, für das sie sich entschuldigen musste, und ich schätze, sie hatte keine Ahnung, wie das gehen sollte, ohne wütend zu werden – insbesondere nachdem ich ihre Entschuldigung nicht einfach so akzeptieren konnte.

Nun, es wurde Zeit, dass sie lernte, dass jede Tat auch Konsequenzen hatte.

KAPITEL ACHTZEHN

Tiffany

„Du hast ihn nicht gesehen, Mom. Ich habe ihn noch nie so wütend gesehen." Ich hatte Jasper überhaupt noch nie wütend gesehen. „Er hat sich sogar den Bart abrasiert. Ich glaube, er hat einen Plan."

„Einen Plan für was?", fragte Mom und stieg aus dem Auto. Wir betraten das Café.

„Einen Plan, um mir Jasmine wegzunehmen." Bei dem Gedanken lief mir ein Schauer über den Rücken.

Mom verzog das Gesicht. „So etwas solltest du nicht einmal denken. Kannst du ihm nicht klarmachen, dass du einen Fehler gemacht hast, und dass es dir sehr, sehr leidtut? Lass ihn wissen, dass er Jasmine sehen kann. Du kannst sie teilen."

„Es ist nur ... Ich weiß nicht einmal, warum er seinen Bart abrasiert hat. Versucht er, wie ein respektabler Mann auszusehen, oder was?" Als wir das Café betraten, waren die Angestellten bereits bei der Arbeit.

Da es schon kurz vor Mittag war, schaltete ich Mund und Hirn aus und machte mich ebenfalls an die Arbeit. Ich konzentrierte mich auf nichts anderes, bis mein Vater plötzlich mit einem grimmigen Gesichtsausdruck im Laden stand.

Er winkte meine Mutter zu sich und sie folgte ihm ins Büro. Während sie gingen, fiel mir auf, dass sie nicht ein Wort sprachen. Und dann fiel mir plötzlich auf, dass ich meine Eltern noch nie habe streiten sehen. Jedes Mal, wenn einer von beiden einen anderen Standpunkt vertrat, verließen sie den Raum und kamen erst zurück, nachdem eine Entscheidung getroffen wurde. Ich wusste nie und es interessierte mich auch nicht, wie es zu dieser Entscheidung kam. Sie haben die Dinge auf ihre Weise geklärt und das Leben verlief recht einfach für uns.

Das einzige Problem bei der Sache war, dass ich nie gelernt hatte, zu streiten. Es gab Momente in meiner Beziehung zu Jasper, in denen ich nicht unbedingt das gleiche wollte wie er. Anstatt aber etwas zu sagen, habe ich mich seiner Entscheidung gefügt.

Ich schälte Kartoffeln, um später daraus Kartoffelwaffeln zu machen. Währenddessen dachte ich darüber nach, warum ich Jasper damals nichts von unserem Umzug erzählt hatte. Und ich wusste sofort, dass ich Angst hatte, dass wir deswegen streiten könnten. Und ich wollte deswegen nicht streiten; hauptsächlich, weil ich nicht wusste, wie das ging.

Als ältestes von drei Geschwistern, hatte ich die Rolle der großen Schwester schon früh übernommen. Man streitet nicht mit der großen Schwester. Zumindest hat Mom das immer gesagt, wenn Bo und Carolina versucht hatten, sich mir zu widersetzen.

Als ich sah, dass Mom aus dem Büro kam und wieder an ihre Arbeit ging, drehte ich mich zu dem neuen Mädchen. „Sierra, kannst du den Rest für mich übernehmen?"

„Sicher, Miss Tiffany." Sie nahm das Messer und machte sich sofort an die Arbeit.

Ich ging zu meiner Mutter und half ihr dabei, die Tische abzuwischen. „Hey, Mom, was hat Dad gewollt?"

„Oh, ihm gefiel unsere heimische Stromrechnung nicht. ER meinte, sie sei zu hoch und ich sollte damit aufhören, die Heizung so hoch zu stellen." Sie wischte den Tisch ab und verzog das Gesicht.

„In letzter Zeit friere ich schnell, deswegen stelle ich die Heizung so hoch. Aber ich habe ihm zugestimmt, dass ich auch einen oder zwei Pullover anziehen könnte und mich so warmhalten kann." Sie legte die Stirn in Falten und schaute auf ihre Hände. „Die Sache ist nur, dass meine Hände auch immer so kalt sind und wehtun. Aber ich schätze, ich kann Handschuhe anziehen. Meine Füße werden auch kalt und schmerzen. Aber dann muss ich wohl Stiefel oder mehrere Paar Socken anziehen."

„Auf welche Temperatur will Dad den Thermostat denn einstellen?" Ich musste diese Frage stellen, denn es hörte sich verdammt umständlich an, nur um im eigenen Haus nicht frieren zu müssen.

Sie presste die Lippen zusammen und die Falten auf ihrer Stirn vertieften sich noch weiter. „Fünfzehn."

„Fünfzehn Grad?" So eine Raumtemperatur war doch viel zu niedrig – besonders im Winter. „Er ist doch verrückt, Mom. Ihr müsst euch in der Mitte treffen. Wie hoch stellst du die Heizung denn ein?"

Sie wandte den Blick zur Seite, eine Gruppe hatte das Café gerade verlassen und der Tisch musste gereinigt werden. „Er hat recht. Sie steht zu hoch. Ich mache einfach, was er will. Ich will deswegen keinen Streit."

Sie drehte sich um und wollte zu dem Tisch, doch ich hielt sie am Arm fest. „Mom, wie hoch hast du die Heizung eingestellt, damit es warm ist?"

„Einundzwanzig." Sie befreite sich aus meinem Griff und ging zu dem Tisch.

Ich machte mich auf den Weg ins Büro, um mit meinem Dad zu reden. Ich fand es unglaublich, dass Mom soweit gehen würde, nur um einen Streit zu vermeiden. Und ich ärgerte mich über mich selbst, denn ich würde dasselbe tun, wenn ich nicht lernte, meinen Standpunkt zu vertreten, nur aus Angst vor einem Streit.

Ich öffnete die Bürotür und stellte mich neben den Schreibtisch. „Hallo Liebling. Was ist los?"

„Mom friert, das ist los." Ich schloss die Türe und setzte mich auf einen Stuhl, der neben dem Schreibtisch stand. „Dad, fünfzehn Grad sind für jeden viel zu wenig. Mom hat gesagt, ihre Hände und Füße tun bei der Kälte weh. Hat sie dir das gesagt?"

Er schüttelte den Kopf. „Nein. Wir reden nicht wirklich auf diese Weise miteinander. In unserer Ehe treffe ich die Entscheidungen und sie folgt. So ist es nun mal einfacher. Während unserer langjährigen Ehe konnten wir viele Streitigkeiten vermeiden. Ich bin stolz darauf, wie wir die Dinge handhaben, Tiffany. Nicht viele Paare können von sich behaupten, nie zu streiten."

„Aber ihr habt doch unterschiedliche Meinungen, oder nicht?", fragte ich und verschränkte die Arme vor der Brust. Es regte mich auf, dass mein Vater es so toll fand, wie alles nach seiner Nase ging, während meine Mutter nur den Mund hielt und gehorchte.

„Nun, jeder hat seine eigene Meinung, Liebling", sagte er mit einem Lächeln. „Bevor wir geheiratet haben, hat deine Mutter sich dafür entschieden, mir die Kontrolle über die Dinge zu überlassen. Wir haben vor unserer Hochzeit ein ganzes Jahr lang einen Priester für eine Eheberatung aufgesucht. Das hat uns hinterher eine Menge Herzschmerz und Ärger erspart. Sein Rat war für uns ein wahres Geschenk."

„Dad, hast du mich verstanden, als ich dir gesagt habe, dass Mom Hände und Füße bei Kälte schmerzen?" Vielleicht hatte er mich nicht gehört.

Er nickte. „Ja, habe ich. Aber sie kann einfach mehr Kleidung anziehen, oder nicht? Weißt du, wie hoch unsere Stromrechnung diesen Monat war, Liebling?"

„Nein." Es kam mir im Vergleich zu den Schmerzen meiner Mutter auch unwichtig vor.

„Sie lag etwas über hundert Dollar. Normalerweise liegt sie darunter. Ich will nicht, dass das außer Kontrolle gerät." Er schob die Rechnung zu mir herüber. „Siehst du, was ich meine?"

„Dad, während ich in deinem Haus aufgewachsen bin, war es im Sommer immer heiß wie die Hölle und im Winter so kalt wie der Tod", merkte ich an. „Nachdem ich meine eigene Wohnung hatte, habe ich den Thermostat auf eine angenehme Wärme eingestellt. Rate, was passiert ist?"

„Deine Stromrechnung reicht bis unter die Decke", sagte er mit einem Kopfnicken.

„Falls hundertfünfzehn Dollar bei dir bis unter die Decke reichen, dann ja. Bei mir jedenfalls nicht." Ich schob ihm die Rechnung wieder zu. „Lass Mom die Temperatur so einstellen, wie sie jetzt ist. Sie muss sich doch wegen ein paar Dollar nicht einpacken, als würde sie in einem Blizzard spazieren gehen, Dad."

Er legte den Kopf zur Seite und sah mich mit einem Blick an, den ich noch nie bei ihm gesehen hatte. „Tiffany, was ist los mit dir, Schatz? Du hast uns noch nie infrage gestellt."

„Stimmt. Ich habe mich angepasst, bin ruhig geblieben und habe dich für mich entscheiden lassen." Ich wollte meinem Vater nicht die Schuld für das geben, was ich Jasper angetan hatte, aber er spielte eine Rolle dabei. „Dad, als ich Mom erzählt habe, dass ich schwanger bin, ist sie zu dir gegangen. Und mir ist erst jetzt bewusst geworden, dass sie überhaupt keinen Anteil an der Entscheidung hatte, Jasper nichts zu sagen. *Du* hast diese Entscheidung getroffen. Sie ist einfach mitgezogen. Und wie mir jetzt bewusst wird, hat sie das immer getan. Und ich habe euch geglaubt, dass ihr wusstet, was das Beste für mein Baby war."

„Und wir hatten recht." Er lächelte mich an, als verstand er gar nicht, was ich sagte. „Jasmine ist ein gesundes, gut angepasstes kleines Mädchen."

„Das ihren Vater nicht kennt." Ich sah ihn mit so viel Liebe an, wie ich aufbringen konnte. Ich hasste meinen Vater nicht. Er hat lediglich das getan, was man ihm beigebracht hatte. „Ich erschaudere bei dem Gedanken, dass ich dich nie kennengelernt hätte, Dad. Ich liebe dich so sehr. Und ich liebe Mom. Ansonsten wäre ich nicht hier und würde darum kämpfen, dass sie in ihrem eigenen Haus nicht frieren muss. Denn ich habe nie für etwas gekämpft."

„Weil du ein braves Mädchen bist, Tiffany." Er stand auf und tätschelte mir den Rücken. „Genau wie deine Tochter. Ihr beide habt gelernt, dass man nicht über Dinge streitet, wenn es jemanden gibt, der die besten Entscheidungen für alle trifft."

Ich hätte mir nie vorstellen können, dass ich das gute Benehmen meiner Tochter einmal als etwas Schlechtes betrachten konnte. „Ich liebe dich, Dad. Ich bin nicht deiner Meinung, aber ich liebe dich. Und ich schulde es meiner Tochter, ihr beizubringen, eigene Entscheidungen zu treffen und ihren Standpunkt zu vertreten, wenn sie das Gefühl hat, es tun zu müssen. Ich hätte damals meine Meinung sagen sollen. Ich hätte Jasper von dem Baby erzählen müssen. Ich hätte ihm von unserem Umzug erzählen müssen. Und ich habe mir selbst eingeredet, dass es daran lag, dass seine Familie arm war. Aber in Wahrheit habe ich diese Entscheidungen nur getroffen, weil du und Mom sie getroffen habt. Ich war nur die kleine, gehorsame Tochter, die ich immer war."

Dad schien sprachlos und ich stand auf und verließ das Büro. Als ich draußen war, entdeckte ich eine große Vase in der drei Dutzend pinkfarbene Rosen standen. „Wer ist die Glückliche?"

Mom deutete mit dem Kopf auf die Vase. „Lies die Karte!"

Ich nahm den kleinen Umschlag in die Hand, holte die Karte heraus und las sie laut vor: „Für Tiffany, die Mutter meines Kindes. Diese Blumen hättest du an dem Tag bekommen sollen, an dem unsere Tochter das Licht der Welt erblickt hat. Ich habe dich damals geliebt und ich liebe dich noch immer. Auf unsere Familie. In Liebe, Jasper."

Tränen verschleierten meinen Blick und ich wischte mir mit dem Handrücken über die Augen. Das ganze Café klatschte und jubelte und dann kündigte die Klingel an der Türe einen weiteren Gast an.

Ich erkannte die Hände in dem Moment, als sie mich berührten. Jasper nahm mich in den Arm und presste seine Lippen gegen meinen Kopf. „Tiffany, es tut mir leid, was ich gesagt habe. Ich liebe dich und ich will, dass wir das hinkriegen. Ich schwöre dir, ich werde alles tun, um der Mann zu werden, den du und Jasmine verdient habt. Wenn du mir die Chance gibst."

Die Tränen liefen unaufhaltsam und um uns herum wurde gejubelt und geklatscht. Ich schlang meine Arme so fest um Jasper, als sei er mein Rettungsring. In meinem ganzen Leben hatte mich noch nie etwas so überwältigt.

KAPITEL NEUNZEHN

Jasper

Es war nicht einfach, Tiffany im Arm zu halten und die Glückwünsche der Leute entgegenzunehmen. Nicht, wenn ich wusste, dass alles nur Theater war, um sie dahin zu bekommen, wo ich sie hinhaben wollte.

Ihre Tränen hatten mein Hemd durchnässt; Sie hob den Kopf von meiner Brust und nickte. „Ich hätte dich liebend gerne in unserem Leben, Jasper."

Zu meiner Überraschung nahm ihre Mutter uns beide in die Arme. „Ich freue mich für euch zwei und für meine Enkelin."

Ihr Vater kam auf uns zu und streckte mir seine Hand entgegen. „Ich bin auch froh, euch so zu sehen. Du hast es weit gebracht, Jasper."

Ja, wie denn das?

Ich hatte es weit gebracht, weil ein Großvater, den ich nicht einmal kannte, gestorben war. Ich schüttelte seine Hand. „Ich versuche es."

Tiffanys rotunterlaufene Augen erweichten mein Herz ein wenig, als sie flüsterte: „Es tut mir alles so leid, Jasper. Wir sollten reden."

Für einen ganz kurzen Augenblick hatte ich das Gefühl, dass alles gut werden könnte. Aber dann sah ich, wie ihre Eltern uns ansahen – als wären sie nie glücklicher gewesen – und ich spürte die Wut wieder in mir aufsteigen. „Kannst du jetzt hier weg?"

Ihre Mutter antwortete schnell: „Ja, wir haben den Laden auch ohne sie im Griff."

Mit Tiffany im Arm verließ ich das Café und wir gingen zu meinem Truck. Als ich auf dem Fahrersitz Platz nahm, schaute sie mich an. „Weißt du, was mir klar geworden ist?"

Ich steuerte den Wagen vom Parkplatz und fragte: „Was?"

„Ich weiß gar nicht, wie man streitet." Sie klappte die Sonnenblende herunter und schaute in den kleinen Spiegel. „Oh Gott, ich sehe furchtbar aus." Sie wischte sich die Spuren ihrer Tränen von den Wangen.

„Du und ich haben vorher noch nie gestritten." Das war die Wahrheit. „Ich habe uns einen Termin bei einer Therapeutin besorgt. Sie ist spezialisiert auf Familien. Wir werden sie heute Nachmittag sehen und sie wird uns helfen zu entscheiden, was das Beste für unsere Tochter ist."

Sie nickte. „In Ordnung."

Ich wollte wissen, ob es für sie wirklich in Ordnung war oder ob sie mir nur zustimmte, um nicht wieder zu streiten. Ich fragte: „Tiffany, bist du wirklich einverstanden, oder hast du andere Ideen, die wir in Betracht ziehen sollten?"

Sie seufzte laut und gab zu: „Ich weiß es nicht."

Ich hatte Tiffany McKee nie als schwach betrachtet. Aber als ich sie so sah, mit hängenden Schultern, zitternden Lippen und den verweinten Augen, da wusste ich, dass sie nicht annähernd so stark war, wie ich immer dachte.

„Nun, dann ist es fürs Erste die Therapeutin", sagte ich und fuhr zu ihrer Wohnung. „Wir können in deiner Wohnung die Zeit totschlagen, bis zu unserem Termin um zwei." Ich hatte das Gefühl, sie stärker in die Entscheidungen einbinden zu müssen. „Wenn das für dich in Ordnung ist."

Sie nickte. „Ja, das ist in Ordnung." Sie wandte den Blick aus dem

Fenster. „Mir wird gerade einiges über mich selbst klar und ich bin nicht stolz auf die Dinge, die ich getan habe – besonders die Dinge, die ich dir und Jasmine angetan habe."

Mein Herz raste und mein Verstand kreiste sich um einen Ort, an dem wir unsere Vergangenheit bewältigen und eine glückliche Familie sein konnten. Doch daran durfte ich nicht glauben. Und ich durfte mich auch nicht unter Wert verkaufen. Ich hatte das Recht auf Rache.

Ich parkte vor ihrem Wohnhaus und wir gingen hinein. An der Wand im Wohnzimmer hing ein großes Bild, das meine Aufmerksamkeit erregte. „Das ist sie."

Tiffany nickte. „Ja, das ist Jasmine. Das ist ihr diesjähriges Schulfoto. Sie wächst so schnell."

Und ich habe alles verpasst.

Mein Blut kochte. Ich atmete tief durch und versuchte meine Reaktion vor Tiffany zu verbergen. „Sie sieht aus wie ich."

Sie stellte sich hinter mich und umarmte mich. „Das tut sie. Aber das arme Kind hat meine Sommersprossen geerbt. Alles andere hat sie von dir."

Ich konnte nicht anders. Ich hatte es immer gehasst, wenn sie schlecht über ihre zauberhaften Sommersprossen sprach. Ich zog sie zu mir und umarmte sie. „Deine Sommersprossen heben dich in großartiger Weise von anderen ab, Süße. Red nicht schlecht über die Sommersprossen. Und ich kann in unserer Tochter noch mehr von dir sehen. Sie hat auch deine Lippen."

Tiffany schluckte. „Und sie hat auch mein sonniges Gemüt. Ich hoffe, das noch ändern zu können."

Ich lachte. Ich hatte keine Ahnung, warum man das seinem Kind abgewöhnen sollte. „Sieht so aus, als hätten wir unsere erste Meinungsverschiedenheit als Eltern. Warum solltest du das an ihr ändern wollen?"

Ich setzte mich auf das Sofa und sie auf meinen Schoß. Sie strich mit ihren Händen über meine glatten Wangen.

„Warum hast du dir deinen Bart abrasiert, Jasper?"

„Ich war wütend und habe es einfach getan." Ich wusste gar nicht genau, warum ich es getan hatte. Vielleicht hatte ich das Gefühl, aus der Haut zu fahren. „Es ist nicht leicht für mich, damit klarzukommen, Tiffany. Das solltest du wissen."

Sie nickte und schaute mir in die Augen. „Ich würde Jasmines sonniges Gemüt gerne verändern, weil es für die mentale Gesundheit nicht so gut ist, wie ich immer dachte. Schau, ich will meinen Vater nicht komplett dafür verantwortlich machen, was ich dir angetan habe, aber Tatsache ist, ich habe mich meinem Vater immer untergeordnet, genau wie meine Mutter es immer getan hat. Anscheinend hat man es mir so beigebracht und ich habe es Jasmine beigebracht."

„Also, wenn er dir nicht erzählt hätte, dass es für das Baby das Beste wäre, mich aus seinem Leben zu streichen, dann hättest du mir vielleicht von der Schwangerschaft erzählt?" Ich musste einfach wissen, ob es ihre Schuld war oder nicht.

Sie kaute auf ihrer Unterlippe und antwortete schließlich: „Nicht ganz, aber ich habe mich bei allen Dingen von ihm leiten lassen. Es war meine eigene Schuld, dass ich mein eigenes Hirn nicht benutzt habe, um Entscheidungen zu treffen, die nur ich hätte treffen sollen." Sie sah mich an und schüttelte den Kopf. „Nein, so meine ich das nicht. Die Entscheidungen hätten wir beide treffen sollen, nicht nur ich."

Immerhin wurde ihr das jetzt klar. Was wollte ich noch mehr? „Und wie ist es jetzt, Tiff? Was glaubst du, sollen wir jetzt machen?" Ich hatte ihr gesagt, was ich wollte – dass sie und Jasmine bei mir leben sollten. Aber ich hatte noch nicht gehört, was sie für das Beste hielt.

Sie legte ihren Kopf auf meine Schulter und flüsterte: „Ich habe dich und Jasmine so lange voneinander ferngehalten. Es wäre nicht richtig, das weiter zu tun. Wenn du immer noch willst, dass wir bei dir leben, dann werden wir das tun. Ich kann sie dir heute vorstellen, wenn sie aus der Schule kommt und dann kannst du uns auf die Farm bringen. Ich denke, sie wird begeistert sein."

Tiffanys verträgliches Verhalten minderte meine Wut. Ich war mir nicht sicher, ob das gut oder schlecht war. „Bist du dir sicher, dass du das wirklich willst?"

Ihr Körper spannte sich an und sie schaute mich an. „Bist du dir sicher, dass *du* das willst? Ich will nicht, dass du dich dazu gezwungen fühlst, uns bei dir aufzunehmen, Jasper. Das ist eine Sache, die ich nie wollte – dass du dich verpflichtet fühlst. Wenn du sie nicht treffen möchtest, dann nicht. Es liegt an dir."

„Nein", antwortete ich schnell. „Ich will sie treffen. Ich will sie bei mir haben. Ich will, dass meine Brüder sie auch kennenlernen." Mir wurde plötzlich klar, dass ich meinen Brüdern noch gar nichts von meiner Tochter erzählt hatte. „Weißt du was? Ich muss sie anrufen und ihnen die Neuigkeit mitteilen, bevor ich sie auf die Farm bringen und die ganze Familie aus allen Wolken fällt."

Tiff hüpfte von meinem Schoß und ging in den Flur. „Ich wollte ohnehin duschen und mich umziehen, bevor wir zu der Therapeutin fahren. Mach du deine Anrufe, Jasper, und fühl dich wie zuhause. Im Kühlschrank findest du etwas zu essen und zu trinken."

Als sie im Badezimmer verschwunden war, machte ich einen Rundgang durch die kleine Wohnung und betrachtete alle Fotos von Jasmine, die an den Wänden hingen. Bei jedem Bild schmerzte mein Herz noch mehr.

Ich holte mein Telefon aus der Tasche und rief Tyrell an. „Wo zur Hölle bist du?", fragte er zur Begrüßung.

„Ich bin bei Tiffany." Ich strich mit dem Finger über das Babygesicht, das mich aus dem Bilderrahmen ansah – Jasmine als Neugeborene. „Ich habe Neuigkeiten, Tyrell. Du bist Onkel."

„Ich bin was?" Er klang, als hätte es ihm den Atem verschlagen.

„Du hast eine sechsjährige Nichte namens Jasmine. Du kannst sie treffen, wenn ich sie und Tiffany heute Abend auf die Farm mitbringe." Ich schaute mir das nächste Bild an: Jasmine hatte die Hand in einem Geburtstagskuchen vergraben.

Noch etwas, das ich verpasst habe und nie wieder zurückbekomme.

Durch das Telefon hörte ich schwere Schritte und dann erklang Cashs Stimme. „Tyrell, das wirst du mir nicht glauben. Tiffanys Kind ist von Jasper. Ich habe gerade mit Bobbi Jo gesprochen und sie hat mir erzählt, dass er heute in der Bar war und ihr das erzählt hat. Ist das zu glauben? Wir sind Onkel."

Tyrell lachte. „Jasper ist dir schon zuvorgekommen. Ich habe ihn gerade am Telefon."

Cash rief: „Glückwunsch, Papa!"

Tyrell stimmte zu: „Ja, Glückwunsch, Jasper. Ich kann es nicht erwarten, sie kennenzulernen. Ich kann es nicht erwarten, dass Mom und Dad sie kennenlernen. Sie werden völlig ausflippen. Du solltest sie besser sofort anrufen und ihnen sagen, dass sie Großeltern sind."

„Ja, das mache ich. Danke Jungs. Es bedeutet mir viel, dass ich eure Unterstützung habe." Das meinte ich ernst. Ohne sie hätte ich wahrscheinlich schon etwas Dummes getan.

Zumindest traf ich meine Entscheidungen darüber, wie ich mich an den McKees rächen konnte, langsam. Ohne meine Brüder hätte ich mir wahrscheinlich meine Tochter geschnappt und mich auf und davon gemacht. Immerhin verlief jetzt alles auf legalem Weg. Ich würde mir das Sorgerecht auf dem richtigen Weg holen.

Anschließend rief ich meine Mutter an. „Hallo?"

„Mom, ich bin es, Jasper. Wie geht es dir heute?" Ich tat mich schwer damit, ihr die Neuigkeit zu erzählen.

„Es geht mir gut. Wie geht es dir, Junge?", fragte sie und ich konnte ihr Lächeln praktisch hören.

„Nun, mir geht es großartig, um genau zu sein." Ich nahm meinen ganzen Mut zusammen und platzte einfach mit der Wahrheit heraus: „Mom, du bist Oma."

„Bin ich nicht", entgegnete sie sofort.

„Doch." Ich lachte. „Tiffany McKee hat nach ihrem Umzug mein Baby auf die Welt gebracht. Ich habe eine sechsjährige Tochter namens Jasmine. Ich nehme sie und Tiffany mit auf die Farm und sie werden dort bei mir leben. Ich habe meine Tochter noch nicht einmal getroffen. Mom, ist es merkwürdig, dass ich nervös bin?"

„Ähm ... veralberst du mich, Jasper?", fragte Mom.

„Nein. Ich werde euch bald mit ihr besuchen." Ich hoffte, Jasmine würde sie überhaupt treffen wollen. „Sobald sie dazu bereit ist, euch zu treffen, besuchen wir euch. Tiffany und ich haben gleich einen Termin bei einer Therapeutin, die uns helfen wird, alles richtig zu machen. Macht euch keine Sorgen; wir werden ihr das geben, was sie braucht."

„Junge, ich weiß nicht, was ich sagen soll." Mom verstummte erneut.

„Mom, es wird alles gut." Ich spürte, dass sie innerlich durchdrehen musste. „Tiff ist eine großartige Mutter, und ich bin mir sicher, sie wird mir dabei helfen, der bestmögliche Vater zu werden."

Tiffany stand plötzlich hinter mir und schlang ihre schlanken Arme um mich. „Du wirst der beste Vater der Welt sein, Jasper. Ich weiß, dass du das wirst."

Wie kann man jemanden gleichzeitig lieben und hassen?

KAPITEL ZWANZIG

Tiffany

„Kinder sind robust", teilte uns die Therapeutin mit, während wir nebeneinander auf dem Sofa in ihrem Büro saßen. „Ich bin mir sicher, wenn Sie ihr alles ruhig und langsam erklären, wird sie verstehen, was los ist. Lassen Sie ihr Zeit, jedes Wort zu verarbeiten. Es dürfte anfangs etwas verwirrend für sie sein, aber es ist das Beste für das Kind."

„Das glaube ich auch", sagte ich zustimmend.

Jasper hielt meine Hand und drückte sie sanft. „Gut, jetzt wissen wir, wie wir es ihr sagen. Ist die Schule bald zu Ende?"

Als ich nickte, stand er auf und zog mich an der Hand mit sich. Ich blickte die Therapeutin an. „Sollten wir sie gemeinsam abholen? Oder sollte er in meiner Wohnung warten? Ich weiß nicht, was das Beste wäre."

Sie stand auf und begleitete uns zur Türe. „Meiner Meinung nach sollten Sie es ihr zuhause erzählen. Dort fühlt sie sich sicher."

„Dann werden wir es so machen" sagte Jasper. „Wir sehen uns dann nächste Woche um dieselbe Zeit. Danke Doc."

„Und noch einmal, Mr. Gentry, ich bin kein Doktor. Ich bin

ausgebildete Therapeutin", antwortete sie. „Ich wünsche Ihnen beiden und dem kleinen Mädchen viel Glück. Liebende Eltern zu haben, ist für jedes Kind etwas Großartiges."

Ich hielt mich an seinem Arm fest und sah ihn bewundernd an, es schien beinahe unmöglich. „Danke Jasper. Danke, dass du dir so viel Mühe gibst und versuchst, das Beste zu tun. Ich liebe dich jetzt sogar noch mehr als vorher."

Er blieb stehen und seine blauen Augen sahen mich fragend an. „Wie kommt das?"

„Dass ich dich noch mehr liebe?", fragte ich.

Er nickte. „Ja."

„Ich schätze, weil du dich zu dem Vater entwickelst, den ich mir für Jasmine immer gewünscht habe." Es war schwierig zu erklären. „Du machst Schritte, die mir sehr klug vorkommen. Ich hätte nie daran gedacht, einen Therapeuten aufzusuchen, um bei Jasmine alles richtig zu machen. Du hast natürliche, väterliche Instinkte. Es ist nicht nur bewundernswert, sondern auch sexy. Ich liebe dich nicht nur mehr, du machst mich auch noch mehr an."

Seine Lippen formten sich zu einem sexy Grinsen. „Mein heißer Feger. Du bist ja ein richtig ungezogenes Mädchen." Er half mir in den Truck und schloss die Türe.

Mir wurde ganz heiß, aber ich musste mich zurückhalten. Ich hatte keine Zeit für ein kleines Zwischenspiel. Bis wir wieder beim Café sein würden, wo ich mein Auto stehen gelassen hatte, wäre es auch schon Zeit, Jasmine von der Schule abzuholen.

Jasper setzte sich auf den Fahrersitz, startete den Motor und blickte zu mir herüber. „Ich hoffe, sie mag mich. Glaubst du, dass sie mich mögen wird?" Er fuhr sich mit der Hand über sein frisch rasiertes Gesicht. „Jetzt bin ich irgendwie froh, den Bart los zu sein. Er hätte sie vielleicht erschreckt. Ich will sie nicht erschrecken. Ich will, dass sie mich liebt. Ich will sie lieben."

Ich hatte diesen Mann noch nie so nervös erlebt wie in diesem Moment. Bevor er losfuhr, ergriff ich seine Hand. „Sie wird dich lieben. Wie könnte sie nicht? Du wirst sehen, alles wird gut."

Er nickte, fuhr los und im nächsten Moment standen wir schon vor dem Dairy King. Er streckte seine Hand aus. „Gib mir deinen Hausschlüssel. Ich warte dann dort auf euch."

Ich kramte den Schlüssel aus meiner Handtasche. „Weißt du, vielleicht solltest du im Laden vorbeigehen und dir ein Bier holen. Du bist so nervös."

„Nein, es geht schon. Ich werde einfach ein paar Mal an der frischen Luft tief durchatmen." Er zwinkerte mir zu. „Ich will mich an jedes kleine Detail erinnern, wenn ich sie zum ersten Mal sehe. Es soll sich alles in meinem Gehirn einbrennen."

„Das ist süß." Ich beugte mich vor, küsste ihn und gab ihm meinen Schlüssel. „Bis gleich, Schatz."

„Ja, bis gleich." Er schnaubte und ich konnte sehen, dass er innerlich durchdrehte.

Es tat mir weh, ihn allein zu lassen, aber es musste sein. Sobald ich an der Schule sein würde, müsste ich meine eigenen Nerven unter Kontrolle halten.

„Hi, Momma. Ich habe heute dieses Bild gemalt. Es ist unsere Wohnung. Wir sollten unser Zuhause mit unserer Familie davor malen."

Sie gab mir das Bild, auf dem nur sie und ich vor unserer Wohnung standen. „Weißt du, was noch gut in dieses Bild passen würde, Jasmine?"

„Ja, das weiß ich" sagt ich lächelnd, während ich sie auf ihrem Kindersitz anschnallte. „Ein Welpe."

Ich lachte. Nachdem ich den Wagen gestartet hatte, sagte ich: „Ich meinte einen Daddy, Jasmine. Würde ein Daddy nicht toll in dieses Bild passen?"

„Wieso sagst du denn so etwas?" Ich sah durch den Rückspiegel, wie sie den Blick senkte. „Du weißt doch, dass ich keinen Daddy habe."

„Jeder hat einen Daddy, Jasmine. Auch du." Ich fühlte mich schlecht, dass ich ihr nie von ihrem Vater erzählt hatte. „Ich habe dir nichts von deinem Vater erzählt, weil ich gedacht habe, dass du noch zu jung bist. Aber jetzt bist du sechs Jahre alt. Ich denke, damit bist du alt genug, um über deinen Vater zu sprechen. Würdest du gerne wissen, wie er heißt?"

Sie schob die Unterlippe etwas vor und für einen Moment glaubte ich, sie würde anfangen zu weinen. Doch dann lächelte sie. „Ja, wie heißt er?"

„Jasper Gentry." Ich ließ die Worte wirken, so wie die Therapeutin es uns geraten hatte.

„Jasper Gentry." Sie spielte mit einer Haarsträhne. „Kann das jetzt auch mein Nachname sein? Weil alle Kinder in meiner Klasse heißen so wie ihre Daddys. Und ich würde auch gerne so wie mein Daddy heißen."

„Ich schätze, das lässt sich machen." Ich war froh, über ihre positive Reaktion. „Was würdest du davon halten, ihn zu treffen?"

Sie schaute mich mit großen Augen an. „Könnte ich ihn wirklich treffen? In echt? Wann? Wo? Kann ich ihn umarmen? Kann ich ihn auf die Wange küssen? Kann er mich an die Hand nehmen? Kann ich auf seinem Schoß sitzen? Und -"

Ich musste sie bremsen. „Ja. Das alles kannst du tun. Er möchte dich auch treffen."

„Was?", quietschte sie aufgeregt. „Wirklich? Er möchte mich treffen?"

Ich nickte und bog auf die Straße zu unserem Wohnhaus. Mir taten schon die Wangen vom Lächeln weh. „Er *will* dich treffen. Und er ist gerade in unserer Wohnung."

„Nein!", schrie sie. „Mom, ist das dein Ernst? Meinst du das gerade ernst? Ich glaube es nicht."

Ich parkte unser Auto direkt neben Jaspers schwarzen Truck, stieg aus und half Jasmine aus dem Auto. Ich deutete auf den Truck. „Das ist das Auto von deinem Daddy, Jasmine. Deinem Daddy gehört eine Farm mit Kühen, Pferden und ich glaube, ich habe dort gestern auch ein paar Hunde gehört."

„Du bist gestern dort gewesen?", fragte sie geschockt. „Du warst bei meinem Daddy und hast mich nicht mitgenommen? Du bist wohl verrückt!"

Lachend nahm ich sie auf den Arm und trug sie ins Haus. „Ja, ein bisschen. Bist du bereit, ihn zu treffen?"

„Lass mich runter. Du sollst mich nicht wie ein kleines Baby tragen, Momma." Vor der Türe setzte ich sie ab. Sie strich mit der Hand über ihr Kleid und fuhr sich dann durchs Haar. „Wie sehe ich aus?"

„Zauberhaft, wie immer", antwortete ich.

„Gut", sagte sie. „Ich bin bereit. Du kannst die Tür aufmachen."

Mit zitternder Hand drehte ich den Türknauf. Mein Herz raste und ich begann zu schwitzen. Ich war so nervös.

„Daddy, wir sind zuhause."

Ich öffnete die Türe, und Jasper stand mit weit aufgerissenen Augen da.

Beide erstarrten förmlich und sahen sich an. Ich hatte das Gefühl, jeden Moment ohnmächtig zu werden. „Jasper Michael Gentry, das ist deine Tochter, Jasmine Michelle."

Langsam breitet er seine Arme aus. „Es ist schön, dich kennenzulernen, Jasmine. Ist es zu viel verlangt, dich um eine Umarmung zu bitten?"

Sie schüttelte den Kopf und ging langsam auf ihn zu. „Du hast meine Augen."

Er lächelte. „Du hast meine Haare."

Ich unterdrückte das Schluchzen, das sich in mir aufbaute, und legte mir die Hand auf den Mund, als sich die beiden Menschen, die ich am meisten liebte, in die Arme fielen.

Die Art, wie Jasper seine Tochter in den Arm nahm und seine Augen dabei schloss, zeigte mir, wie er sehr er sie bereits liebte. Mich schmerzte die Gewissheit, dass ich den beiden so viele Jahre geraubt hatte. „Das macht mich so glücklich."

„Mich macht es auch glücklich", sagte Jasper.

Jasmine fügte mit tränenerstickter Stimme zu: „Ich bin auch glücklich. Aber ich muss weinen und weiß nicht, warum."

Jasper und ich lachten und ich wischte mir die Tränen aus den Augen. Auch Jasper musste sich die Tränen abwischen. „Sieht so aus, als sind wir alle ein Haufen Heulsusen." Er setzte sich hin und hob Jasmine auf seinen Schoß. „Es ist sehr schön, dich endlich kennenzulernen, Jasmine. Die Dinge werden sich jetzt zum Besseren verändern. Ich fände es toll, wenn du und deine Mommy bei mir auf der Farm wohnen würdet."

Ich dachte, dass diese Frage etwas zu früh kam und setzte mich. Ich kaute auf meinen Fingernägeln, während ich auf Jasmines Antwort wartete. Ich war noch nie so nervös gewesen. Es kam mir vor, als läge unsere ganze Zukunft in diesen kleinen Händen.

„Hast du Welpen auf deiner Farm?" Sie schluchzte und sah ihn an.

Er nickte. „Und kleine Kätzchen. Und du hast auch ein paar Onkel dort, die darauf brennen, dich kennenzulernen."

„Ich habe auch einen Onkel Bo" erzählte sie ihm. „Er ist bei den Marines. Wie heißen meine anderen Onkel?"

„Du hast einen Onkel Tyrell", antwortete Jasper. „Er ist mein älterer Bruder. Und du hast einen Onkel Cash. Er ist mein jüngerer Bruder. Und du hast unsere Mutter und unseren Vater; das sind deine Großeltern. Ich habe keine Ahnung, wie sie genannt werden wollen. Du bist nämlich ihr erstes Enkelkind."

„Bin ich das?" Jasmine sah mich begeistert an. „Genau wie bei deiner Familie, Momma. Und jetzt habe ich zwei Paar Großeltern, genau wie alle anderen." Ihr Blick wanderte wieder zu Jasper. „Und jetzt habe ich auch einen Daddy, wie alle anderen. Darf ich deinen Nachnamen haben, Daddy?"

Die Art, wie Jaspers Adamsapfel zuckte, verriet mir, dass er kurz davor war, die Fassung zu verlieren. Er nickte. „Nichts würde mich glücklicher machen, Süße. Du kriegst ihn." Er schaute mich für einen langen Moment an; in seinen Augen schimmerten Tränen.

Ich konnte nicht sagen, was hinter diesen Augen vor sich ging. Es schien eine ganze Menge zu sein – eine ganze Menge Emotionen – einige davon hatte er wahrscheinlich noch nie durchlebt. Er nahm Jasmine wieder in den Arm und wiegte sie hin und her.

„Ich kann es nicht erwarten, Jasmine Gentry zu sein." Sie lehnte sich zurück und schaute ihn fragend an. „Ich fände es toll, mit Momma auf deiner Farm zu leben. Ist es in Ordnung, wenn ich dich Daddy nenne? Ich schätze, ich sollte dich das zuerst fragen."

Er zog sie wieder fest an sich heran und lachte: „Ja. Natürlich ist das in Ordnung, Jasmine. Ich würde es gar nicht anders wollen." Dann schaute er mich mit klaren Augen an und formte lautlos die Worte: „Danke dafür."

In diesem Moment begann ich zu schluchzen. Ich rannte aus dem Zimmer, bevor ich zusammenbrach.

KAPITEL EINUNDZWANZIG

Jasper

Der Schmerz in Tiffanys grünen Augen war mir nicht entgangen. Mein Herz schmerzte und mein Verstand raste, weil ich es wiedergutmachen wollte. Doch es gab noch etwas, das mich schwer beschäftigte; sie hatte sich das selbst eingebrockt.

Jasmine und ich verstanden uns auf Anhieb so gut, als wären wir nie getrennt gewesen. Ihr Geplapper auf dem Rücksitz fühlte sich auf unerklärliche Weise vertraut an. Ich hatte einfach das Gefühl, dass sie schon immer da war. „Glaubst du, du kannst mir das Reiten beibringen, Daddy?"

„Aber sicher." Ich lächelte durch den Rückspielgel. „Du sollst alles bekommen, was du willst, Jazzy."

Ihr Lächeln erhellte mein eigenes Gesicht noch mehr. „Jazzy? Ich mag diesen Spitznamen, Daddy."

Tiffany erregte meine Aufmerksamkeit, indem sie ihre Hand auf meine legte. „Jasper, vielleicht sollten wir heute Abend nur zu Besuch kommen und später wieder in unsere Wohnung fahren. Ich bin mir nicht ganz sicher, wie Jasmine darauf reagieren wird, an einem fremden Ort zu übernachten."

Und schon versuchte sie sich zurückzuziehen. Aber ich wollte auch nicht, dass Jasmine sich unwohl fühlte. „Wenn sie zurück in eure Wohnung will, dann machen wir das so."

„Aber jetzt will ich nur das große Haus sehen, über das du gesprochen hast", sagte Jasmine.

Ich fuhr durch das große Tor, über dem in Großbuchstaben Whisper Ranch stand. „Nun, du wirst es sofort sehen. Willkommen auf der Whisper Ranch, Jazzy. Deinem neuen Zuhause. Eines Tages wird diese Ranch dir und deinen Cousins gehören und allen Geschwistern, die noch dazukommen."

„Im Ernst?" Jasmine staunte mit offenem Mund, während wir durch das Tor fuhren. „Wow, sieh dir das an! Das Tor geht ja von allein auf. Genau wie die Tür im Supermarkt, die sofort erkennt, wenn jemand auf sie zuläuft."

Ich zeigte ihr den kleinen Knopf an meinem Rückspiegel. „Ich habe den hier gedrückt, damit das Tor aufgeht."

„Cool." Während ich den Truck die Auffahrt entlangsteuerte, starrte Jasmine aus dem Fenster. An den Seiten grasten Rinder und Pferde. „Pferde und Kühe?" Sie sah mich an. „Wow."

„Ja, das ist ganz schön beeindruckend." Ich konnte gar nicht mehr aufhören zu lächeln. Ohne das Erbe meines Großvaters hätte ich ihr nicht einmal annähernd so etwas bieten können.

Diese Tatsache schwirrte mir im Kopf herum. Wenn ich noch immer das getan hätte, was ich vor meiner Erbschaft getan hatte, und Tiffany mir die Neuigkeit mitgeteilt hätte, wie wären Jasmine und ich dann wohl damit umgegangen?

Wenn ich sie zu dem kleinen Haus meiner Eltern gebracht hätte, in einem Auto, das ich mir wahrscheinlich von meinem Vater oder einem Kumpel geliehen hätte, hätte sie dann auch so gelächelt? Wenn ich sie noch in der gleichen Nacht, in der ich sie nach Hause gebracht hätte, hätte allein lassen müssen, um meine Nachtschicht im Supermarkt anzutreten, wäre sie dann auch so glücklich darüber, mich zum Vater zu haben?

Ich schüttelte den Kopf und versuchte, diese verstörenden

Gedanken wieder loszuwerden. Diese Dinge waren jetzt egal. Ich besaß nun etwas. Ich besaß nun eine Menge Dinge, die ihr Leben bereichern konnten.

Ich stellte den Wagen vor dem Haus ab und Jasmine starrte das Gebäude mit großen Augen an. Sie schüttelte den Kopf. „Ich kann es nicht glauben."

Tiffany drückte meine Hand. „Ich hoffe, dass ist nicht zu überwältigend für sie, Jasper."

„Sie macht das schon." Ich wusste, dass sie hier viel glücklicher sein würde als an irgendeinem anderen Ort der Welt. Dafür würde ich sorgen.

Tiffany und ich stiegen aus dem Auto und Tiffany half Jasmine aus ihrem Kindersitz. „Daddy, ich mag deinen Truck. Er ist sehr cool und so hoch."

„In der Garage stehen noch mehr Autos und Trucks." Ich zwinkerte Tiffany zu. „Du kannst dir aussuchen, welcher deiner Meinung nach familienfreundlicher ist. Ich merke schon, dass das Ein- und Aussteigen in den Truck für unser kleines Mädchen etwas schwierig ist."

Tiff nickte. „Das wäre schön." Ich konnte ihr ihre Nervosität ansehen, als sie vor dem großen Haus stand. „Also Jas, was denkst du bis jetzt?"

Jasmine schaute mich an, und als ihre Mutter sie absetzte, kam sie direkt zu mir und nahm meine Hand. „Ich glaube, ich träume. Ich habe einen Daddy und ein Zuhause, das wie ein teures Hotel oder so aussieht." Jasmine blickte zu ihrer Mutter. „Momma, nimm meine andere Hand. Ich will euch beide an die Hand nehmen. Die anderen zu treffen, macht mich etwas nervös."

„Du musst überhaupt nicht nervös sein. Alle hier sind sehr nett." In mir machte sich ein Gefühl breit, das ich noch nicht kannte – Stolz vielleicht. Als ich Tiffany und Jasmine ansah, hatte ich das erste Mal das Gefühl, dass wir eine richtige Familie waren. „Ich denke, ihr beide wertet sehen, dass dieser Ort ein richtiges Zuhause sein kann, wenn ihr euch entspannt."

Ich öffnete die Türe und gab Jasmine einen Moment Zeit, die

große Eingangshalle zu betrachten. „Oh, wow!" Sie schaute zu der großen Treppe. „Was ist da oben?"

Ich deutete auf die rechte Seite. „Die führt zu den Schlafzimmern. Ich bring dich hoch und du kannst dir ein Zimmer aussuchen. Aber zuerst stelle ich dir die anderen vor. Es ist Zeit fürs Abendessen und sie müssten im Esszimmer sein. Es gibt insgesamt fünf Esszimmer."

„Es ist wie im allerbesten Hotel", flüsterte Jasmine.

Tiffany nickte. „Ja, das ist es. Und du musst aufpassen, dass du nichts kaputt machst."

Ich wollte nicht, dass Jasmine das Gefühl bekam, dass sie hier keinen Spaß haben dürfe. „Ich will nicht, dass du dir über so etwas Sorgen machst, Jazzy. Sei einfach du selbst und hab Spaß." Ich schaute Tiffany an. „Ich will, dass das euer Zuhause wird, Tiff. Das funktioniert aber nur, wenn ihr euch keine Sorgen darüber macht, hier etwas kaputtzumachen."

Sie nickte. „Du hast recht. Dieser Ort ist nur so – ich weiß auch nicht."

Aber ich wusste es. „Teuer."

„Genau", sagte Tiffany, während wir ein Zimmer nach dem anderen durchquerten.

Jasmine bemerkte, dass die Lichter automatisch an- und ausgingen. „Ist das ein magisches Haus?"

Lachend schüttelte ich den Kopf. „Es ist nur modern und energiesparend. Soweit ich weiß, hat mein Großvater vor fünf Jahren alles renovieren lassen. Er hat alles auf den neuesten Stand gebracht."

„Wo ist er?", fragte Jasmine. „Werde ich ihn auch treffen?"

„Nein." Ich schüttelte den Kopf. „Er ist gestorben. Deswegen leben meine Brüder und ich jetzt auf der Farm. Dabei haben wir ihn nie kennengelernt. Aber die Geschichte erzähle ich dir ein anderes Mal." Ich öffnete die Tür zum Esszimmer. „Jetzt ist es erst einmal Zeit, die anderen zu treffen."

Der Griff ihrer kleinen Hand wurde fester, als sie die ganzen Leute am Tisch erblickte. „Ich habe Angst."

Tyrell stand zuerst auf, und die anderen folgten ihm. „Hallo

Jasmine. Ich bin dein Onkel Tyrell. Bist du nicht das hübscheste, kleine Mädchen, das ich je gesehen habe?" Er streckte die Arme aus. „Bekomme ich eine Umarmung?"

Sie atmete tief durch, ließ meine Hand los und ging langsam auf Tyrell zu. „Ich schätze schon."

Lachend hob er sie hoch und umarmte sie ein weiteres Mal. „Willkommen in unserer Familie, Jasmine."

Bevor er sie wieder absetzen konnte, stand Cash neben den beiden. „Und ich bin dein Onkel Cash. Schon bald werde ich dein Lieblingsonkel sein, Jasmine. Kriege ich auch eine Umarmung?"

Jasmine lächelte und nickte. „Okay."

Er nahm sie von Tyrell und umarmte sie. „Ich freue mich so sehr, dass du hier bist. Es wird dir gefallen, eine Gentry zu sein."

„Ich weiß", platzte es aus Jasmine heraus, während sie jeden im Raum betrachtete. „Und wer bist du?"

Ella lächelte und winkte. „Ich bin Ella. Ich arbeite hier und ich bin mit deinem Onkel Tyrell zusammen."

Bobbi Jo stellte sich ebenfalls vor: „Und ich bin die Freundin von deinem Onkel Cash. Mein Name ist Bobbi Jo."

Jasmines blaue Augen glänzten, als sie mich und meine Brüder ansah. „Hey, wir haben alle die gleichen Augen und Haare." Ihr Kichern traf mich direkt ins Herz. „Endlich sehe ich wie meine Familie aus."

Tiffany seufzte, schmiegte sich an mich und schlang ihren Arm um meinen Rücken. „Sie hat nie jemandem aus meiner Familie ähnlichgesehen."

Im ersten Moment kamen mir einige verletzende Worte in den Sinn, als ich daran dachte, wie komisch sich meine Tochter gefühlt haben musste, keinem in ihrer Familie ähnlich zu sehen. Aber ich schluckte sie herunter. „Ja, aber jetzt hat sie uns." Und sie wird uns nie verlieren.

Cash nahm Jasmine und setze sie auf einen Stuhl. „Jasper, warum setzt du dich nicht ans Kopfende; jetzt, da du das Familienoberhaupt bist?"

Ich setzte mich auf meinen neuen Platz und deutete auf einen Stuhl neben mir: „Tiff, nimm Platz."

Sie setzte sich und ich nahm neben ihr Platz. Tyrell lächelte mich an, und setzte sich neben Ella. „Vatersein steht dir, Bruder."

An der Art, wie Tiffany den Kopf senkte und sich durch das Haar fuhr, konnte ich erkennen, dass sie sich eine Träne verdrückte. Ich nahm ihre Hand und küsste sie. „Und ich muss mich dafür bei dieser Dame bedanken."

Nach dem Abendessen machte ich mit Tiffany und Jasmine einen Rundgang durch das Haus und ließ sie ihr Zimmer aussuchen. Als ich die Tür zu dem Zimmer öffnete, das meinem Zimmer gegenüber lag, stemmte sie die Hand in die Hüfte und betrat den Raum. „Und dein Zimmer befindet sich gegenüber, richtig?"

„Ja, gleich über den Flur." Ich setzte mich auf das Bett. „Es ist schön und gemütlich. Und man hat auch eine tolle Aussicht über das Grundstück. Wir können es in deiner Lieblingsfarbe streichen." Ich stand auf, nahm sie an die Hand und führte sie zu dem riesigen, begehbaren Kleiderschrank. „Und hier kommen alle deine Kleider und Schuhe rein."

Ihre blauen Augen wurden riesengroß, als sie den ganzen leeren Platz sah. „Auf keinen Fall."

Tiffany lehnte sich gegen den Türrahmen und beobachtet uns. „Du musst ihr den Schrank nicht sofort füllen, Jasper. Es gibt keinen Grund, sie zu verwöhnen."

Aber ich hatte auch allen Grund dazu, meiner Tochter eine Menge Dinge zu schenken. Ich nahm Jasmine auf den Arm und küsste sie auf die Wange. „Würdest du zu einem verwöhnten Gör werden, wenn Daddy dir diesen Schrank mit hübschen Kleidern vollmacht, Jazzy?"

„Ich glaube nicht." Jasmine schaute zu ihrer Mutter. „Und ich wette, Daddy macht für dich auch einen Schrank voll, Momma – wenn du ganz lieb zu ihm bist."

Ich konnte nicht anders als zu lächeln. „Ja, Momma – wenn du ganz lieb zu mir bist."

Tiffany schaute uns ernst an. „Mein Gott, nun habe ich zwei

gegen mich." Sie hob die Arme in die Höhe. „Ich gebe auf. Ich merke schon, gegen euch beide kann ich nicht gewinnen."

Jasmine nahm mein Gesicht in ihre kleinen Hände und küsste mich auf die Nasenspitze. „Hurra, wir haben gewonnen, Daddy. Wenn Momma bei mir bleibt, würde ich heute Nacht gerne in meinem neuen Zimmer schlafen."

„Nichts würde mich glücklicher machen, Jazzy. Gar nichts." Während unsere Tochter mich umarmte, blickte ich in Tiffanys Augen. *Siehst du, was du uns genommen hättest, wenn ich dich gelassen hätte?*

KAPITEL ZWEIUNDZWANZIG

Tiffany

Eine Woche und ein Babyphon später wurde ich aus Jasmines Schlafzimmer entlassen. Ich hatte mich schon darauf gefreut, nicht länger bei meiner Tochter übernachten zu müssen.

Nachdem Jasmine eingeschlafen war, verließ ich das Zimmer und schloss die Tür hinter mir. Ich ging über den Flur und sah Jasper, der auf dem Bett saß und sich gerade die Stiefel auszog. „Gerade rechtzeitig. Ich wollte gerade unter die Dusche."

„So ein Glück." Ich begann, mich auszuziehen und ging ins Badezimmer. Bei meiner Tochter zu übernachten, hatte mich daran gehindert, Sex mit meinem Mann zu haben. Und es wurde Zeit, das zu ändern. „Ich bin so bereit, dich wieder dahin zu holen, wo du hingehörst."

In dem Moment, in dem ich mein letztes Kleidungsstück abgelegt hatte, schlang Jasper seine Arme um mich. „Tief in dir drin?"

Ich nickte und schlang meine Beine um seine Hüften, als er mich hochhob. „Es ist acht Tage her, dass mir das Verhütungsimplantat eingesetzt wurde. Ich bin heiß und startbereit, Kapitän."

„Also müssen wir uns keine Sorgen wegen einer Schwangerschaft machen?", fragte Jasper und klang dabei etwas skeptisch.

„Mir wurde gesagt, dass ich nach sieben Tagen soweit sei. Ein Implantat ist die effektivste Methode, die der Markt momentan zu bieten hat." Ich fuhr mit meinen Fingernägeln über seinen Rücken und küsste ihn auf den Hals. „Über eine Schwangerschaft müssen wir uns also keine Gedanken machen, Süßer."

Er atmete tief durch und als sein Körper seine Anspannung verlor, machte mich das nur noch schärfer Mich womöglich zu schwängern, schien ihn wirklich zu beschäftigen. Damit wir eines Tages eine feste Beziehung führen könnten, hoffte ich, dass er bald darüber hinwegkommen würde. Plötzlich gefiel mir die Idee, in nicht ganz ferner Zukunft weitere Kinder mit ihm zu haben.

Ich musste Jasper nie mit jemandem teilen. Seit Jasmine da war, schenkte er ihr den Großteil seiner Aufmerksamkeit, und das konnte ich ihm auch nicht übelnehmen. Unsere Tochter war nun einmal zauberhaft. Aber ihre Mutter brauchte auch etwas Aufmerksamkeit von ihm.

Während er in die Dusche stieg, knabberte ich an seinem Hals. Er stellte die Dusche an und das Wasser prasselte von allen Seiten über unsere Körper. Er veränderte meine Position leicht und vergrub seinen harten Schwanz tief in mir. Unser Stöhnen brachte meinen Körper zum Beben, während er mich gegen die Wand presste. Seine Lippen wanderten über meine Schulter. „Du bist so eng. Das ist mir ein echtes Rätsel."

„Nun, sieh es mal von der Seite: du warst immerhin mein Einziger. Man könnte also sagen, ich bin perfekt auf dich eingestellt." Ich lehnte den Kopf etwas zurück und schaute ihm in die Augen. „Jasper, du wirkst glücklich. Bist du es?"

Er schenkte mir ein einseitiges Lächeln. „Ja, ich bin glücklich. Jasmine in der Nähe zu haben, hebt meine Laune. Egal, was sie macht, es bringt mich zum Lächeln. Vor ein paar Tagen hat sie zusammen mit Ella ein paar Bilder gemalt und auf einem standen wir drei vor unserem Haus. Als sie es mir gezeigt hat, konnte ich gar nicht aufhören, zu lächeln."

„Und dass du *mich* in deiner Nähe hast?" Ich wusste, dass es ihm gefiel, Jasmine bei sich zu haben, aber mir hatte er nicht besonders viel Aufmerksamkeit geschenkt.

„Natürlich. Ich liebe es, dich in meiner Nähe zu haben, Tiff. Das habe ich immer." Seine Lippen trafen auf meine und er brachte mich wieder an den Ort, an den nur er mich je gebracht hatte.

Unsere Körper bewegten sich unter dem fließenden Wasser. Unsere Lippen öffnete sich, unsere Zungen spielten miteinander und unsere Atemzüge vermischten sich. Es fühlte sich an, als sei ich ein Teil von ihm. Es war immer so gewesen und ich dachte, es würde auch immer so bleiben.

Im Sog der Leidenschaft vergrub ich meine Fingernägel in seinem Rücken. Mit jedem seiner Stöße brachte er mich näher an die reine Ekstase. „Ich kann es nicht erwarten, deine Wärme in mir zu spüren." Ich knabberte an seinem Ohrläppchen.

„Ich werde dich gut füllen, Süße." Er packte mich an den Haaren und zog meinen Kopf zurück. Dann saugte er an meinem Hals, während ich um Gnade bettelte.

Er würde sie mir nicht gewähren und ich wusste es. Jede Faser meines Körpers stand in Flammen und ich ergab mich diesem Flammenmeer. Meine Beine zitterten und ich zerfloss – innerlich und äußerlich. Meine Nägel bohrten sich tief in seine breiten Schultern und ich stöhnte vor süßer Erlösung. „Ja, Jasper. Ja, Baby. Was du mit mir machst, sollte unter Strafe stehen."

Er ließ meine Haare los und fragte in einem harschen Ton: „So wie das, was du mit mir gemacht hast?"

Wo ich gerade noch wohlige Entspannung fühlte, stieg plötzlich die Anspannung. „Jasper?" Ich sah in seine blauen Augen und sah das Feuer in ihnen. „Liebling?"

„Als du mein Herz", er hielt kurz inne und dann war die Wut aus seinen Augen verschwunden, „gestohlen hast." Er zog mich zu sich ran, küsste mich fest und drang noch fester in mich ein.

Obwohl wir uns küssten, fühlte ich, dass Jasper nicht ganz ehrlich zu mir war. Vielleicht hatte er seine Gründe, wütend auf mich zu sein. Vielleicht tat er nur sein Bestes, um darüber hinwegzukommen, damit wir eine Familie sein konnten. Alles, was ich wusste, war, dass er und ich noch eine Menge Therapiesitzungen benötigten, damit unsere Familie funktionieren konnte.

Jasmine zu nehmen und ihn zu verlassen, würde uns alle drei verletzen. Aber ich konnte mir auch kein Leben mit einem Mann aufbauen, der mich tief im Inneren hasste. Was für ein Leben wäre das für Jasmine – mit Eltern zu leben, die sich hassten?

Nein, so etwas konnte ich meiner Tochter nicht antun. Sollte Jasper es ablehnen, sich Hilfe zu suchen, dann wäre diese Beziehung zu Ende, bevor sie überhaupt richtig begonnen hätte. Für mich wäre das eine Tragödie. Nicht nur für mich, sondern auch für meine Tochter.

Jaspers Körper spannte sich an. Er löste seinen Mund von meinem und biss mir fest in die Schulter, während er sich in mir ergoss. „Scheiße! Verdammt! Gott, das fühlt sich so verdammt gut an." Dann lehnte er sich etwas zurück, sah mich an und legte mir die Hand in den Nacken. „Tiff, ich liebe dich verdammt nochmal." Dann gab er mir den zärtlichsten Kuss, den ich je von ihm bekommen hatte.

In meinem Kopf drehte sich alles und ich wusste überhaupt nicht mehr, was ich von Jasper erwarten sollte. Manchmal war er der süßeste Mensch überhaupt, und manchmal schien er mich überhaupt nicht zu bemerken. Und nun wurde auch der Sex merkwürdig.

Nachdem sich unsere Lippen voneinander gelöst hatte, legte er seine Stirn gegen meine und ich fragte: „Jasper, kannst du bitte mit mir reden und sagen, was nicht stimmt?"

„Wie kommst du darauf, dass etwas nicht stimmt?" Er ließ mich los, nahm sich die Shampoo-Flasche und begann, sich die Haare zu waschen.

„Du verhältst dich nicht wie sonst." Ich nahm die Flasche von ihm entgegen und wusch mein eigenes Haar.

„Nun, ich verändere mich, Tiff." Er lehnte sich zurück und spülte die Seife aus den Haaren. „Ich vermute, du hast auch einige Veränderungen durchlebt, als du Mutter geworden bist. Du solltest doch verstehen, wovon ich rede."

Ich spülte mein Haar aus und dachte über seine Worte nach. Dann wurde mir klar, dass ich eine Menge Gründe hatte, mich zu verändern. „Weißt du, während der Schwangerschaft und auch nach Jasmines Geburt, haben eine ganze Menge Hormone meinen Körper beeinflusst. Ich mache sie für einen Großteil meines damaligen Verhaltens verantwortlich. Aber du – nun, du verhältst dich überhaupt nicht wie du selbst."

Seine Hände wanderten über seinen Körper, während er die Seife überall verteilte. „Nur weil ich dir nicht mehr wie früher nachjage, bedeutet das nicht, dass ich nicht mehr derselbe bin."

Er hatte recht. Er jagte mir überhaupt nicht mehr nach. „Glaubst du, du hast mich schon aufgrund unserer Tochter im Sack, oder was?" Die Idee, dass er so dachte, gefiel mir ganz und gar nicht.

Die Wut kehrte in seine Augen zurück, aber nur für einen Moment. Er blinzelte und antwortete: „Natürlich glaube ich das nicht, Tiffany. Im Moment gehört meine Aufmerksamkeit größtenteils Jasmine. Ich habe so viel Zeit mit ihr verpasst und sie mit mir. Es ist alles noch so neu für uns und ich denke, da ist es ganz normal, wenn wir im Moment so viel Zeit wie möglich miteinander verbringen wollen. Ich lerne gerade eine neue Form von Liebe kennen. Du musst doch wissen, was ich meine. Du hast es doch auch erlebt. Und nun erlebe ich es, aber zum ersten Mal. Genau wie Jasmine. Sie kann sich nicht daran erinnern, wann ihr beide – Mutter und Tochter – euch ineinander verliebt habt. Zu wissen, dass meine Tochter sich aber immer daran erinnern wird, wann wir uns ineinander verliebt haben, ist überwältigend."

Während ich ihm zuhörte, verschlug es mir praktisch den Atem. Er hatte recht. Jasmine würde sich immer daran erinnern, wie sie und ihr Daddy sich ineinander verliebt haben. Auf einmal wurden meine Knie ganz weich.

Ich schnappte mir ein Handtuch, stieg aus der Dusche und kämmte mir vor dem Spiegel die Haare. Ich begann damit, es in Zöpfe zu knoten, damit es morgen früh nicht so kraus sein würde.

Ich verspürte ein Gefühl von Eifersucht. Obwohl ich wusste, dass das Blödsinn war, konnte ich nicht anders. „Ich glaube, wir haben die

Dinge etwas überstürzt, Jasper." Er trocknete sich das Haar mit einem Handtuch und stieg aus der Dusche.

Dann sah er mich durch den Spiegel an. „Ich glaube, es gefällt dir nicht, Jasmine oder mich zu teilen. Ich glaube, du hast uns so lange voneinander ferngehalten, weil du nicht weißt, wie du uns teilen sollst. Aussteigen wird das Problem nicht lösen. Ganz im Gegenteil, es wird dadurch nur noch schlimmer."

Meine Wut brachte mich dazu, mich zu ihm umzudrehen. „Und was willst du damit sagen?"

„Ich denke, Jasmine wird nicht einfach still danebenstehen, wenn du versuchst, sie aus ihrem Zuhause zu reißen." Er lächelte mich an, um seine Worte etwas milder klingen zu lassen. „Sie ist hier sehr wohl zuhause. Sie hat die ganze Zeit immer jemanden aus der Familie um sich. Sie ist eine Gentry, durch und durch, auch wenn du uns nie etwas von ihr gesagt hast. Heute Morgen beim Frühstück habe ich gesehen, dass sie ihren Speck genauso isst wie Cash – sie reißt ihn in Streifen und isst nichts mit einem Fettrand. Und gestern als sie sich die Schuhe zugebunden hat, habe ich gesehen, dass sie die Schleifen auf die gleiche Art macht wie Tyrell. Sie ist eine von uns, Tiffany. Ich werde nicht dabei zusehen, wie du sie uns wegnimmst."

„Sie ist ein Kind, Jasper. Sie wird das tun, was ihre Mutter will." Ich drehte mich wieder um und beendete den Zopf. „Das ist kein Beliebtheitswettbewerb. Das ist das Leben. Und wenn ich ihr sage, dass es am besten ist, sich etwas zurückzunehmen, dann wird sie das tun." Er sollte nicht eine Sekunde lang glauben, dass ich nicht die Oberhand hatte, wenn es um Jasmine ging.

Die Art, wie er nur mit einem Handtuch bekleidet aus dem Bade-zimmer schlenderte, machte mich nur noch wütender. „Dabei fällt mir ein: morgen haben wir einen Termin bei meinem Anwalt. Er hat die Unterlagen für die Geburtsurkunde fertig, und wir können sie unterschreiben. Von morgen Nachmittag an wird Jasmines Nach-name Gentry sein. Ich denke, ich werde ein Riesending daraus machen und für sie eine Party auf der Farm veranstalten. Du solltest deine Eltern einladen. Ich werde Todd sagen, dass er etwas Besonderes zubereiten soll; etwas, das Jasmine liebt. Und es wird auch einen Kuchen geben. Jazzy liebt Kuchen."

Dann ließ er mich mit offenem Mund stehen. Die Dinge wurden langsam etwas zu real.

Ich werde nicht mehr Jasmines einziger Elternteil sein.

KAPITEL DREIUNDZWANZIG

Jasper

Ich legte mich ins Bett und fragte mich, ob Tiffany sich wohl zu mir legen würde oder nicht. Unsere Unterhaltung nach dem Duschen glich eher einem Streit. Sie versuchte auf jeden Fall, Grenzen zu ziehen, aber ich zog meine eigenen.

Ich hatte mich noch nie so gefühlt. Jasmine war auch *meine* Tochter. Tiffany hatte nicht länger mehr Rechte als ich. Es wurde Zeit, dass sie das begriff. Wenn wir deswegen streiten mussten, dann war es so. Ich würde um meine Tochter kämpfen, wenn es sein müsste.

Auf Tiffany wartete ein rüdes Erwachen, aber sie musste erkennen, dass Jasmine auch zu mir gehörte. Und die Farm war jetzt ihr Zuhause. Ich konnte mir nicht vorstellen, dass Jasmine die Farm, mich oder ihre Onkel jemals verlassen wollte.

Jasmine hatte schnell zu uns allen eine Verbindung aufgebaut. Es fühlte sich an, als sei sie von Anfang an ein Teil von uns gewesen. Tiffany konnte daran nichts ändern, auch wenn sie es versuchen sollte – und ich hoffte, sie würde das nicht tun. Das würde Jasmine nur verunsichern und verletzen.

Mir war also klar, dass ich mir mit Tiffany mehr Mühe geben

musste – für Jasmine. Ich musste ihrer Mutter Empathie entgegenbringen. Ich versetzte mich in Tiffs Lage und stellte mir vor, wie es wäre, wenn ich Jasmine allein großgezogen hätte und sich plötzlich jemand in unsere Beziehung reinhängen würde.

Aber auch als ich versuchte mir das vorzustellen, wurde ich wütend bei dem Gedanken, dass Tiffany sie mir überhaupt erst so lange verheimlicht hatte. Hätte sie das nie getan, dann wäre ich von Anfang an ein Teil des Lebens meiner Tochter gewesen.

Ich atmete tief durch, um mich zu beruhigen, als Tiffany aus dem Badezimmer kam. Sie sah heiß aus in ihrem kurzen pinkfarbenen Höschen und T-Shirt. Mein Herz schlug schneller, als sie mit einem sanften Lächeln auf mich zukam. „Können wir einfach vergessen, was wir gerade gesagt haben?"

Ich streckte ihr meine Arme entgegen. „Ich schätze schon. Komm ins Bett, Momma."

Ich konnte nichts dagegen tun. Die Anziehungskraft, die Tiffany auf mich ausübte, konnte ich nicht ignorieren. *Wenn sie jetzt noch die Zeit zurückdrehen könnte und das, was sie mir und Jazzy angetan hat, ungeschehen machen könnte, könnte das mit uns funktionieren.*

Sie kletterte über mich hinweg und legte sich neben mich; ihren Arm legte sie auf meiner Brust ab. „Du hast wirklich jedes Recht dazu, mich für das, was ich getan habe, zu hassen – dir Jasmine so lange zu verheimlichen."

„Und du hattest auch nicht vor, mir von ihr zu erzählen", fügte ich hinzu, bevor ich mich selbst davon abhalten konnte.

„Ja, das auch." Sie schmiegte sich näher an mich und warf ein Bein über meins. „Ich kann schlecht wütend auf dich sein, weil du verständliche Emotionen und Gefühle hast. Es ist aber auch nicht einfach und ich bin mir sicher, dass ich hin und wieder einen Fehler machen werde. Wenn du ein wenig nachsichtig mit mir sein kannst, dann werde ich das auch mit dir sein."

„Ich schätze schon." Für Jasmine konnte ich mir mit ihrer Mutter mehr Mühe geben. „Das Wichtigste bei der ganzen Sache ist Jasmine. Du und ich werde über einige Dinge hinwegkommen müssen." Ich war mir aber noch immer nicht sicher, wie mir das gelingen sollte.

„Ja, wir müssen einige Dinge verarbeiten" stimmte sie zu. „Zum Beispiel die Tatsache, dass ich nicht mehr Jasmines einziger Elternteil bin. Das wird nicht leicht."

Ich musste auch einigen Mist verarbeiten. „Zum Beispiel die Tatsache, dass ich nie wissen werde, wie es ist, meine neugeborene Tochter das erste Mal in den Armen zu halten."

Tiffanys Seufzer machte mir klar, dass ich das nicht hätte sagen sollen. „Es tut mir wirklich leid, Jasper." Sie stütze sich auf ihren Ellenbogen. „Weißt du, wir könnten irgendwann ein weiteres Kind bekommen, und dann würdest du das alles erleben."

Ich konnte sie nur wortlos anstarren. Ich vertraute ihr nicht genug, um noch ein weiteres Kind mit ihr zu bekommen. Aber ich wusste, dass dies einen riesengroßen Streit auslösen würde. „Ja, vielleicht."

Schnaubend fragte sie: „Was machen wir hier eigentlich, Jasper? Ich meine, du und ich. Wie lautet der Plan? Ich würde es gerne wissen, bevor ich zu viel investiere."

Ich hatte nicht erwartet, dass sie mich so schnell darauf ansprechen würde. „Nun Tiff, ich weiß es noch nicht. Wir müssen abwarten, wie die Dinge laufen."

„Liebst du mich, so wie du behauptest?"

Ich hatte keine klare Antwort. Ich liebte sie, aber ich hatte auch einige Gründe, sie zu hassen. „Wenn ich dir sage, dass ich dich liebe, meine ich es auch so."

„Die Sache ist die, Jasper." Sie leckte sich nervös über die Lippen. „Ich liebe dich. Ich habe keinen Grund, dich nicht zu lieben. Aber du hast einige Gründe, mich nicht zu lieben. Und alles, was ich von dir will, ist die Wahrheit. Kannst du mir das geben? Kannst du mir deine wahren Gefühle mir gegenüber mitteilen?"

Sie würde meine wahren Gefühle nicht ertragen können. „Tiff, ich liebe dich Ich habe dich immer geliebt. Ja, ich bin wütend auf dich, weil du mich ohne ein Wort verlassen hast. Ja, ich bin nicht glücklich darüber, dass du mir meine Tochter vorenthalten hast und dass du nicht vorhattest, mir jemals von ihr zu erzählen." Ich unterbrach mich selbst. Diese Worte trafen mich selbst unerwartet hart.

Tiffany strich mit ihrer Hand über meine Wange. „Es ist in Ordnung, mich für das, was ich getan habe, zu hassen. Ich verstehe das. Was ich aber nicht verstehe ist: warum willst du uns hier haben? Warum sollen wir zusammen mit dir auf der Farm leben, wenn du mich hasst?"

„Ich will *sie* hier haben, Tiffany." Ich schaute ihr in die Augen. „Ich will dich auch hier haben. Ich will das hinter mir lassen, wirklich. Es wird nur seine Zeit brauchen. Kannst du mir diese Zeit geben?"

Sie nickte. „Solange du ehrlich zu mir bist. Also, hasst du mich?"

Ich bemühte mich wirklich, die Wahrheit zu sagen, brachte sie aber nicht heraus. „Ich hasse dich nicht, Tiffany. Aber ich hasse, was du mir und Jasmine angetan hast."

Sie blinzelte langsam und sah aus, als müsste sie weinen. „Ich habe nie daran gedacht, dass mein Handeln Jasmine verletzen könnte. Es ist mir wirklich nie in den Sinn gekommen, dass es ihr wehtun könnte, dich nicht zu kennen."

Ich konnte nicht verstehen, wie sie das wirklich denken konnte. „Du liebst doch deinen Vater, oder nicht?"

Sie nickte. „Ja. Aber Jasmine kannte dich ja nie. Sie hatte dich nicht verloren, sie kannte dich einfach nicht."

„Sie wusste, dass andere Kinder einen Daddy hatten, Tiffany." Mir fiel es schwer zu glauben, dass sie mit Jasmine nie darüber gesprochen hatte. „Jasmine hat mir erzählt, dass sie stolz darauf sei, in der Schule erzählen zu können, dass sie jetzt auch einen richtigen Daddy habe. Kannst du dir vorstellen, wie sehr es wehgetan hat, so etwas zu hören? Ich meine, scheiße, sie war das Kind, das aus der Reihe fiel, und nur, weil sie keinen Dad hatte."

„Sie geht erst seit ein paar Jahren in die Schule" sagte Tiffany. „Ich bin mir sicher, dass sie keine bleibenden Schäden deswegen davonträgt."

„Da, genau das meine ich." Ich musste ihr diesen furchtbaren Charakterfehler einfach klarmachen. „Tiffany, Jasmine hat auch Gefühle. Nachdem du dich geweigert hast, ihr von mir zu erzählen, hat sie geglaubt, ihr Vater müsste der schlimmste Mensch der Welt sein. Hat sie dir das jemals erzählt?"

Sie schüttelte den Kopf. „Nein. Aber ich habe Gespräche über ihren Vater auch nie aktiv gefördert."

„Jasmine dachte, sie dürfte dich oder deine Eltern nicht nach ihrem Vater fragen, weil er so ein böser Mann sei und es euch traurig machen würde, über ihn zu reden." Mein Herz blutete für dieses kleine Mädchen und was sie durchgemacht hatte. Tiffany senkte den Kopf und ich nahm ihr Kinn in die Hand, damit sie den Blick wieder auf mich richtete. „Es wird Zeit für ein wenig Selbstreflexion. Es wird Zeit, dass du zu dem stehst, was du getan hast. Versuch nicht, alles unter den Teppich zu kehren. Steh dazu, Tiffany. Steh zu dem, was du mir und unserer Tochter angetan hast. Ich? Nun, ich bin ein erwachsener Mann. Ich kann mit dem Verrat umgehen. Aber Jazzy ist nur ein kleines Mädchen, das nicht versteht, warum du getan hast, was du getan hast."

„Das hat sie dir erzählt?" Ihre Stimme zitterte.

„Ja." Ich war mir sicher, dass sie mir diese Dinge erzählt hatte, weil es sie schmerzte, mich nicht gekannt zu haben.

„Ich hatte keine Ahnung, dass sie so gefühlt hat." Tränen liefen ihre Wangen herunter. „Ich war der Meinung, sie dachte einfach nicht an ihren Vater. Er war nie ein Teil ihres Lebens gewesen, also warum hätte sie an eine fiktive Figur denken sollen?"

„Sie ist ein Mensch. Sie hat andere Kinder mit beiden Elternteilen gesehen. Und sie stand da und hatte Angst davor, deine Gefühle zu verletzen, wenn sie nach ihrem Vater fragt." Ich fühlte mich etwas schlecht, dass ich Tiff zum Weinen gebracht hatte. Aber sie musste endlich damit anfangen, die Verantwortung für ihr Handeln zu übernehmen.

Ich hatte das Gefühl, dass ich während unserer gemeinsamen Zeit, die wahre Tiffany nie kennengelernt hatte. Das Mädchen, von dem ich dachte, es zu kennen, sorgte sich um andere Menschen. Die Tiffany, die ich kannte, hatte Empathie für andere. Vielleicht hatte ich nur das gesehen, was ich sehen wollte.

Vielleicht hatte sie recht. Vielleicht überstürzten wir die Dinge.

Ich kannte diese Frau gar nicht. Ich wusste nicht, ob ich eine Frau lieben konnte, die unfähig war, an andere zu denken – insbesondere an ihr eigenes Kind.

„Vielleicht liegt es daran, dass ich mich immer zurückgelehnt habe und meine Eltern alle Entscheidungen treffen ließ", flüsterte sie. „Vielleicht habe ich es mir die ganze Zeit zu leicht gemacht. Es ist wesentlich einfacher, sich keine Gedanken über andere zu machen, Jasper. Man weint wesentlich weniger, wenn man sich keine Gedanken um andere Menschen macht."

Egal, wie sehr mir missfiel, was sie getan hatte, es minderte nicht die Sympathie, die ich für sie fühlte. Ich zog sie näher zu mir heran, legte ihren Kopf auf meine Brust und strich ihr sanft über den Rücken. „Tiff, ich bin mir sicher, dass du dein Verhalten ändern kannst."

„Glaubst du?" Sie strich mit ihrer Hand über meine Schulter. „Ich bin mir nicht sicher. Mir gefällt dieses Verhalten nicht, Jasper. Mir gefällt es überhaupt nicht. Hin und wieder habe ich mich deinetwegen schuldig gefühlt. Aber ich hatte nie Schuldgefühle wegen Jasmine. Und jetzt, da es mir klar wird, muss ich zugeben, dass ich dieses Gefühl hasse."

„Ich sage dir was. Ich werde uns für morgen einen Termin bei der Therapeutin besorgen, bevor wir zum Anwalt gehen. Ich glaube, wir beide können ihre Hilfe gebrauchen." Ich küsste sie auf den Kopf. „Ich bin nur froh, dass mein Großvater mir so viel Geld hinterlassen hat. So kann ich uns allen die Hilfe besorgen, die wir brauchen. Und ich glaube, Jasmine sollte auch mit jemandem reden. Ich fände es furchtbar, wenn sie es im Leben schwerer hätte wegen dem, was ihr passiert ist."

Tiffany schluckte schwer und ich spürte, wie ihr Körper zu zittern begann. „Gott, Jasper. Was habe ich ihr nur angetan?" Weinend brach sie zusammen, und ich wusste, dass ich einen Durchbruch erreicht hatte.

Sie musste weinen. Sie musste erkennen, was sie getan hatte. Falls sie das nicht tat, würde sie nie verstehen, was Jasmine und ich ihretwegen durchgemacht hatten. Sie musste es begreifen. Wenn sie glaubte, dass bei uns alles in Ordnung sei, und ihr Handeln uns nicht verletzt hätte, wie sollten wir dann je eine richtige Familie werden?

Nicht, dass ich mir sicher war, ob wir das überhaupt zusammen schaffen würden. Die Dinge, die mir an Tiffany auffielen, gefielen mir nicht. Mir wurde klar, dass ich als Teenager nicht viel mehr als ihr Äußeres betrachtet hatte. Als erwachsener Mann blickte ich nun hinter die schöne Fassade, und was sich dort befand, war leider nicht so schön.

KAPITEL VIERUNDZWANZIG

Tiffany

M eine Hand zitterte, als ich das Papier unterschrieb, das meine Tochter zu einer Gentry machen würde. „Mann, das ist nicht so leicht, wie ich gedacht hatte."

Jasper sah mich mit glänzenden Augen an. „Ja, manche Dinge sind hart."

Allen Samuels lächelte mich an und versuchte die Spannung im Raum etwas zu lösen. „Wissen Sie, für ein Kind ist es immer das Beste, mit beiden Eltern aufzuwachsen, wenn möglich. Stimmts, Tiffany?"

Nickend unterschrieb ich alle Seiten. „Ich weiß."

Jasper nahm den Stift von mir entgegen und unterschrieb die Papiere zügig. „Haben Sie die anderen Papiere auch fertig, Allen?"

Ich hatte keine Ahnung, wovon er sprach, aber Allen nickte und zog einen weiteren Stapel Unterlagen hervor. „Tiffany, hierbei handelt es sich lediglich um eine Standarderklärung zum Sorgerecht. Da sie zwei nicht verheiratet sind, hat Jasper um diesen Vertrag gebeten. Damit wird sichergestellt, dass keiner von Ihnen dem anderen den Umgang mit Ihrer Tochter untersagen kann."

„Eine Sorgerechts-Vereinbarung?" Das gefiel mir ganz und gar nicht. „Jasper, warum hast du mir davon nichts gesagt?" Ich fühlte mich in die Ecke gedrängt. Ich wollte nicht, dass irgendein Vertrag mir vorschrieb, wie viel Zeit ich mit meiner Tochter verbringen durfte.

„Ich hielt es für keine große Sache, Tiffany. Ich meine, es gibt dir genauso viele Rechte wie mir." Er lächelte und versuchte mich davon zu überzeugen, den Vertrag zu unterschreiben. „Und außerdem schützt es dich auch, falls es mit uns nicht funktioniert."

„Wie das?" Mir war nicht klar, wie es mein Leben besser machen sollte, wenn ich nur noch halb so viel Zeit mit meiner Tochter verbringen konnte.

„Dieses Papier stellt sicher, dass ich dir Jasmine auch nicht ganz wegnehmen kann", erklärte Jasper. „Verstehst du nun, wie es dir zugutekommt?"

„Ich verstehe nur, dass, sollte ich diesen Vertrag unterschreiben, du die Hälfte der Zeit mit meiner Tochter verbringen kannst. Die Hälfte!" Ich schüttelte den Kopf. „Auf keinen Fall. Auf gar keinen Fall werde ich dir die Hälfte meiner Tochter geben, Jasper. Das kannst du nicht von mir verlangen. Ich verlange das nicht von dir. Wie kommst du überhaupt darauf, so etwas anzusprechen? Du kennst sie doch kaum. Und jetzt stehst du hier und willst sie mir wegnehmen."

„Das will ich doch gar nicht." Jasper blickte seinen Anwalt hilfesuchend an. „Können Sie ihr das besser erklären?"

„Tiffany", begann Samuel.

Ich hob meine Hand. „Ich unterschreibe das nicht." Ich hatte meine Tochter sechs Jahre lang allein großgezogen. „Er hat keine Ahnung, was es bedeutet, Eltern zu sein, Samuel. Ein Kind zu erziehen bedeutet mehr, als nur Spielen und ihnen etwas zu schenken. Er musste sich noch nicht um sie kümmern, wenn sie krank war oder traurig oder nicht schlafen konnte, weil sie einen Alptraum hatte. Wie könnt ihr beide von mir erwarten, dieses Papier zu unterschreiben, wenn das bedeutet, dass ich nicht in ihrer Nähe sein kann, wenn sie mich braucht?"

Jasper schüttelte den Kopf und biss die Zähne zusammen. „Ich bin nicht dumm, Tiffany. Ich *kann* mich um sie kümmern, wenn ich muss. Und ich sage nicht, dass ich das überhaupt allein machen muss. Alles, was ich meine, ist, dass ich gerne etwas Handfestes hätte, wenn es darum geht, Zeit mit meiner Tochter verbringen zu können."

Ich schlug mit der Faust auf den Tisch und sah Jasper wütend an. „Sie kennt dich kaum!"

„Unsinn!"

Samuel stand auf. „Schluss damit", sagte er mit ruhiger Stimme. „Genug geschrien. Hier geht es nicht um Sie beide, hier geht es um Ihre kleine Tochter. Sie erheben hier Ansprüche, als ob sie nicht zu ihnen beiden gehörte. Sie ist nicht nur Ihr Kind, Tiffany, oder nur Ihres, Jasper. Diese Sorgerechtsvereinbarung stellt sicher, dass dieses kleine Mädchen keinen von Ihnen beiden verliert, sollten sich Ihre Wege trennen."

Ich wollte wissen, warum Jasper unsere Trennung überhaupt in Betracht zog. Ich sah ihn an und fragte: „Bedeutet das, *dass* du mich hasst und dir nicht vorstellen kannst, dass wir zusammenbleiben?"

„Nein", antwortete er schnell. „Das bedeutet, dass ich nicht weiß, was die Zukunft bringt. Aber ich würde gerne wissen, dass ich die Hälfte der Zeit mit meiner Tochter verbringen kann, sollten wir uns trennen."

Samuel räusperte sich und lenkte unsere Aufmerksamkeit auf sich. „Als ein Mann, der nun dreißig Jahre mit der gleichen Frau verheiratet ist - einer Frau, die uns vier Kinder geschenkt hat - kann ich ihnen sagen, dass sie sich im Laufe der Zeit immer wieder ver- und entlieben, sollten sie zusammenbleiben. Die Dinge werden mitunter hart - manchmal sogar so hart, dass Sie sich am liebsten trennen würden. Aber dann sehen Sie sich Ihre Kinder an und Sie werden alles dafür tun, die Dinge wieder in Ordnung zu bringen. Und dann werden Sie sich aufs Neue ineinander verlieben. Nicht, dass es dieses Mal für immer sein wird. Etwas wird passieren, das dieses Gefühl des Verliebtseins ruiniert. Aber wahre Liebe bedeutet nicht, dass alles glatt läuft; manchmal wandelt man auf ruhiger See und manchmal muss man einige Stromschnellen überstehen."

Seine Worte trafen mich wie ein Schlag ins Gesicht. „Ich liebe dich, Jasper. Das habe ich immer."

Jasper ergriff meine Hand. „Und ich liebe dich, Tiffany. Unterschreib den Vertrag oder lass es. Egal, wie du dich entscheidest, ich bin damit einverstanden."

Ich nickte und sah den Anwalt, der einen ernsten Gesichtsausdruck trug. „Mein Rat an Sie, Tiffany: unterschreiben Sie die Vereinbarung jetzt. Falls die Dinge zwischen Ihnen beiden den Bach runtergehen, hat dieser Mann genug Geld, um alle Hebel in Bewegung zu setzen, um das alleinige Sorgerecht zu bekommen. In diesem Fall blieb Ihnen nur noch jedes zweite Wochenende mit Ihrer Tochter."

Ich blickte zu Jasper. Ich konnte mir nicht vorstellen, dass er so etwas jemals tun würde. „Würdest du das wirklich machen?"

Er zuckte nur mit den Schultern und mir blieb beinahe das Herz stehen. „Ich weiß nicht, was ich tun würde, wenn du versuchen würdest, sie mir wegzunehmen, Tiffany. Ich weiß es wirklich nicht."

Ich konnte kaum atmen. In meinem Kopf drehte sich alles. „Aus diesem Grund wollte ich dir nie etwas von ihr erzählen. Ich wollte nie, dass sie so etwas erlebt. Sie ist *meine* Tochter, Jasper. Sie wird immer meine Tochter sein. Ich habe sie in mir getragen. Ich habe sie gemacht. Ich habe mich ganz allein um sie gekümmert. Und nun erwartest du von mir, dass ich sie dir kampflos überlasse?"

„Nein." Jasper schüttelte den Kopf. „Ich erwarte nur, dass du mich an ihrem Leben teilhaben lässt. Und zwar in dem Maße, in dem du an ihrem teilnimmst. Dieses Angebot ist besser als das, was du mir gemacht hast. Im Moment sieht es doch so aus: solltest du dich dazu entscheiden wegzugehen, könntest du sie einfach mitnehmen. Wie glaubst du, fühle ich mich dabei?"

„Sehr schlecht, Jasper." Ich sah ihm in die Augen und versuchte, mich in ihn hineinzuversetzen. „Wir sollten uns das nicht antun – uns nicht und Jasmine auch nicht. Dieses Dokument sollte nicht wie eine Drohung über unsere Köpfe schweben. Wir sollten versuchen, es hinzukriegen. Wir haben es bisher noch nicht richtig versucht. Wir sind erst am Anfang. Wir sollten diese Entscheidung nicht jetzt schon treffen. Bitte.“

Samuel setzte sich wieder hin. Er nahm den Vertrag und sagte: „Wenn Sie Ihre Meinung ändern, Tiffany, können Sie jederzeit herkommen und meine Sekretärin wird Ihnen gerne weiterhelfen.“

Ich schaute Jasper an. „Du hast also schon unterschrieben?“

„Nein.“ Er stand auf und wollte gehen. „Wenn du es nicht tust, tue ich es auch nicht. Das habe ich Samuel bereits gesagt. Ich schätze, wir sind dann hier fertig. Wir haben noch einen Termin bei der Therapeutin, erinnerst du dich?“

Ich stand auf und ging mit ihm. „Ich weiß. Wiedersehen, Samuel. Danke für Ihre Hilfe.“

„Dafür werde ich bezahlt.“ Er begleitete uns zur Tür. „Sie beide versuchen, die Dinge in den Griff zu bekommen, in Ordnung? Für das Kind, Sie verstehen?“

Während wir gingen, fühlte sich meine Brust unheimlich schwer an. Ich wusste, dass es für Jasmine das Beste wäre, wenn ihr Vater und ich es schaffen würden. Aber ich war mir nicht sicher, ob Jasper jemals darüber hinwegkommen würde, was ich ihm angetan hatte. Und ich würde nicht versuchen, ein Leben mit einem Mann aufzubauen, der mich hasste.

Wir waren mittlerweile dazu übergegangen, den Mercedes anstatt des Trucks zu nehmen. Ich stieg auf der Beifahrerseite ein und vergrub sofort mein Gesicht in meinen Händen. Mich überkam das überwältigende Bedürfnis zu weinen. In meinem Leben hatte ich noch nie so viel geweint. Außer vielleicht damals, als ich Jasper verließ und wir nach Carthage gezogen sind.

Jasper stieg ein und bemerkte meinen Zustand. „Weißt du, was wir tun sollten, Tiff?“

Ich versuchte mich zusammenzureißen, hob den Kopf und schaute ihn an. „Was wäre das, Jasper?“

„Wir sollten die Therapie ausfallen lassen, zum Juwelier fahren und Eheringe aussuchen. Du kannst dir auch noch einen Verlobungsring aussuchen – einen fetten Diamanten. Wie wäre das?“ Er startete den Wagen und fuhr los.

Ich saß da, und in meinen Kopf drehte sich alles. „Fragst du mich gerade, ob ich dich heirate?"

„Es wäre vielleicht das Beste für unsere Tochter." Er bog in eine Straße, die zum örtlichen Juwelier führte. „Und es würde uns aneinanderbinden. Vielleicht würden wir aufhören über eine mögliche Trennung nachzudenken und darüber, uns Jasmine teilen zu müssen, wenn wir verheiratet wären. Denk darüber nach. Es macht Sinn."

„Ich will dich nicht heiraten, Jasper. Und um ehrlich zu sein, das war der unromantischste Antrag, den ich je gehört habe." Ich war empört, dass er glaubte, mich auf diese Weise fragen zu können.

„Ich hätte nicht gedacht, dass dich meine Worte beleidigen würden. Immerhin wurde dir ja noch nie ein Antrag gemacht." Er fuhr an die Seite, parkte den Wagen und richtete seine volle Aufmerksamkeit auf mich. „Tiffany, ich bin es leid, so zu fühlen. Ich bin es leid, mich fragen zu müssen, ob du vielleicht eines Tages nach der Arbeit nicht nach Hause kommst. Ich bin es leid, mir darüber Sorgen zu machen, dass du mir Jasmine wegnehmen könntest. Ich bin es einfach leid und ich möchte nur, dass das aufhört. Ich weiß nicht, was ich sonst tun soll."

„Wir kommen im Moment nicht besonders gut miteinander klar." Ich konnte mir nicht erklären, warum er mich heiraten wollte, solange er seinen Ärger mir gegenüber nicht überwinden konnte. „Ich will nicht, dass du mir einen Antrag machst, nur damit du dich bezüglich Jasmine sicher fühlen kannst."

In letzter Zeit drehte sich alles bei diesem Mann nur noch um sie. Wenn er mich nur heiraten wollte, damit unsere Tochter Teil seines Lebens blieb, war das nicht genug für mich. Ich war kein schlechter Mensch. Ich verdiente einen Heiratsantrag und eine Ehe aus Liebe. Sein Antrag erweckte den Eindruck, als wollte er mir einen Knochen zuwerfen, damit ich nicht weglief.

„Dann gib mir auf eine andere Weise diese Sicherheit." Jasper warf einen Blick über seine Schulter: das Büro des Anwalts lag direkt hinter uns. „Unterschreibe die Sorgerechtsvereinbarung, Tiffany. Auf diese Weise würde ich mich um einiges sicherer fühlen bezüglich Jasmine."

„Es geht jetzt nur noch um sie, nicht wahr?", fragte ich, während sich ein Kloß in meinem Hals bildete. „Es geht nicht um mich. Es geht nicht um *unsere* Liebe. Es geht nur darum, dass du Zugang zu ihr bekommst. Zur Hölle mit mir. Du kannst bei mir bleiben oder mich verlassen – solange du Jasmine nur nicht verlierst." Die Wahrheit tat unheimlich weh. Ich hielt es nicht länger aus. „Ich werde dieses Auto jetzt verlassen und bei meinen Eltern bleiben."

„Nicht", flüsterte Jasper. „Verlass mich nicht, Tiffany. Wir haben uns versprochen, dass wir es versuchen werden. Wir müssen das hinkriegen. Es ist das Beste."

Ich nickte. „Für Jasmine. Ja, ich weiß." Ich öffnete die Türe. „Aber wie steht es mit dem, was das Beste für uns ist, Jasper? Wann haben wir *uns* verloren?" Als ich die Türe schloss, wurde mir klar, dass die Dinge nie wieder so sein würden, wie sie waren, und mich überkam eine wahre Explosion von Emotionen.

KAPITEL FÜNFUNDZWANZIG

Jasper

Ich schaute Tiffany hinterher. Ihr Gang war langsam, beinahe taumelnd. Es sollte eigentlich ein feierlicher Tag werden, doch nun war es ein trauriger. Die Geburtsurkunde zu unterschreiben, war ihr schwergefallen. Ich hatte das Gefühl, dass es das Schwierigste war, was sie je getan hatte.

Mein Blick blieb auf Tiffany gerichtet, bis sie im Dairy King verschwunden war. Dann ging ich zurück hinter das Haus ihrer Eltern. Ich musste ihr Raum geben, doch bis jetzt hatte alles, was ich zu ihr gesagt hatte, sie nur noch mehr aufgeregt.

Ich fuhr zur Therapeutin. In meinem Kopf war alles durcheinander. Ich betrat die Praxis und sagte der Frau an der Anmeldung irgendetwas. Sie sah mich mit einem komischen Gesichtsausdruck an. „Haben Sie einen Termin?"

„Ja, auf den Namen Gentry. Eigentlich sollten wir zu zweit sein, aber so wie es aussieht, habe ich sie vertrieben." Mein Blick senkte sich zu Boden. „Ich kann eine Frau offenbar nicht dazu bringen, bei mir zu bleiben. Zumindest diese nicht." Und ich hatte keine Ahnung, was Tiffanys Weggang für Jasmine bedeutete.

Die Seitentüre öffnete sich und unsere Therapeutin winkte mich zu ihr. „Kommen Sie, Jasper. Lassen Sie uns reden."

Mit schlurfendem Gang betrat ich das Zimmer und setzte mich auf das Sofa, während sie auf dem Stuhl gegenüber Platz nahm. „Ich weiß nicht, was in meinem Leben vorgeht, Doc. Ich mache alles falsch. Nichts entwickelt sich so, wie ich gedacht hatte."

„Erzählen Sie mir, was los ist."

Ich überlegte, wo ich am besten anfangen sollte. Mit der Wahrheit zu beginnen, schien mir am geeignetsten. „Alles klar, es sieht folgendermaßen aus: Ich wollte Tiffany genauso verletzen, wie sie unsere Tochter und mich verletzt hatte."

„Und wie wollten Sie das anstellen?", fragte sie.

Ich fühlte mich mies dabei, es laut auszusprechen, aber ich musste es tun. „Ich hatte vor, ihr Jasmine wegzunehmen. Ich hatte alles vorbereitet. Ich wusste, dass Tiffany eine Vereinbarung über ein gemeinsames Sorgerecht nicht unterschreiben würde, darauf hätte ich gewettet. Und damit wäre der Weg für mich frei gewesen, das alleinige Sorgerecht zu beantragen. Auf diese Weise wäre Tiffany diejenige gewesen, die Jasmine kaum gesehen hätte. Tiffany ist mir auch direkt in die Falle gegangen. Ich könnte jetzt sofort den Antrag stellen. Sie ist vorhin aus dem Wagen gestiegen und weggelaufen. Soweit ich sagen kann, ist es aus zwischen uns. Ich könnte direkt zu meinem Anwalt gehen und die Dinge ins Rollen bringen."

„Und doch sind Sie stattdessen hierhergekommen." Sie tippte mit ihrem Stift auf dem Block, der auf ihrem Schoß lag. „Warum, glauben Sie, haben Sie das getan?"

Sofort kam mir Jasmine in den Sinn. Doch bevor ich ihren Namen sagen konnte, sah ich Tiffanys trauriges Gesicht vor mir. „Ich will Tiffany nicht hassen, Doc. Ich fühle immer noch Liebe für sie, aber manchmal kommt der Hass einfach durch. Sie merkt das auch."

„Sehen wir mal, ob ich das richtig verstehe", sagte sie. „Sie hassen Tiffany dafür, dass sie Ihnen Ihre Tochter verheimlicht hat. Das kann jeder nachvollziehen. Nun haben Sie mir bei der letzten Sitzung erzählt, dass die beiden zu Ihnen gezogen sind. Konnten Sie zu dem Mädchen eine Beziehung aufbauen?"

„Ja, wir funktionieren zusammen wie Erbsen mit Möhren. Meine ganze Familie liebt Jasmine. Sie passt so toll zu meinen Brüdern und mir. Ich kann es gar nicht erwarten, sie meinen Eltern vorzustellen. Es ist, als sei sie ein Teil, von dem ich nicht wusste, dass er mir gefehlt hatte, bis sie aufgetaucht ist. Und als sie mir erzählt hatte, dass sie immer geglaubt hatte, ihr Daddy sein ein böser Mann und ihre Momma deswegen nie von ihm sprach, wurde ich nur noch wütender. Es bringt mich um, dass Jasmine so etwas durchmachen musste."

„Da bin ich mir sicher." Ich fand ihr zustimmendes Lächeln beruhigend. „Also Sie und Ihre Tochter konnten eine Beziehung zueinander aufbauen. Aber wie sieht es mit Ihnen, Ihrer Tochter und Tiffany aus? Wie läuft es mit der Familienbande?"

Wir hatten gar nichts miteinander unternommen. „Ich verbringe die meiste Zeit mit Jasmine. Tiff bleibt entweder im Hintergrund oder lässt uns gänzlich in Ruhe. Ich schätze, sie wollte uns Zeit geben, um uns kennenzulernen."

„Nun, das ist nicht gut."

Ich verstand nicht. „Und warum nicht?"

„Nun, Ihnen sollte mittlerweile klar sein, und das haben Sie selbst gesagt, dass Tiffany sich von Ihnen abgewandt hat. Sie haben sich zu sehr auf eine Person in Ihrer Familie konzentriert. So etwas hat immer zur Folge, dass sich die Beziehung zu einem anderen Teil der Familie abkühlt." Sie lächelte freundlich. „Ihre Familie besteht nicht nur aus Ihnen und Ihrer Tochter – sondern aus drei Personen. Aber Ihr kleiner Racheplan hat dazu geführt, dass Sie sich zu sehr auf Jasmine konzentriert haben und Tiffany dabei kaum beachtet haben. Ohne Ihren Plan hätten Sie vielleicht beiden die gleiche Aufmerksamkeit geschenkt und versucht, eine Familie aufzubauen, anstatt eine zu zerstören und Tiffany zu verletzen."

„So habe ich das noch nie betrachtet." Sie hatte recht. „Ich habe in meinem Plan keine Schattenseiten gesehen. Und um ehrlich zu sein: ich hatte auch nicht erwartet, dass Tiffany mich aus freien Stücken verlässt."

„Bei einer Intrige bleibt üblicherweise ein Enttäuschter zurück."

„Das war meine erste Intrige, daher war mir das nicht klar." Ich wollte nur eine Antwort, wie ich das alles wiedergutmachen konnte. „Können Sie mir helfen, das wieder in Ordnung zu bringen?"

„Nein, kann ich nicht", sagte sie. „Aber *Sie* können das ganz allein wieder in Ordnung bringen. Und genau das sollten Sie auch tun."

„Also ist die ganze Sache mit dem alleinigen Sorgerecht eine schlechte Idee?", fragte ich sie.

„Jasper, ich werde Ihnen nicht sagen, was Sie tun sollen. Sie müssen Ihre eigenen Entscheidungen treffen. Wenn Sie das Gefühl haben, das alleinige Sorgerecht beantragen zu müssen, dann tun Sie das. Wenn Sie das Gefühl haben, Tiffany sagen zu müssen, dass Sie den falschen Weg eingeschlagen haben und gerne den richtigen mit ihr zusammen gehen möchten, dann tun Sie das. Wenn Sie das Gefühl haben, einen Keil zwischen Jasmine und ihre Mutter zu treiben, sei für alle Beteiligten das Beste, dann tun Sie das."

Mir war klar, dass sie nicht wollte, dass ich das tat. „Ich will nicht, dass Jasmine ihre Mutter verliert. Die beiden lieben sich." Ich hatte keine Ahnung, was ich mir dabei gedacht hatte. „Ich liebe Jasmine zu sehr, um ihr diese wichtige Person wegzunehmen." Während ich redete, wurde mir das Herz immer leichter und leichter. „Ich schätze, ich hasse es einfach, dass Jazzy und ich einige Dinge nicht gemeinsam erlebt haben. Aber ich habe das Gefühl, dass unser Blut uns beide auf eine Art verbindet, wie ich es nie für möglich gehalten habe. Es ist beinahe so, als sei sie schon immer bei mir gewesen. Nur wenn ich zu sehr über Dinge nachdenke, wie zum Beispiel, dass ich sie als Neugeborene nicht im Arm halten konnte oder so etwas, dann werde ich wütend."

„Aber Sie haben jetzt erste Male mit Ihrer Tochter, und das werden Sie auch immer haben. Ihre erste Verabredung, ihr erster Schulabschluss, ihre Hochzeit, wenn Sie zum ersten Mal Großvater werden. Diese ersten Male werden sie alle haben. Sie sollten sich also fragen, ob Sie nur aufgrund einiger verpasster Dinge an Ihrem Hass festhalten wollen?"

„Es ist eher so, dass ich das Gefühl habe, Tiffany sollte für das, was sie uns angetan hat, bezahlen."

„Bezahlen, ja?" Sie klang ein wenig abgeschreckt.

Aber wer wäre das nicht? „Ja, ich weiß. Klingt ziemlich kindisch, nicht wahr?"

„Wenn Sie glauben, dass Tiffany den Preis für ihr Handeln noch nicht bezahlt hat, liegen Sie falsch. Sie hat sich das Leben schwerer gemacht, als es hätte sein müssen. Es ist nicht leicht, eine alleinerziehende Mutter zu sein." Sie legte den Block auf den Tisch und stand auf. „Sie müssen über einige Dinge nachdenken und ein paar Entscheidungen treffen. Ich hoffe, Sie nehmen sich die Zeit, um weise Entscheidungen zu treffen."

„Ich muss heute Nachmittag auch noch zu einer Party. Wir haben heute die neue Geburtsurkunde unterschrieben; Jasmines Nachname lautet nun offiziell Gentry." Ich dachte daran, wie schwer Tiffany das getroffen hatte. „Wissen Sie, ich bin mir sicher, dass Tiffanys Ausraster teilweise auch etwas damit zu tun hat."

„Sehr wahrscheinlich." Sie ging zur Tür. „Sie müssen über eine Menge Dinge nachdenken."

Ich nickte zustimmend und ging an ihr vorbei. „Danke, dass Sie mir nicht sagen, was zu tun ist und stattdessen, was ich tun sollte."

„Danke, dass Sie zu mir gekommen sind, anstatt überstürzte Entscheidungen zu treffen, die Menschen verletzen."

„Ja, zumindest war ich klug genug, das zu tun." Ich verließ ihr Büro und ging zum nächsten Juwelier. Ich war die Dinge völlig falsch angegangen. Ein Mann sollte seine Familie nicht in Stücke reißen. Ein echter Mann sollte dafür sorgen, die Familie zusammenzuhalten. Ich hätte mir ein Beispiel an meinem Vater nehmen sollen. Stattdessen ähnelte mein Denken wohl eher dem meines toten Großvaters – ein Mann, den ich nie getroffen hatte.

Genau wie ich fand, dass Jasmine aufgrund unserer Blutsverwandtschaft so viel mit mir und meinen Brüdern gemeinsam hatte, musste ich nun erkenn, dass mich diese Blutsverwandtschaft ja auch mit diesem alten Bastard verband. Ich musste darauf achten, nicht die gleichen, kaltblütigen Verhaltensweisen zu entwickeln. Ich wollte keinesfalls so werden wie er.

Aber nun stand ich hier und dachte genau wie er.

Rache hatten meine Eltern uns nicht beigebracht. Leute für das, was sie getan hatten, bezahlen lassen, gehört bei uns nicht zum Erziehungsprogramm. Vergeben, Freundlichkeit und Verständnis: diese Dinge hatten unsere Eltern uns gelehrt. Es machte mir Angst, wie leicht ich das vergessen hatte.

Und nun hatte ich Angst, dass Tiffany zu verletzt war, um jemals darüber hinwegzukommen. Ich *hatte* sie ausgeschlossen. Aber noch nicht komplett.

Als ich den Juwelierladen betrat, sah ich schon die Dollarzeichen in den Augen des Verkäufers. „Mr. Jasper Gentry! Herzlich willkommen in meinem Geschäft."

Ich hatte die Zeitung zwar nicht gesehen, war mir aber sicher, dass der Artikel über uns bereits erschienen war. „Sie haben mein Bild in der Zeitung gesehen, oder?"

„Stimmt." Er schüttelte mir die Hand. „Ich bin Ramon. Was kann ich an diesem wunderschönen Tag für Sie tun?"

„Könne Sie mir Ringe für junge Mädchen zeigen?", fragte ich. „Heute ist ein besonderer Tag für meine sechsjährige Tochter, und ich möchte ihr dazu etwas Besonderes schenken."

„Ja, ja." Er holte einen Schlüssel aus seiner Tasche und öffnete die Vitrine. „Ich habe hier ein paar sehr schöne. Hat Ihr kleines Mädchen eher schmale oder rundliche Finger?"

„Schmale." Ich trat etwas näher an die Vitrine heran, als er einen Schmuckkasten mit Ringen herausnahm. „Mir gefällt der Blaue da."

„Ah", sagte er und nahm ihn aus dem Kasten. „Mein Saphir im Prinzess-Schliff. Die Diamanten, die ihn umranden, kombinieren ihn zu unglaublichen zwei Karat. Ein wahres Schmuckstück."

„Sie haben nicht zufällig noch eine passende Halskette und Ohrringe, oder?" Ich dachte daran, wie bezaubernd Jasmine dieser ganze Schmuck stehen würde.

„In der Tat habe ich etwas, das perfekt zu diesem Ring passen wird. Ich garantiere Ihnen, Ihr kleines Mädchen wird sehr überrascht sein." Er nahm seinen Schlüssel und schloss eine andere Vitrine auf. „Um welchen besonderen Anlass handelt es sich denn?"

„So eine Art Geburtstag würde ich sagen." Ich betrachtete den Ring und wusste, dass er mir eine Umarmung und einen Kuss meiner Tochter einbringen würde. „Heute ändert sich ihr Name in Gentry."

„Erst heute?", fragte er und legte einige Halsketten auf der Vitrine aus. „Aber Sie haben gesagt, sie ist sechs, oder?"

„Es ist eine lange Geschichte. Ihre Mutter hielt es für das Richtige, sie mir vorzuenthalten." Ich wartete auf die Wut, die immer kam, sobald ich an das dachte, was sie mir angetan hatte. Aber sie kam nicht. „Ich schätze, das zählt nicht mehr. Die Zukunft ist das Wichtigste und meine Tochter gehört von nun an dazu."

Er legte Halskette und Ohrringe, die zum Ring passten, aus. „Gefällt Ihnen das Set?"

„Ja, ich nehme es." Es würde Jasmine gefallen und sie immer an den Tag erinnern, an dem ihr Name sich in Gentry geändert hatte.

KAPITEL SECHSUNDZWANZIG

Tiffany

„Wusste ich doch, dass ich dich gesehen habe." Mom betrat das Haus in dem Moment, als ich gerade eine Flasche Bier leerte. „Was in aller Welt tust du denn da, Tiffany McKee? Du hast geweint. Was ist passiert?"

„Er hasst mich, Mom!", heulte ich und setzte die Bierflasche erneut an.

„Tiffany, es ist gerade mal zehn Uhr morgens. Was denkst du dir denn?" Sie nahm mir die Flasche aus der Hand und kippte den restlichen Inhalt aus. Währenddessen brach ich erneut in Tränen aus.

Ich ging zum Sofa und ließ mich bäuchlings darauf fallen. „Er hasst mich. Er kann mir nicht vergeben. Und ich kann ihm das auch nicht verübeln."

Mom strich mir mit der Hand über den Rücken. „Liebling, wie kommst du denn darauf, dass er dich hasst?"

„Die Art, wie er sich verhält. Die Art, wie er mich links liegen lässt." Ich setzte mich hin und wischte mir die Tränen ab. „Bei ihm dreht sich alles um Jasmine. Es dreht sich alles nur noch um sie."

„Ich bin mir sicher, nachdem sich erst einmal alles normalisiert hat, wird es auch wieder anders sein." Sie tätschelte mir die Schulter. „Willst du denn nicht, dass sie sich verstehen?"

„Natürlich will ich das." Ich bekam einen Schluckauf. „Ich habe das Bier zu schnell getrunken." Ich hielt den Atem an, aber der Schluckauf hörte nicht auf. „Verdammt."

Mom stand auf und ging in die Küche. Als sie zurückkam, hielt sie mir einen Löffel mit Zucker entgegen. „Aufmachen."

„Mom, das ist doch Altweibergewäsch. Zucker löst keinen Schluckauf."

„Mach einfach den Mund auf. Der Zucker muss ich langsam auf der Zunge lösen." Ich hatte gar keine andere Wahl, denn sie schob mir den Löffel in den Mund.

Nachdem sich der Zucker aufgelöst hatte, fragte ich: „Sag mir, was ich tun soll, Mom. Ich weiß nicht, wie ich die Dinge zwischen mir und Jasper in Ordnung bringen kann. Du hast keine Ahnung, wie sehr ich ihn liebe, und es bringt mich um, dass ich ihn so sehr verletzt habe, dass er mich jetzt hasst. Und vor gestern Abend war mir nicht einmal klar, dass ich Jasmine auch verletzt habe."

„Hast du sonst nichts zu sagen?" Sie verschränkte die Arme und wackelte den Löffel hin und her.

„Ähm ... doch. Ich war noch nicht fertig."

„Über den Schluckauf", sagte sie. „Er ist weg. Ich habe doch gesagt, dass Zucker hilft."

„Ach so, das." Ich wartete noch einen Moment, um zu sehen, ob er tatsächlich verschwunden war. „Sieht so aus, als sei er weg. Ich bezweifle, dass es am Zucker lag."

Mom schnaubte, legte den Löffel auf den Wohnzimmertisch und setzte sich neben mich auf das Sofa. „Sieh mal, es ist völlig normal, dass du dich wegen Jasper und Jasmine schuldig fühlst. Aber wie soll man die Vergangenheit ändern? Es ist passiert. Alles, was du nun tun kannst, ist um Verzeihung bitten und zum nächsten Kapitel übergehen."

„Und wenn Jasper das nicht schafft?" Ich musste wissen, was ich tun sollte, wenn er nicht darüber hinwegkam.

„Dann ist er nicht der Richtige für dich, Liebling." Bei ihr klang es so einfach.

Aber so einfach war es nicht. Es war höllisch kompliziert. „Mom, ich muss auch an Jasmine denken!"

„Wenn du und ihr Vater nicht miteinander klarkommt, dann sollte sie Zeit mit euch beiden verbringen, aber getrennt." Mom strich mir durch das Haar. „Ihr zwei könnt lernen, euch die Elternschaft zu teilen."

„Ich will mir die Elternschaft mit Jasper nicht teilen. Ich will, dass wir eine Familie sind." Die Tränen kamen zurück. „Aber er vertraut mir nicht. Ich sehe es in seinen Augen. Ich habe ihn nach einem weiteren Baby gefragt, aber er wollte davon nichts hören."

„Mach das nicht, Tiffany. Meine Güte. Ihr zwei seid nicht einmal verheiratet. Warum willst du Kinder von diesem Mann, wenn er dich noch nicht einmal heiraten will?" Sie sah mich verwirrt an. „Er weiß seit über einer Woche von Jasmine. Ich war mir sicher, ihr zwei würdet längst eure Verlobung bekannt geben. Stattdessen sieht es immer mehr danach aus, als würdet ihr euch trennen. Eine Familie zu haben, ist nicht leicht, Süße. Das erfordert jede Menge Arbeit, Opferbereitschaft und gegenseitiges Vertrauen."

„Und das haben wir nicht. Ich meine, ich habe es für ihn." Ich schwieg einen Moment, um darüber nachzudenken. „Nun, das stimmt nicht. Im Moment vertraue ich ihm überhaupt nicht. Er wollte mich dazu bringen, einen Vertrag zum gemeinsamen Sorgerecht zu unterschreiben, nachdem wir die Geburtsurkunde unterschrieben hatten. Jasmine heißt mit Nachnamen jetzt offiziell Gentry." Ich hatte plötzlich das Gefühl, dass mir jemand die Luft zum Atmen nahm. „Gott, das bringt mich fast um. Meine Tochter und ich haben nicht mehr denselben Namen."

„Geteiltes Sorgerecht?", fragte Mom. „Warum sollte er so einen Vertrag aufsetzen wollen, wenn ihr Jasmine gemeinsam großzieht? Du lebst mit diesem Mann zusammen, um Himmels Willen. Das ist doch verrückt."

„So wenig vertraut Jasper mir, Mom." Mir tat nicht nur das Herz, sondern auch der Magen weh. „Wie lange kann ich denn so leben? Ich habe das Gefühl, dass mir alles entrissen wird."

Mom gehörte nicht zu den Menschen, die in Depressionen verfielen. „Pass auf, Liebling. Alles, was du tun musst, ist dich zusammenzureißen. Du musst Jasper beweisen, dass du in der Lage bist, dich um dich selbst zu kümmern, und dass er dir vertrauen kann. Mach ihm klar, dass du ihm Jasmine nie wieder wegnehmen wirst. Du musst ihm zeigen, wie viel er dir bedeutet. Du musst ihm beweisen, dass es dir ernst ist."

„Wie soll ich das tun, wenn er mich immer ausschließt?" Ich wusste nicht, wie ich überhaupt etwas tun konnte. „Und wie sollen er und Jasmine eine Beziehung aufbauen, wenn ich ständig dabei bin und immer ein Teil von dem bin, was die beiden tun?"

„Es geht hier nicht nur darum, dass Jasper und Jasmine eine Beziehung zueinander aufbauen. Eine Familie zu sein bedeutet, dass *ihr alle* eine Beziehung zueinander aufbauen müsst." Mom seufzte, lehnte sich zurück und blickte an die Zimmerdecke. „Haben dein Vater und ich dir nichts beigebracht?"

„Ihr habt mir eine Menge beigebracht." Ich hatte keine Ahnung, wovon sie sprach. „Mom, sag mir doch einfach, was ich machen soll. Ich weiß es wirklich nicht. Jasmine war allein meins, und nun ist sie auch seines. Und ich sehe ihre Beziehung und ich fühle ich mich außen vor. Jasper erlebt Dinge, die ich mit ihr nie hatte."

„Zum Beispiel?"

„Dass sie sich ineinander verlieben, zum Beispiel", jammerte ich. „Ich sehe es in ihren Gesichtern. Ich hatte das nie. Sie war noch zu klein. Jasmine wird sich daran erinnern, wann sie und ihr Daddy sich ineinander verliebt haben. Sie wird sich aber nicht daran erinnern, wann sie sich in mich verliebt hat."

„Eifersüchtig?", fragte sie mit einem schiefen Lächeln. „Ich fasse es nicht, Tiffany. Und du hast doch miterlebt, wie deine Tochter sich in dich verliebt hat. Ich habe es miterlebt. Wenn sie dich angesehen hat, waren ihre großen, blauen Augen voller Liebe. Dieses Mädchen verehrt dich genauso wie du sie. Es gefällt mir gar nicht, dass du eifersüchtig darauf bist, dass deine Tochter ihren Daddy liebt und er sie."

„Mir gefällt das auch nicht. Eine Sache mehr, wegen der ich mich schuldig fühle." Ich warf einen Blick auf den Kühlschrank. „Ich könnte wirklich noch ein Bier vertragen, Mom."

„Nein, kannst du nicht", antwortete sie. „Du musst aufhören, dich so kindisch zu benehmen. Du bist eine Mutter, Tiffany. Weißt du, welche Bedeutung das in einer Familie hat?"

„Nicht wirklich. Ich dachte, ich wüsste es, aber ich weiß es nicht." Innerhalb der letzten Woche wuchs bei mir die Ahnungslosigkeit.

„Eine Mutter ist die Stärke der Familie. Die meisten glauben, der Mann sei der Starke, aber es ist die Mutter", sagte sie. „Wir Mütter managen alle Beziehungen in unserem Zuhause. Wir versuchen, den Frieden innerhalb der Familie zu bewahren. Das bedeutet nicht, dass wir uns deswegen anderen Beziehungen in den Weg stellen, denn wir wissen, wie wichtig auch diese sind. Aber die wichtigste Beziehung innerhalb einer Familie ist immer die zwischen den Eltern."

„Und Jasper und ich führen eine furchtbare Beziehung." Wir waren verloren.

„Im Moment ist das so." Mom würde nicht aufgeben. „Ihr müsst über diese Vergangenheit hinwegkommen. Und ich kenne dich, Tiffany McKee. Du kannst bezüglich Jasmine sehr egoistisch sein. Nachdem Jasmine geboren wurde, wie oft habe ich dich wegen deiner Geschwister zur Seite genommen?"

Sie musste mich damals häufig zurechtweisen. „Ja, ich weiß. Ich war sehr geizig mit dem Baby. Sie waren ihre Tante und ihr Onkel und ich musste ihnen erlauben, eine Beziehung zu ihr aufzubauen."

„Weil es gesund ist, Tiffany. Und eine Beziehung zu ihrem Vater ist genauso gesund. Vielleicht ist deine Eifersucht auch der Grund, dass Jasper sich davor fürchtet, Jasmine zu verlieren." Vielleicht war sie auf der richtigen Spur. „Er sieht es dir vielleicht an und fürchtet sich, dass du dir Jasmine schnappst und davonläufst, weil du es nicht erträgst, dass die beiden sich so gut verstehen."

„Aber weißt du was, Mom?", fragte ich, während ich darüber nachdachte, wie ich mein Verhalten gegenüber meinen Geschwistern geändert hatte. „Ich habe gelernt, es zu lieben, Jasmine zusammen mit Bo und Carolina zu sehen. Es hat mein Herz erwärmt, sie sagen zu hören, dass sie Jasmine liebten und umgekehrt. Ich schaffe das, Mom. Ich kann lernen, die Beziehung zwischen Jasper und Jasmine zu lieben. Da bin ich mir sicher. Ich habe das schon einmal geschafft, ich schaffe es wieder."

„Ich bin davon überzeugt, dass du es in dir hast, die Starke in der Familie zu sein, Tiffany. Lass Jasper seinen Teil beitragen und du deinen; dann wird sich eure Familie von ganz allein finden." Sie schaute auf ihre Uhr. „Es ist fast Mittag. Wir haben uns ganz schön lange unterhalten. Du siehst aus, als könntest du ein Schläfchen und ein langes, heißes Bad vertragen. Du musst über Einiges nachdenken. Ich werde dich damit allein lassen."

Ich hätte beinahe Jasmines Party vergessen. „Mom, können du und Dad heute Abend auf die Farm zu Jasmines Party kommen? Jasper veranstaltet eine, um ihren neuen Nachnamen zu feiern. Ich glaube nicht, dass ich hingehe, aber Jasmine sollte jemanden von unserer Seite dabeihaben."

„Ich finde, du solltest auch gehen, Tiffany. Du weißt schon, zeig Jasmine, dass du dich für sie freust." Sie stand auf und sah mich lächelnd an. „Wir werden da sein. Wir freuen uns auch für sie. Sie hat einen Daddy, der sie liebt. Und sie blickt einer großartigen Zukunft entgegen. Wenn ich ihre Mutter wäre, ich würde ihr bei all dem direkt zur Seite stehen."

„Und wenn Jasper mich nicht mehr will?", fragte ich.

„Nun, ich bezweifle, dass das der Fall ist. Es braucht vielleicht ein paar weitere Entschuldigungen von dir und eine Veränderung in deinem Verhalten. Ich denke, du kannst ihn zurückgewinnen. Dieser Junge liebt dich, auch wenn er die Tatsache hasst, die ersten sechs Jahre von Jasmines Leben verpasst zu haben. Du musst die Starke sein, Tiffany. Sei nicht einfach nur die Mutter, werde auch die Partnerin für den Vater. Mache die Beziehung zu Jasper zu einer Priorität und alles andere ergibt sich dann."

Ich hatte nicht das Gefühl, dass meine Eltern eine gesunde Beziehung führten und daher hatte ich Zweifel an dem Rat meiner Mutter.

Aber ich hatte auch keine anderen Vergleichsmöglichkeiten. „Ich werde über alles nachdenken. Ich werde jetzt erst einmal das lange, heiße Bad nehmen und mich dann hinlegen. Ich fühle mich schon ein wenig besser. Danke, Mom. Ich habe dich lieb."

„Ich habe dich auch lieb, Süße. Wir sehen uns später, wenn der Mittags-Trubel vorbei ist."

Nachdem ich allein war, legte ich mir die Hand auf mein Herz und spürte seinen Schlag. „Für meine Familie kann ich stark sein. Ich weiß, dass ich es kann, Irgendwie muss ich es schaffen, dass Jasper mir verzeiht, was ich ihm angetan habe."

KAPITEL SIEBENUNDZWANZIG

Jasper

„Wo ist Mom?", fragte Jasmine während sie in ihren Kindersitz kletterte. Nachdem ich sichergestellt hatte, dass sie richtig angeschnallt war, schloss ich die Autotür.

In der Zwischenzeit hatte ich mir eine Antwort überlegt: „Arbeiten."

„Oh." Sie wühlte in ihrem Rucksack herum und holte schließlich ein liniertes Blatt Papier heraus. „Sieh mal, was ich heute gemacht habe, Daddy."

Ich blickte durch den Rückspiegel auf das Stück Papier, das sie hochhielt. „Jasmine Michelle Gentry. Das hast du sehr schön geschrieben."

„Ist das jetzt mein Name? Weil ich jedem erzählt habe, dass sich mein Name heute geändert hat." Sie runzelte die Stirn und sah ein wenig besorgt aus. „Ihr habt das doch heute gemacht, oder?"

„Haben wir. Du bist jetzt ganz offiziell meine Tochter und dein Name ist jetzt Gentry", antwortete ich.

Ich ließ mich von ihrem breiten Grinsen anstecken, doch plötzlich lag etwas Trauriges in ihren Augen, „Daddy, was ist denn mit Momma? Hat sie jetzt auch einen neuen Namen? Ich möchte, dass ihr Name zu unserem passt."

„Dafür müssten wir heiraten." Ich hielt an einem Stoppschild und blickte Jasmine durch den Rückspiegel an. „Also nein. Deine Mutter heißt immer noch McKee."

„Oh." Sie wandte den Blick aus dem Fenster und wurde ganz still.

„Um dieses großartige Ereignis zu feiern, habe ich Chefkoch Todd gebeten, ein Festmahl für unsere Party zu zaubern. Klingt das nicht großartig?" Ich fragte sie, um sie wieder zum Reden zu bringen. Normalerweise war dieses Mädchen eine richtige Plaudertasche.

„Es wird bestimmt lustig. Werde ich deine Eltern kennenlernen?" Sie wühlte wieder in ihrem Rucksack herum. „Ich habe noch Hausaufgaben auf. Die sollte ich machen, bevor die Party anfängt."

„Du wirst Mom und Dad tatsächlich heute treffen. Onkel Tyrell und Ella holen sie gerade ab. Sie sind mit dem Jet nach Dallas geflogen." Ich bog in die Adams Street ein. „Wir veranstalten die Party bei Rancho Grande, dem Mexikanischem Restaurant. Aber Todd hat die Kontrolle über die Küche übernommen und sie haben den üblichen Betrieb für heute eingestellt. Wir haben das ganze Restaurant für uns." Ich deutete auf das Geschäft. „Siehst du, geschlossen, aber Todd und seine Leute sind drinnen schwer beschäftigt."

Sie schaute mit großen Augen auf das Restaurant. „Können wir reingehen und gucken?"

„Lass sie erst alles fertig machen, dann ist die Überraschung für dich größer. Wir kommen um sechs wieder her." Ich dachte darüber nach, wie ich unseren Plan ändern musste, damit meine Eltern an der Party teilnehmen konnten. Ich fuhr auf den Parkplatz und schrieb Tiffany eine Nachricht. „Ich sage deiner Momma Bescheid, dass die Party nicht auf der Farm stattfindet." Nachdem ich eine kurze Nachricht abgeschickt hatte, legte ich das Telefon wieder zur Seite und fuhr nach Hause.

„Warum musstest du den Ort für die Party ändern, Daddy?"

„Nun, meinen Eltern ist es verboten, die Farm zu betreten. Und ganz ehrlich: ich glaube, selbst wenn sie könnten, würden sie die

Farm nicht betreten. Sie haben einfach zu viele schlechte Erinnerungen an diesen Ort", erklärte ich, während ich den Wagen in Richtung Farm steuerte. Mir fiel auf, dass Tiffany mir nicht geantwortet
hatte.

Ich wusste, dass sie wütend auf mich war. Aber ich konnte mir
nicht vorstellen, dass sie nicht zu der Party ihrer Tochter kommen
würde. Ich hoffte, sie war nur zu beschäftigt, um zu antworten. Ein
Teil von mir hatte die Hoffnung, dass sie sich das Auto ihrer Eltern
geliehen hatte und wieder nach Hause gefahren war – aber ich
erwartete nicht allzu viel.

Als Tiffany aus dem Auto gestiegen war, war sie so wütend gewesen, wie ich sie noch nie gesehen hatte. Und sie hatte jedes Recht
dazu. Ich musste ihr Zeit lassen, um sich wieder zu beruhigen, bevor
ich versuchen konnte, mit ihr zu reden.

„Was für schlechte Erinnerungen haben deine Mom und dein
Dad an die Farm, Daddy?", fragte Jasmine.

„Mein Dad und sein Dad haben sich nicht besonders gut verstanden." Ich fuhr durch das große Tor der Farm. „Aber sie freuen sich
darauf, dich kennenzulernen, Jasmine. Sie haben mir gesagt, dass du
dir aussuchen darfst, wie du sie nennen möchtest. Also mach dir
schon einmal Gedanken, wie du sie nennen möchtest."

„Hmm." Sie tippte sich mit der Fingerspitze gegen das Kinn,
während sie nachdachte. „Ein Mädchen aus meiner Klasse wird oft
von ihrer Nana abgeholt. Ich glaube, sie hat gesagt, sie nennt sie
Nana und Papa."

„Das klingt hübsch." Mir gefiel es, dass Jasmine sich die Namen
ausdachte. Es fühlte sich an, als würde sie ihre Gentry-Seite dadurch
noch stärker festigen.

„Wie heißen sie?", fragte sie.

„Coy und Lila." Ich bog in die Garage und Jasmine tippte sich
wieder gegen das Kinn.

„Mir gefallen ihre Namen." Sie machte den Gurt los und hüpfte
aus dem Auto. „Vielleicht ist Granny Lila und Grandpa Coy gut." Sie
schüttelte den Kopf. „Nee, in meinem Kopf klang das besser."

„Vielleicht wirst du es wissen, sobald du sie siehst", schlug ich ihr vor. „Jetzt kümmern wir uns erst einmal um diese Hausaufgaben, und dann machen wir dich hübsch für deine Party, Miss Gentry."

Ihr Kichern, als ich sie auf den Arm nahm, brachte mein Herz zum Tanzen. „Ich bin jetzt Miss Gentry!"

Eine Stunde und zwei Seiten Matheaufgaben später aß Jasmine eine Schale Müsli und wurde langsam unruhig. „Wann wir Momma hier sein? Ich brauche ihre Hilfe, um mich fertig zu machen."

Ella hörte Jasmine und steckte den Kopf durch die Türe zum Esszimmer. „Wir sind wieder da. Deine Eltern sind im Hotel in der Stadt. Ich kann dir helfen, bis deine Mom hier ist, Jas."

Klatschend sprang Jasmine vom Stuhl und nahm Ella an die Hand. „Hurra! Ich will nach einer Million Dollar riechen. Ich habe neue Badekugeln, die ich nehmen kann. Du musst mir nur das Wasser einlassen, damit ich mich nicht verbrenne."

„Danke, Ella." Ich wusste ihre Hilfe zu schätzen. Ich hatte keine Ahnung, was man beim Bad eines Kindes beachten musste. Aber ich würde es lernen.

Ich ging in mein Zimmer, duschte und zog mich an. Ich musste mich herausputzen. Während ich die Treppe hinunterging, schaute ich auf mein Telefon, aber Tiffany hatte noch immer nicht auf meine Nachricht geantwortet. Aber sie *hatte* sie gelesen, also beließ ich es dabei. Sie war nun am Zug.

Wollen wir mal sehen, ob es Schicksal war oder nicht.

Eine Stunde später war ich fertig und sah nach, wie weit Jasmine war. Als ich die Türe zu ihrem Zimmer öffnete, kam mir der Geruch von Jasmin entgegen. „Hier riecht es nach deiner Mom."

Aus dem Badezimmer drang Gelächter und dann kam Jasmine heraus. Ihr Haar hing lockig herunter. Ella hatte ihre ein weißes, knielanges Kleid angezogen; schwarze Ballerinas rundeten das Outfit ab. „Was denkst du, Daddy?"

Ich hielt die Tasche vom Juwelier in meiner Hand. „Ich denke, du siehst zauberhaft aus. Aber es fehlt noch etwas."

„Ach ja?" Jasmine drehte sich zu Ella um. „Was fehlt denn?"

Ella zuckte mit den Schultern. „Nichts. Er veräppelt dich nur. Ich muss mich auch noch anziehen." Sie verließ das Zimmer und ließ mich mit Jasmine allein.

„Ich denke, ich habe hier etwas, um das ganze Outfit noch abzurunden. Willst du es sehen?", fragte ich und hielt ihr die Tasche entgegen.

„Was ist in der Tasche, Daddy?" Sie kam zu mir und blickte neugierig auf die Tasche.

„Oh, nur etwas Kleines, dass zu deinen schönen Augen passt." Ich holte zuerst die Ringschachtel heraus. „Zeig mir deine Finger, Jasmine."

Sie zeigte alle zehn Finger und lächelte. „Oh Daddy, hast du mir einen Ring gekauft?"

Ich holte die Ringbox heraus und überlegte, auf welchen Finger der Ring wohl passen würde. Ich entschied mich für den Ringfinger der rechten Hand. „Er passt!"

Jauchzend vor Freude hielt sie ihre Hand hoch und betrachtete das glänzende Schmuckstück. „Er ist so schön! Ich liebe ihn! Und ich werde auch gut auf ihn aufpassen."

„Tu das bitte. Er ist echt, Jazzy. Das ist ein echter Saphir und das ringsherum sind echte Diamanten." Ich gab ihr etwas Zeit, um das Geschenk ausgiebig zu bewundern, bevor ich die Box mit den Ohrringen hervorholte. „Und die hier schmücken deine süßen, kleinen Ohren."

Sie betrachtete die glänzenden Ohrringe, die ich aus der Schachtel nahm. „Sie passen dazu!"

„Das tun sie." Ich legte ihr die Clips an. „Wenn du dir irgendwann Ohrlöcher stechen lässt, kaufe ich dir passende Stecker."

„Das wird noch eine Weile dauern. Ich habe Angst vor dem Schmerz." Sie rannte zum Spiegel. „Oh Daddy, die sehen so schön aus."

Ich stellte mich hinter sie und holte die Box mit der Halskette hervor. „Und das rundet das Ganze noch ab." Ich legte ihr die Kette um den Hals und beobachtete, wie sie den Saphir vorsichtig mit den Fingern berührte.

„Ich kann es nicht glauben." Blinzelnd drehte sie sich um und warf ihre Arme um mich. „Ich liebe alles davon, Daddy."

Ich nahm sie auf den Arm, drückte sie und küsste sie auf die Wange. „Ich habe dich lieb, Jasmine Gentry. Ich wollte dir diese Sachen schenken, damit du dich immer an den Tag erinnerst, an dem du eine Gentry geworden bist."

„Das werde ich nie vergessen." Sie küsste mich noch einmal auf die Wange. „Ich habe dich lieb, Daddy."

Irgendetwas sagte mir, dass ich nie genug davon bekommen würde, diese Worte von ihr zu hören. „Nun, wir machen uns besser auf den Weg. Du willst doch nicht zu spät zu deiner eigenen Party kommen."

„Okay", sagte sie, als sich sie absetzte. „Warte."

„Was ist los?"

Sie schaute etwas verwirrt. „Wo ist Momma?"

„Ich glaube, wir treffen sie dort, Jazzy." Zumindest hoffte ich das.

„Kannst du sie anrufen, um sicherzugehen? Ich will nicht, dass sie arbeitet und die Party verpasst. Ich will meine beiden Eltern dabeihaben." Sie nahm mich an die Hand. „Komm schon, du kannst sie anrufen, während wir zum Auto gehen. Ich kann es nicht erwarten, meine neuen Großeltern zu treffen."

Anstatt Tiffany, rief ich ihre Mutter an. „Hi, habt ihr die Info erhalten, wo die Party stattfindet?"

„Haben wir", antwortete Darla.

„Gut, also sehen wir uns *alle* dort, richtig?" Ich versuchte durchblicken zu lassen, dass ich auch Tiffany meinte.

„Ähm, nun ... Jason und mich auf jeden Fall", sagte sie und klang etwas unsicher.

„Jasmine freut sich sehr darauf *beide* Eltern dabei zu haben", sagte ich.

„Ich hoffe, sie kriegt, was sie sich wünscht, Jasper. Das hoffe ich wirklich. Ihr zwei habt eine Menge zu verarbeiten."

Sie hatte recht. Tiffany und ich hatten eine Menge zu verarbeiten – aber ich hatte keine Ahnung, ob sie das überhaupt noch wollte. „Nun, wir sehen uns dort. Jasmine und ich fahren jetzt los."

„Bis gleich." Sie beendete das Gespräch und ich hielt Jasmine die Autotür auf. „Bitte schön, meine kleine Prinzessin."

Sie grinste. „Das gefällt mir. Und du bist mein lieber Prinz." Sie legte ihren Kopf zur Seite, während ich sie anschnallte. „Oder bist du Mommas lieber Prinz?"

Gute Frage.

KAPITEL ACHTUNDZWANZIG

Tiffany

„Schatz wir gehen", rief Mom von der anderen Seite der verschlossenen Zimmertür.

„Tschüss", antwortete ich und legte mich wieder auf das kleine Bett.

„Du kommst doch auch, oder nicht Tiffany?", fragte Mom.

„Tschüss, Mom." Ich wollte nicht reden.

„Tiffany, Jasper hat angerufen", sagte sie. „Er und Jasmine freuen sich darauf, dich zu sehen. Es ist ein großer Tag für die beiden. Den willst du ihnen doch nicht ruinieren, oder?"

Ich massierte meine Schläfen und dachte über die Dinge nach, die ich getan hatte, seit ich bei Jasper eingezogen war. Das lange heiße Bad hatte nicht geholfen, mich besser zu fühlen. Auch das Nickerchen nicht.

„Tschüss, Mom." Ich hörte, wie sie sich von der Türe entfernte.

Dann hörte ich, wie sich erneut Schritte der Türe näherten. „Liebling, das sieht dir gar nicht ähnlich", ertönte die Stimme meines Vaters. „Ich weiß, dass es sechs Jahre nur dich und Jasmine gab, aber sie braucht auch ihren Vater. Heute ist ein großer Tag für die beiden, Tiffany." Und dann ging er weg.

Ich konnte nichts sagen und hörte nur zu, wie er ging. Ich spürte einen Knoten in meinem Magen und in meiner Kehle. Ich setzte mich auf und schaute in den Spiegel, der gegenüber an der Wand hing. Ich hasste, was ich darin sah. „Du bist ein Arsch, Tiffany McKee."

Aber je länger ich in den Spiegel starrte, desto klarer sah ich die Dinge.

Jasper wollte aus einem anderen Grund, dass ich die Sorgerechtsvereinbarung unterschrieb. Er hatte nicht so sehr darauf bestanden, dass ich unterschrieb. Er hatte zu schnell aufgegeben. Und er hatte mir mehr oder weniger deutlich gemacht, dass er versuchen würde, das alleinige Sorgerecht für Jasmine zu bekommen, sollten die Dinge zwischen uns nicht gut laufen. Und im Moment lief es überhaupt nicht gut zwischen uns.

„Dieser miese Hund hat dich ausgetrickst, Tiffany McKee. Und du bist darauf reingefallen."

Kein Wunder, dass er mir nicht gefolgt ist, als ich aus dem Auto gestiegen bin. Er wollte mich als die Böse hinstellen; nicht nur vor unserer Tochter, auch vor einem Richter.

„Du cleverer Mistkerl."

Das musste ich ihm lassen, er kannte mich gut genug, um zu wissen, wie er von mir das bekam, was er wollte. Er wollte mich loswerden – so viel war klar.

Kaum verwunderlich, dass die Idee, es miteinander zu versuchen, aus meinem Kopf verschwand. Jetzt wusste ich, dass es ein Fehler wäre, zu ihm zu gehen und mich für meine Fehler zu entschuldigen.

Ich bezweifelte, dass er überhaupt wollte, dass wir ernsthaft versuchten, über das Geschehene hinwegzukommen. In seiner Nachricht war überhaupt keine Rede davon, dass es ihm leidtat oder dass er mit mir reden wollte. Einfach nur komm zur Party – sieh dir das Glück von mir und Jasmine an, darüber, dass sie endlich eine Gentry war. Danach konnte ich gerne verschwinden, wenn es nach ihm ginge.

Nun, wenn er wirklich glaubt, dass ich mich zurücklehne und dabei zuschaue, wie er mir mein Kind wegnimmt, wird er sich noch wundern.

Ich verließ das Bett, band meine Haare zusammen und zog mich an. Als ich in den Badezimmerspiegel schaute, fiel mir auf, dass ich kein Make-up trug. Ich hatte auch keines mitgebracht und außer der Jeans und dem T-Shirt, dass ich trug, auch keine Klamotten.

„So kann ich nicht zu der Party gehen."

Ich sah nach, ob das Auto meiner Eltern noch da war. Ich hätte damit zur Farm fahren und mich umziehen können. Doch die Einfahrt war leer.

„Scheiße."

Ich setzte mich wieder hin, vergrub das Gesicht in den Händen und versuchte, mir eine Lösung einfallen zu lassen. Ich könnte zu dem Restaurant, in dem die Party stattfand, laufen, doch so wie ich aussah, wollte ich dort nicht auftauchen.

Und zu allem Übel hatte ich meine Handtasche im Auto liegengelassen. Mein Handy war alles, was ich bei mir hatte. Ich hatte nicht einmal einen lausigen Lippenbalsam bei mir.

Mom trug nicht einmal annähernd meine Größe, aber dennoch durchsuchte ich ihren Kleiderschrank. Was ich dort fand, deprimierte mich nur noch mehr. Sie besaß nichts Hübsches, das mir passen würde.

Ich sah nach, ob ich ihr Make-up fand, doch alles, was ich fand, war Anti-Falten-Creme und braune Wimperntusche. Ich hatte gar nicht bemerkt, dass meine Mutter so eine Minimalistin geworden war. Ich ging ins Badezimmer und hoffte, dort im Schrank wenigstens einen Lockenstab zu finden, aber sie besaß nicht einmal einen Fön.

„Wie kann sie so leben?"

Eine Straße weiter gab es einen Schönheitssalon, in dem Jasmine und ich uns ein paar Mal die Haare hatten schneiden lassen. Ich erinnerte mich daran, dass sich einmal eine Frau hat schminken lassen. Ich entschied mich, es zu versuchen. Zumindest wären meine Frisur und mein Make-up makellos. Das einzige Problem war, dass ich kein Geld bei mir hatte.

Aber ich hatte das Café, und ich konnte mir etwas aus der Kasse borgen.

Ich eilte hinaus und zum Café, um mir das Geld zu holen, doch als ich dort ankam, war es dunkel und abgeschlossen. „Verdammt, sie haben den Laden zugemacht, um auf die Party zu gehen."

Ich blickte rüber zu dem Schönheitssalon und entschied mich zu fragen, ob ich später bezahlen könne. Gerade als ich den Salon erreichte, kam ein heftiger Wind auf. Ich öffnete die Türe und betrat den Salon. „Ich brauche Hilfe."

„Was Sie nicht sagen", erwiderte eine Stimme. „Kommen Sie schnell rein."

Ich strich mir die verwehten Haare aus dem Gesicht und schloss die Türe hinter mir. „Ich habe kein Geld bei mir. Aber ich werde sofort morgen früh bezahlen. Das Doppelte – wenn Sie mich jetzt so schnell wie möglich zurechtmachen können. Meine kleine Tochter hat heute eine Party und ich muss unbedingt dabei sein."

Eine der Damen drehte ihren Stuhl herum. „Springen sie drauf und lassen Sie mich nur machen. Sie sind Tiffany, aus dem Dairy King, nicht wahr?"

Ich nahm auf dem angebotenen Stuhl Platz. „Bin ich. Und ich muss einfach großartig aussehen. Ich will den Vater meiner Tochter wissen lassen, dass ich ihn durchschaut habe. Ich will, dass er mich ansieht und es bereut, dass er sich das hat entgehen lassen."

„Ich bin Paula." Sie drehte mich auf dem Stuhl herum, legte mir einen Kittel an und bürstete meine Haare. „Welche Farben werden Sie tragen?"

„Ich habe nur das, was ich gerade trage."

Sie schüttelte den Kopf und blickte zu dem anderen Mädchen. „Gloria, du hast ihre Größe. Geh in dein Apartment und suche ihr etwas Schönes zum Anziehen. Wir können sie nicht in Jeans und T-Shirt auf die Party lassen. Etwas Elegantes. Ich werde sie so aufbrezeln, dass dem Mann das Wasser im Mund zusammenläuft."

Das Mädchen, dessen Name Gloria lautete, machte sich eilig auf den Weg. „Ich hole das Kleid, das ich an Silvester anhatte. Und ich werde auch den passenden Schmuck mitbringen." Sie hob meinen Fuß hoch. „Größe sechs?"

„Stimmt." Ich lächelte sie an und war froh über die Hilfe.

„Habe ich auch! Ich bin gleich wieder da." An der Türe hielt sich kurz an. „Das Kleid ist rückenfrei. Ist es für Sie in Ordnung, keinen BH anzuziehen?"

Ich war noch nie ohne BH ausgegangen, aber es gab immer ein erstes Mal. „Ich denke, es ist in Ordnung. Vielen Dank, Gloria. Ich werde morgen sicher gehen, dass sich Ihre Mühen gelohnt haben."

Sie legte den Kopf zur Seite und stemmte die Hand in die Hüften. „Nein, Miss Tiffany, das ist nicht nötig. Wir Mädels müssen zusammenhalten. Ich tue das nur, um Ihnen zu helfen."

„Nun, das ist sehr nett von Ihnen, Gloria." Ich lächelte und blickte Paula durch den Spiegel an.

Sie schüttelte den Kopf. „Ich nicht. Ich arbeite. Ich werde für meine Arbeit bezahlt, Miss Tiffany."

Lachend antwortete ich: „Zu Recht!"

Eine halbe Stunde später sah ich aus wie ein Supermodel: schwarzes, enges Kleid, passende schwarze High Heels und ein wenig Schmuck, um das Ganze abzurunden. Gloria holte noch ein paar Diamant-Ohrstecker aus ihrer Tasche. „Die sind zwar nicht echt, sehen aber so aus. Sie sollten sie tragen."

Nachdem ich die Ohrringe angelegt hatte, fühlte ich mich wegen meines Aussehens wesentlich besser. Als ich einen Blick nach draußen warf, sah ich den heftigen Wind. Ernüchtert drehte ich mich um. „Der Wind wird alles ruinieren. Ich bin ohne Auto unterwegs. Kann mich irgendjemand zum Rancho Grande fahren?"

Gloria sah Paula an und beide schüttelten den Kopf. „Wir haben kein Auto, Miss Tiffany."

Ich setzte mich hin und kaute auf meiner Unterlippe. „Verdammt."

Die ganze Arbeit und ich hatte immer noch Schwierigkeiten, zu dieser Party zu kommen. Ich richtete meinen Blick Richtung Himmel. „Hast du dafür gesorgt, Collin Gentry?"

„Kannten Sie ihn?", fragte Gloria.

„Nein", seufzte ich. „Er war der Großvater des Vaters meiner Tochter. Von dem, was ich gehört habe, war er ein richtiger Fiesling. Ich fürchte, sein Enkel könnte genauso werden. Nachdem ich Jasper von unserer Tochter erzählt habe, hat er sich mir gegenüber unmöglich verhalten."

Paula nahm die Zeitung in die Hand und blätterte sie durch. „Dieser Mann ist der Vater ihres Kindes?" Sie deutete auf ein Foto, das Jasper und seine Brüder zeigte. Dann zeigte sie auf das Bild eines anderen Mannes. „Das ist Collin Gentry."

Es war ein komisches Gefühl, von seinem Bild angestarrt zu werden. „Er hat Jaspers Augen. Und meine Tochter hat die Augen ihres Vaters. Scheint so, als sei meine Tochter mehr eine Gentry als eine McKee." Dieser Gedanke machte mich traurig. „Die ganze Zeit hatte ich geglaubt, Jasmine brauche keinen Vater. Ich war der Meinung, dass sie die Gentrys nicht einmal kennen musste. Ich hatte keine Ahnung, dass der Mann, dem die Whisper Ranch gehörte, ihr Ur-Großvater war."

„Sie haben also die ganze Zeit zusammen mit der Ur-Enkelin dieses Mannes in Carthage gelebt und er hat nie von ihr erfahren?", fragte Gloria.

Ich nickte. „Ja. Ich habe es nicht mit Absicht getan. Ich wusste einfach nicht, dass er mit dem Jungen, den ich in Dallas zurückgelassen hatte, verwandt war."

„Vielleicht ist er wütend", sagte Paula. „Vielleicht versucht er, sich zwischen Ihnen und seinen Enkel zu stellen. Ich habe gehört, er war ein strenger Mann – es war schwer mit ihm auszukommen."

„Das habe ich auch gehört." Ich blickte nach draußen, als ein verbeulter alter Chevy vor dem Salon parkte. „Sieht so aus, als bekämen Sie noch mehr Kundschaft."

Der Wind nahm etwas ab und eine Frau stieg aus dem Auto. Sie war groß und schlank und betrat den Salon. „Paula, kannst du mir die Haare schneiden?" Sie fuhr sich mit der Hand durch ihre langen, schwarzen Locken. „Sie sehen fürchterlich aus."

„Sicher, Lola. Kommen Sie, setzen Sie sich." Paula drehte den Stuhl für sie herum. „Miss Tiffany, das ist meine gute Freundin, Lola

Stevens. Miss Tiffany möchte auf eine Party, damit sie Mr. Jasper Gentry zeigen kann, was er verpasst. Aber sie hat ein paar Schwierigkeiten, hinzukommen."

„Gentry?", fragte Lola. „Von den Whisper Ranch Gentrys?"

Ich nickte. „Ja, genau die."

„Meine ältere Schwester Lila ist vor langer Zeit mit Coy Gentry durchgebrannt. Ich war noch ein kleines Mädchen, als ich sie zum letzten Mal gesehen habe."

„Was Sie nicht sagen."

KAPITEL NEUNUNDZWANZIG

Jasper

Ich sah meine Eltern sofort, als ich mit Jasmine das Restaurant betrat. „Da sind sie, Jazzy. Deine Großeltern."

Mom und Dad standen auf und kamen lächelnd auf uns zu. „Ach du meine Güte, du bist so hübsch, Jasmine. Kann ich eine Umarmung haben?", fragte Mom.

Jasmine strahlte völlig begeistert und breitete ihre Arme aus. „Ja, kannst du!"

Mom nahm sie in den Arm und schloss ihre Augen. „Ich bin so froh, dich endlich kennenzulernen."

Dad beobachtete die beiden mit Tränen in den Augen. „Sie ist eine wahre Schönheit, mein Sohn."

„Das finde ich auch." Ich umarmte meinen Dad. „Es ist schön, euch zu sehen. Danke, dass ihr gekommen seid."

„Das wollten wir auf keinen Fall verpassen, Jasper" sagte Dad und tippte Jasmine auf die Schulter. „Bekommt dein alter Großvater auch eine Umarmung, Jasmine?"

„Natürlich." Sie ließ sich von meinem Vater in den Arm nehmen und umarmte ihn. „Ich bin so froh, dass ihr hier seid. Ich bin jetzt auch eine Gentry."

Dad wiegte sie in seinen Armen hin und her. „Und ich bin sehr stolz darauf, dass du meine Enkelin bist, Jasmine Gentry."

Mom warf einen Blick auf die Tür. „Wo ist Tiffany? Wir haben sie seit Jahren nicht gesehen. Es wird schön sein, sie wieder in der Nähe zu haben."

Jasmine schaute mich auch an und wartete auf eine Antwort. „Ich glaube, sie verspätet sich ein wenig."

Die Türe öffnete sich und Tiffanys Eltern kamen herein.

Jasmine schrie: „Kommt her, Gigi und Pop-pop! Ihr müsst meine anderen Großeltern kennenlernen." Sie schaute meinen Vater an und nahm sein Gesicht in ihre Hände. „Darf ich dich P-Paw nennen?"

Er nickte. „Du bist das erste Enkelkind. Du suchst die Namen aus."

Jasmin lächelte. „Gut." Sie schaute Mom an. „Und darf ich dich Me-maw nennen?"

„Aber sicher", antwortete Mom lächelnd.

Meine und Tiffanys Eltern unterhielten sich angeregt und Jasmine hing an ihren Lippen. Ich ging in die Küche und sah nach, wie die Vorbereitungen liefen. „Hey, Todd. Kommt ihr hier hinten gut voran?"

Er zeigte auf die Kühlkammer. „Die Hamburger sind fertig, die Hot Dogs kommen jetzt auf den Grill, und die Taco Bar kann rausge-fahren werden. Der Kuchen ist fertig und steht dort im Kühlschrank. Willst du einen Blick drauf werfen?"

Ich ging zum Kühlschrank und warf einen Blick auf den Kuchen. Dreistöckig, pink und weiß, auf der oberen Etage stand Jasmine, in der Mitte Michelle und unten Gentry. Ein Diamant-Diadem verzierte den Kuchen. „Wow!"

Todd stellte sich hinter mich. „Tyrell hat das Diadem gekauft. Das sind echte Diamanten."

„Nicht dein Ernst", sagte ich. „Er entwickelt sich zu einem tollen Onkel."

Cash kam durch die Hintertüre in die Küche. „Habe ich das was von einem tollen Onkel gehört?"

„Ich habe von Tyrell gesprochen." Ich zeigte auf den Kuchen. „Er hat Jazzy ein Diamantdiadem gekauft. Es ist auf ihrem Kuchen."

Cash grinste breit. „Komm her und sieh dir an, was ein wirklich, *wirklich* toller Onkel für seine Nichte hat."

Todd und ich gingen zur Hintertüre. „Ich hoffe, es ist kein Auto. Sie ist erst sechs und keine sechzehn." Ich öffnete die Türe und dort stand ein Mini-Pferd mit einem pinkfarbenen Sattel, pinkfarbenen Zügeln und sogar pinkfarbenen Hufeisen.

Cash kam mit einer Karotte aus der Küche. „Hier, Lucy. Ein kleiner Snack für dich."

„Sie wirkt eher wie ein großer Hund als ein Pferd", merkte ich an.

„Ich weiß. Jasmine wird sie lieben", sagte Cash stolz.

Todd stimmte ihm zu. „Wir werden sie im Garten festmachen. Ich wette, die beiden werden unzertrennlich sein."

Cash nickte. „Ich habe vor einer Weile schon einen kleinen Stall aufstellen lassen. Lucy wird also ganz nah bei Jasmine sein, so dass sie sie zu jeder Zeit besuchen kann."

„Aber kann sie das kleine Ding wirklich reiten?", fragte ich.

„Kann sie." Cash streichelte den Rücken des Pferdes. „Sie ist sanft wie ein kleines Kätzchen. Ich werde sie erst am Ende der Party überreichen."

„Jasmine wird schockiert sein." Ich drehte mich um und ging wieder rein, während Cash das Minipferd festmachte.

Als ich zurück zu den Gästen ging, hielt ich nach Tiffany Ausschau. Aber sie war noch immer nicht da. Ich hatte gehofft, dass sie zusammen mit ihren Eltern kommen würde. Ich fing ihren Vater ab, als er sich gerade einen Drink holen wollte. „Hey Jason. Kommt Tiffany noch?"

Die Art, wie er zu Boden blickte verriet mir, dass sie es nicht vorhatte. „Darla und ich haben versucht, mit ihr zu reden. Es war kein wirkliches Gespräch, da es hinter einer verschlossenen Türe stattfand. Ich glaube nicht, dass sie euch beiden diesen Tag absichtlich ruinieren will."

„Also kommt sie nicht?", fragte ich etwas verzweifelt.

„Ich denke nicht." Er seufzte, nahm sich einen Drink für sich und einen für seine Frau.

Ich lehnte mich gegen die Wand und wusste, dass ich etwas tun musste, um Tiffany herzubringen. Ich hatte ihr den Ball zugespielt, aber anscheinend wollte sie nicht spielen. Ich musste ihr noch so viel sagen – sie so viel fragen.

Ich musste sie wissen lassen, dass es mir leidtat. Also schrieb ich ihr eine Nachricht.

Tiffany, seit ich von Jasmine erfahren habe, war ich nicht ich selbst. Vielleicht lag das an dem bösen Gentry-Blut, das durch meine Adern fließt. Aber nun hat die gute Seite die Oberhand gewonnen. Ich bin Mann genug, um zuzugeben, wenn ich mich irre. Und ich gebe dir gegenüber zu, dass ich dich liebe. Das habe ich immer und das werde ich immer. Du musst dir wegen mir keine Sorgen machen. Ich werde niemals etwas tun, um diese Familie auseinanderzubringen. Ich werde mit dir zusammenarbeiten, bis ich blau bin, bevor ich uns aufgebe. Jasmine und ich sind deine Familie und keiner von uns wird dich gehen lassen. Also beweg deinen süßen Hintern hierher und feiere diesen Tag mit uns. Wir lieben dich nämlich.

Ich schickte die Nachricht ab und drückte die Daumen, dass sie sie las und sich entschied, zur Party zu kommen.

Alle waren da und Todd fuhr die Taco-Bar raus. „Kommt Leute, holt euch ein paar Tacos."

Jasmine klatschte in die Hände und rannte auf den Wagen zu. „Ja, ich liebe Tacos!"

„Ich weiß", sagte Todd und strich ihr über den Kopf. „Ich habe alle deine Lieblingsspeisen gemacht, Miss Gentry. Also iss nicht zu viele Tacos, denn es warten noch einige Überraschungen auf dich."

„Danke, Chefkoch Todd." Jasmine winkte ihn mit dem Finger zu sich heran.

Er beugte sich zu ihr. „Ja, Miss Gentry?"

Sie küsste ihn auf die Wange. „Du bist ein sehr guter Chefkoch. Danke für alles."

„Gern geschehen." Gerade, als er sich umdrehte, öffnete sich die Türe.

Die Sonne stand so tief, dass man nicht erkennen konnte, wer da in der Türe stand. Man konnte nur zwei Schatten sehen. Ein Schatten war groß und schlank. Als die Türe wieder zu war, sah ich, dass einer der Schatten Tiffany war. Und sie sah unglaublich aus.

Die andere Frau blickte sich im Saal um und ihr Blick blieb bei meiner Mutter stehen. „Lila?"

Mom nickte. „Ja."

„Ich bin es Lila. Lola – d eine kleine Schwester!" Sie breitete ihre Arme aus.

Mom stand auf und legte sich die Hand vor den Mund. „Lola? Du warst noch so klein, als ich dich das letzte Mal gesehen habe."

Wir alle waren sprachlos. Dann stand Tiffany neben mir. „Ein Anzug, Jasper?"

„Hä?" Ich lenkte meine Aufmerksamkeit weg von meiner Mutter und ihrer Schwester und sah Tiffany an. „Mein Gott. Sieh dich an. Du siehst unglaublich aus."

„Du auch." Sie strich mit ihrem Finger über meinen Kragen. „Du hast dich ordentlich herausgeputzt, Jasper Gentry."

„Du dich aber auch." Ich nahm sie in den Arm. „Verzeih mir und lass uns nochmal von vorne anfangen. Bitte."

„Nur, wenn du mir auch verzeihen kannst. Ich habe es jetzt begriffen, Jasper. Ich weiß, dass ich eifersüchtig war und mich von dir und Jasmine abgewandt habe – dabei habe ich dir die Schuld gegeben, mich auszuschließen. Ich bin fertig damit. Also, wenn du von vorne anfangen möchtest, bin ich dabei."

Jasmine kam zu uns und schaute uns an. „Momma du siehst umwerfend aus."

Tiffany entdeckte die neuen Schmuckstücke an Jasmine. „Sieht so aus, als wurdest du mit Juwelen geschmückt, Jas."

„Ja, wurde ich." Jasmine hob ihre Hand und zeigte ihrer Mutter den Ring. „Der soll mich an den Tag erinnern, an dem ich eine Gentry geworden bin. Die Steine sind alle echt, Momma. Die sind alle sehr teuer und ich muss gut auf sie aufpassen."

Tiffany lächelte mich an. „Hübsch, Daddy."

Ich ließ sie los. „Ich wollte ihr zu diesem wichtigen Tag ein

Andenken schenken. Sieh dir die Steine an; sie sind wirklich wunderschön."

Tiffany beugte sich etwas vor und betrachtete den Schmuck. „Die sind wirklich schön, Jas. Du hast wirklich Glück."

Während sie ihre ganze Aufmerksamkeit auf unsere Tochter richtete, holte ich eine Box aus der Tasche, die ich für Tiffany besorgt hatte. Als sie sich wieder umdrehte, fand sie mich auf Knien, mit einem riesigen Verlobungsring in meiner Hand.

Im Raum wurde es plötzlich ganz still und alle Augen richteten sich auf uns. „Hi Tiff."

Sie legte sich die Hand vor den Mund. „Jasper?"

„Tiffany, ich liebe dich schon seit vielen Jahren. Einige davon waren wir zwar getrennt, aber mein Herz hat immer dir gehört. Du hast mir mehr gegeben als irgendjemand sonst. Und du hast mir auch dieses wunderschöne Mädchen geschenkt. Alles andere interessiert mich nicht. Alles, was mich noch interessiert, ist, dass Jasmine jetzt eine Gentry ist, aber du nicht. Ich würde das gerne so schnell wie möglich ändern. Und ich schätze die beste Möglichkeit dazu ist, dich zu fragen, ob du mich heiraten möchtest, damit wir unserer Familie noch um ein paar Brüder und Schwestern für Jasmine erweitern können. Also, was sagst du? Machst du mich zum glücklichsten Mann der Welt und wirst meine Frau?"

Sie zitterte am ganzen Körper und sah mich mit Tränen in den Augen an. Und für einen Moment, war ich mir über ihre Antwort unsicher. Dann zog Jasmine Tiffany am Kleid. „Willst du, Momma? Wirst du auch eine Gentry, so wie ich und Daddy?"

Ein kleines Kopfnicken ließ mein Herz weiterschlagen. „Ich will dich heiraten, Jasper."

Ich musste ihre zitternde Hand festhalten, um ihr den Ring anstecken zu können. „Er passt." Ich stand auf und nahm sie fest in den Arm. „Genau wie wir – er passt perfekt."

„Ich liebe dich." Sie schlang ihre Arme um meinen Hals und küsste mich.

Während wir uns küssten, applaudierten alle Anwesenden. In diesem Moment wusste ich, dass wir beide eine Familie aufbauen konnten, auf die wir stolz sein würden. Allein waren wir in Ordnung, aber zusammen konnten wir Großartiges vollbringen.

Ich spürte, wie Jasmine an meinem Hosenbein zog. Ich löste mich von den Lippen ihrer Mutter und schaute sie an. „Kann ich auch eine Umarmung von euch haben?"

Lachend hob ich sie hoch und Tiffany und ich küssten sie auf die Wangen. Die Gäste machten Fotos und freuten sich mit uns. Ich sah Mom und ihre Schwester, die sich an den Händen hielten und uns ansahen. Auch zwischen diesen beiden begann heute etwas Großartiges.

Es geschah nicht über Nacht, aber unsere Familie erholte sich, wuchs zusammen und lernte zu vergeben und zu vergessen – nichts konnte mich je glücklicher machen.

EPILOG

Tiffany

E*in Jahr später ...*
Einen Monat nach unserer Verlobung entschieden Jasper und ich, dass ich mir das Verhütungsimplantat entfernen lassen würde, damit wir mit unserer geplanten Familienvergrößerung beginnen konnten. Keiner freute sich über diese Entscheidung mehr als Jasmine.

Sie begleitete mich sogar zum Arzt, der mir das Implantat aus dem Arm entfernte. Sie sagte, dass sie bei jedem Schritt auf dem Weg zu einem Brüderchen oder Schwesterchen dabei sein wollte.

Natürlich gab es da einen wesentlichen Schritt, bei dem sie nicht dabei sein konnte, aber bei allem anderen wurde sie mit einbezogen. Und Jasper genauso. Seinen Worten zufolge waren wir ein Dreierpack.

Sogar bei unserer Hochzeit ging sie den Gang mit mir entlang, wünschte uns beiden Glück und sagte und, dass sie uns liebte. Unsere Tochter war wirklich die Beste.

Jasmine war ziemlich enttäuscht darüber, dass nach einem Jahr noch immer kein neues Baby angekündigt wurde. Als ich sie eines

Tages zur Schule brachte, sah sie die Mutter einer Klassenkameradin und deren dicken Bauch. „Da ist Staceys Mom. Sie bekommt nächsten Monat ein Baby. Stacy wird bei ihr im Zimmer sein. Sie bekommt das Baby zu Hause. Ich dachte, man muss ins Krankenhaus, wenn man ein Baby bekommt."

„Manche Frauen wollen lieber nicht ins Krankenhaus", sagte ich. „Und denk daran: sieh dir die Liste der Wörter genau an, bevor der Test losgeht, Jas. Ich weiß, dass du es besser kannst als letzte Woche. Du musst es nur versuchen."

„Ich weiß." Sie wartete auf die Lehrerin, die gerade aus ihrem Auto stieg und schaute der schwangeren Mutter nach. „Momma, wenn du jemals schwanger wirst, können wir das Baby dann zuhause bekommen?"

„Ich weiß nicht." Ich war ziemlich wehleidig. „Und ich bin mir sicher, dass ich eines Tages schwanger werde, Jasmine. Das Verhütungsmittel in meinem Arm war sehr stark. Es dauert nur eine Weile, bis seine Wirkung komplett nachlässt." Zumindest hoffte ich das.

Nachdem ich sie bei der Schule abgeliefert hatte, fuhr ich zurück zur Farm. Ich hatte mir den Tag frei genommen, um Jasper beim Bau eines Baumhauses zu helfen. Wir waren beinahe fertig; Ich wollte bei der Einrichtung noch ein wenig Hand anlegen, während er die letzten Nägel einschlug.

Ich kletterte die Leiter an dem hohen Eichenbaum hoch und warf Jasper die Vorhänge zu. „Jasper, fang!"

Er lehnte sich aus dem Haus heraus und fing die Vorhänge auf. Dann streckte er mir die Hand entgegen, um mir bei den letzten Stufen zu helfen. „Vorhänge auch noch? Ich glaube, du übertreibst ein wenig, Tiff."

„Ich finde, dass jedes Haus Vorhänge braucht." Ich kletterte auf das Brett, das als Boden diente. „Und ich will diesen Boden pink streichen, bevor wir es als fertig bezeichnen."

Er zeigte auf den Farbeimer in der Ecke. „Den habe ich heute Morgen geholt. Das machen wir zum Schluss." Lächelnd hole er ein Taschenmesser hervor und durchschnitt das Band eines Bündels, das er mitgebracht hatte. „Ich habe ihr auch einen Kuhfell-Teppich besorgt. Schau mal."

Er breitete den weiß-braunen Stoff auf dem Boden aus. „Schön. Ist das eine von unseren?"

Nickend legte er sich darauf und klopfte auf den Platz neben sich. „Sicher. Ist auch sehr gemütlich."

Ich legte mich zu ihm und schaute auf die Äste, die über uns hingen und die man nicht mehr sehen würde, sobald das Dach montiert sein würde. Gestern hatte er die Wände hochgezogen und für heute stand das Dach auf dem Plan.

Er nahm mich in den Arm und küsste mich auf den Kopf. „Sie wird das lieben."

„Ich denke, da hast du recht." Ich sah ihm tief in seine blauen Augen.

„Die Wände stehen schon, niemand kann uns hier oben sehen, Tiff."

Ich lächelte bei diesem Gedanken. „Ach ja?"

Seine Finger rutschten unter meine Bluse. „Wir könnten uns ausziehen und unanständige Dinge tun, wenn wir den Drang dazu verspürten."

„Könnten wir." Ich bewegte meine Hand über seinen Körper, bis ich die Beule in seiner Hose spürte. „Sieht so aus, als verspürte hier jemand einen Drang."

Er schob seine Hand zwischen meine Beine. „Hier scheint aber auch jemand ziemlich heiß zu sein. Ich sollte dir vielleicht aus dieser Jeans helfen – dir etwas Abkühlung verschaffen."

Wir zogen uns eilig gegenseitig aus und im Handumdrehen lag ich auf meinem Rücken und mein Ehemann auf mir.

„Ich habe noch nie zuvor ein Baumhaus eingeweiht." Ich küsste seinen Hals, während er sich in einem langsamen Rhythmus bewegte. „Irgendwie nett, so im Einklang mit der Natur zu sein."

Er hob mein Bein ein wenig höher und drang tiefer in mich ein. „Ja, vielleicht sollte ich uns ein eigenes Baumhaus bauen."

Mir gefiel sein Gedanke – und sein Körper, der sich über mir hin und her bewegte. Seine Lippen fuhren über meinen Hals und saugten schließlich an einem Punkt hinter meinem Ohr. Meine Fingernägel vergruben sich in seinem Rücken, während er seine Geschwindigkeit steigerte.

Schweiß legte sich über unsere Körper und die Temperatur des kleinen Raumes stieg immer weiter an. Ab und zu wehte ein kleiner Windstoß durch das offene Dach.

Er traf immer wieder den richtigen Punkt und brachte mich beinahe um den Verstand. Mit jedem Stoß bohrten sich meine Fingernägel tiefer in sein Fleisch. Dann überkam mich eine Welle absoluten Verlangens und trug mich an den Ort, an dem mich nur Jasper bringen konnte.

Fast gleichzeitig spannte sich sein gesamter Körper an und er gab mir alles, was er hatte. „Verdammt, Süße, du brennst ja richtig. Wir brauchen unbedingt unser eigenes Baumhaus."

Ich lachte und fuhr mit der Hand durch sein dunkles Haar. „Wir könnten es unser kleines Liebesnest nennen."

„Aber sicher." Er blickte mich mit glitzernden Augen an. „Du bist so wunderschön, Tiffany Gentry. Habe ich dir das schon einmal gesagt?"

„Ein- oder zweimal." Ich fuhr mit meinem Fuß an seinem Bein entlang. „Habe ich dir schon gesagt, wie sehr ich dich liebe und wie gutaussehend du bist?"

Er verdrehte die Augen. „Nur jeden Tag." Dann küsste er mich sanft. Selbst wenn er das Wort Liebe niemals benutzt hätte, würde ich seine Liebe in seinen Küssen erkennen.

Als sich unsere Lippen trennten, kamen mir die Tränen. „Du schaffst es immer wieder, mich zu beeindrucken."

„Dito." Er atmete tief durch. „Nun, ich könnte das hier zwar den ganzen Tag mit dir machen, aber wir müssen noch ein Baumhaus fertigstellen. Jasmine will hier heute Abend eine Pyjama-Party veranstalten. Und dafür muss ich das Dach noch befestigen."

Ich setzte mich auf und suchte meine Sachen zusammen. „Ich denke, dass sie eine Pyjama-Party mit ihren Freundinnen meinte und nicht mit uns."

„Auf keinen Fall." Er sprang auf und zog sich an. „Sie meinte uns, Süße. Wir sind das Dreierpack. Wir machen alles zusammen."

„Wenn sie das mit ihren Freundinnen macht, können wir unser eigenes kleines Camping in unserem Schlafzimmer veranstalten." Hin und wieder fand ich es auch ganz schön, nur ein Doppelpack zu sein.

Er zog die Augenbrauen hoch. „Das *können* wir tun."

Ich zog mich wieder an. „Gut. Bringen wir das hier zu Ende, dann rufe ich die Mütter von Jasmines Freundinnen an und regele alles für die Pyjama-Party."

Es dauerte den ganzen Tag, bis wir alles fertig hatten. Aber der Blick unserer Tochter und ihrer Freundinnen, als sie das Baumhaus sahen, waren die ganze Arbeit wert.

„Daddy! Momma! Es ist perfekt!", schrie Jasmine und kletterte die Leiter hinauf – und ihre Freundinnen hinterher.

Jasper hatte seinen Arm um mich gelegt, während wir die Mädchen beobachteten, und sagte: „Es gibt eine Sprechanlage, die mit unserem Schlafzimmer verbunden ist. Wenn ihr etwas braucht, einfach auf den Knopf drücken. Wie ihr seht, haben wir an alles gedacht."

Die Mädchen steckten ihre kleinen Köpfe aus den Fenstern und Jasmine verkündete aufgeregt: „Es gibt sogar einen kleinen Fernseher!"

„Und einen Mini-Kühlschrank!", fügte ihre Freundin Terri hinzu.

„Und du hast auch drei Schlafsäcke hier oben!", rief ihre andere Freundin, Leticia.

„Ich denke, ihr drei habt da oben alles, was ihr braucht." Ich fuhr mit meiner Hand über Jaspers Rücken und haute ihm sanft auf den Hintern. „Wir sind drinnen, falls etwas ist."

Jasper schien etwas unsicher zu sein, die drei allein zu lassen. „Denkt an die Sprechanlage, falls ihr Angst bekommt, Jazzy."

„Ja, ich weiß", rief sie herunter. Dann folgte ein Schrei: „Ernsthaft? Pudding Pops? Ihr seid die Besten!"

Als wir uns umdrehten und gingen, sagte Jasper: „Wir sind wirklich die Besten."

„Stimmt." Als wir ins Haus gingen, war ich in ausgelassener Stimmung und ich war mir sicher, dass wir beide heute Nacht noch mehr Spaß haben würden als Jasmine.

Und Junge, hatte ich recht.

Zwei Monate später wachte ich plötzlich auf und rannte ins Badezimmer, um mich zu übergeben. Als ich fertig war, stand Jasper vor mir und schaute mich an. „Geht es dir gut?"

Ich ging zum Waschbecken und putzte mir die Zähne. „Es hat mich einfach erwischt. Vielleicht habe ich gestern etwas Falsches gegessen."

Jasper griff unter das Waschbecken und holte eine ungeöffnete Packung Tampons aus dem Schrank. „Witzig, dass du die seit zwei Monaten nicht benutzt hast."

Ich spülte mir den Mund aus und erschrak. „Du hast recht."

Eine Stunde später saßen wir im Auto und besorgten einen Schwangerschaftstest. Es war Sonntag und Jasmine hatte länger geschlafen. Sie war noch nicht lange auf, als ihr Daddy und ich zurückkamen.

Sie kam aus ihrem Zimmer und rieb sich die verschlafenen Augen, als sie uns sah. „Morgen."

„Morgen Jasmine." Ich schaute Jasper an, der mir zunickte. „Willst du mitkommen? Ich habe vielleicht gute Nachrichten." Ich hielt die Tasche mit dem Test hoch.

Sie blickte ungläubig auf die Tasche. „Nicht möglich."

Jasper wollte sich auch noch nicht zu große Hoffnungen machen. „Vielleicht. Im Moment ist es nur ein Vielleicht. Aber es wäre schön, wenn du dabei wärst, wenn wir das Ergebnis bekommen."

Ich ging mit dem Test ins Badezimmer, während die beiden im Schlafzimmer geduldig auf mich warteten. Nachdem ich auf den Teststreifen gepinkelt hatte, legte ich ihn zur Seite, schloss kurz die Augen und verließ dann das Badezimmer. „Zwei Minuten."

Wir warteten schweigend, bis der Alarm an Jaspers Telefon ertönte. Wir gingen alle gemeinsam ins Badezimmer.

Bevor wir uns das Ergebnis ansehen konnte, stoppte Jasmine uns. „Wartet. Woher weiß ich, ob du schwanger bist?"

„Wenn ein Plus-Zeichen erscheint, bin ich schwanger. Bei einem Minus bin ich es nicht", erklärte ich ihr.

„Okay." Sie nickte. „Sehen wir nach."

Zu dritt lehnten wir uns über den Test. Jasper flüsterte: „Sieht so aus, als sind wir bald ein Vierer-Pack."

ENDE

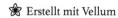 Erstellt mit Vellum